# 布衣神相

◎著 温瑞安

作家出版社

第贰卷

# 目录·第贰卷

# 天威

赖药儿

【第壹部】

# 三十一个布衣相士

# 第壹回 算命杀手

才近中秋，天气突然转寒。早上本来还有阳光，一忽儿视野蒙暝一片，连阳光也变得闲懒，蔚蓝的天色压得低低的，仿佛随时要下霜。

才近中秋，天气突然转寒。早上本来还有阳光，一忽儿视野蒙暝一片，连阳光也变得闲懒，蔚蓝的天色压得低低的，仿佛随时要下霜。

然而并没有真的下起霜来。在元江府外向西山道上，近天祥一带，普渡吊桥的石墩前，有几株老梅，和一位葛衣相士。

相士背后，负着一个药箱，手里本来提着包袱，现在挂到一株梅枝上，那梅枝因负荷太重，几要弯折下来，相士犹似未觉。

他正在吃着干粮。一面布幡，上面写着"布衣神相"四个字，斜倚在梅树干上。

这时候，迤逦的山道上，慢慢出现了两个人影。等到愈走愈近的时候，便可看见来人是一老一少，老年人坐在一张张着布篷的木椅上，椅上有轴辘木轮，由少年人在后面推动着前行，以致在山道上发出寂寞的跌宕声。

等到两人行近，相士才抬头看了一眼，这铁索吊桥是元江府通向木栅里唯一通道，来往行人自然不少，相士吃得正起劲，望了这一眼后，又低下头去啃薄饼，嚼了几口，似想起了什么，再抬头望去。

这时一老一少，已走得相当近了，木车后插着一支旗杆，旗杆上赫然书着：布衣神相。

相士心里忖道："好哇，可遇见老同行了！"

只见那坐在木轮椅上的老者笑嘻嘻地招呼："天气转凉了哩。"

原先的相士打从鼻子里微哼一声，没去答他。

老者却热情如故，笑说："哎，我也有六七年没到过这里了。这一带的风景，可是愈老愈忘不掉哪。"

相士本来要去木栅里替人占卦，他从元江府出来，生意本就清淡，看到有个讨同一碗饭的，心里早就没什么高兴，所以爱理不理，希望对方识趣，不过吊桥，往别处去。

老者示意少年，推动木轮，挨近相士身旁，斜支着身子，望下山谷，连连叹道："好景致，好景致。梅花还在，人却老了。"

这里是近天祥一带，景色钟灵毓秀，一道柔和秀逸的普渡吊桥，横跨过了深山伟壑，幽谷里潺潺流过的是立雾溪，在河口远处与大沙溪交流，烟波浩渺，青山幽谷，风林低迷。这吊桥前有九株老梅，寒香吐艳，又叫"九梅桥"，过了这铁索吊桥，迂回西上便是胜地木栅里了。

相士收起了吃剩下的薄饼，毫无善意地问："你要上木栅里？"

老者笑道："你呢？"

相士道："我先来的。出来跑江湖的，该知道谁先占了庙谁就先封神。"

老者扬眉笑道："哦，那我们到别处去就是了。"

相士没料到老相师那么容易便让了步，稍感意外。

少年正要推动木椅离开悬崖，老者偶然想起来似的忽问："尊姓？"

相士心中正感得意自己三言两语就唬走了老同行，听老相师这么问，便粗声说："当然姓李。"

老者眉一扬，呵呵笑道："果真是名闻天下的神相李布衣了？"

相师傲然道："货真价实。"

老者笑道："久仰，久仰。"

相士心里受用，反问："你呢？"

老者抚髯笑道："我可是冒牌货，姓鲁，鲁布衣。"

相师也不好意思太咄咄逼人，便说："这也难怪，这个年头，布衣神相出了名，谁不打着这个名头。"

老者笑道："是呀，是呀，人人都仗着阁下的名头。"

相师故作淡然地道："我无所谓，大家都是出来跑江湖、混饭吃的，便宜不能独占，茅坑大伙儿用，我就闭只眼、睁只眼的好了。"

老者赔笑道："是，是……"忽问，"不知李神相想闭哪一只眼、要开哪一只眼？"

相士一愣，不明老者何有此问。老者笑道："既然难选，不如双眼一齐闭了，岂不省麻烦！"

突然之间，木椅上两边扶柄，噔噔弹出两柄青绿色的三尺飞刃，一齐钉入李布衣的左右肋骨内。

李布衣惨叫一声，双手陡地一掣，抓住两柄青刃的刃柄，脸容痛苦已极。

不料刃柄突突二声，弹出两枚飞锥，穿破李布衣手背溅血飞出。

李布衣惨哼道："你……你为何……我们……无冤无……仇……"

鲁布衣抚髯长叹道："谁教你叫作李布衣呢。"

李布衣的内力极好，生命力也顽强，居然能强忍痛苦，长身掠起，濒死向鲁布衣反扑，鲜血淋漓的十指箕张，抓向鲁布衣。

只是他人才掠起，嵌在两胁内的青刃突然发出轻微的爆炸，波波二声，把李布衣胸口炸陷了一个大血洞，在空中落了下来。

鲁布衣悠闲地坐着,叹了一声,"别弄脏了这几株老梅。"他背后的少年立即出手。

少年空击两掌,掌风倏起,把李布衣的残肢碎肉血雨翻飞地送出丈远,往崖谷落了下去,竟是一点也没沾在崖上。

鲁布衣道:"土豆子,你的掌力进步了。"

少年躬身道:"是师父教得好。"

鲁布衣道:"我们一路来,杀死多少个李布衣了?"

土豆子浓眉一展,道:"三十一个。"

鲁布衣眼角漾起了多层打折的鱼尾纹,"也不少了。李布衣跟东厂、内厂、锦衣卫的大爷们作对,领头造反,大胆犯上,只是连累了无辜冒名卜者,咱们受托于刘公公,除恶务尽,宁可杀错,不可放过。"

土豆子沉声,"近日无知百姓都视李布衣为活神仙,这些人胆敢冒充反贼骗诈百姓,本就该杀。"

鲁布衣眯着眼睛,细眼发出针尖一般的微芒,道:"你真的认为百姓都只是受骗吗?"

土豆子握紧了右拳,轻打在左掌上,用力地皱着眉,以致眉心形成了一道深刻的横纹,他没有回答鲁布衣的话。

鲁布衣抚髯,用一种像山风似的轻微,但是浩荡的声音道:"大凡百姓们热爱一个偶像,因为这个偶像做了他们想做而不敢做的事情,想说而不能说的话,想到而做不到的东西,所以才赢得这许多人发自内心的支持……"

土豆子眉皱得更深更浓,他的眉本来就很粗黑,毛势顺逆交错,看来更是浓烈。"师父……"

鲁布衣淡淡一笑,把话题一转,道:"今天李布衣一定会经过这里。"

土豆子登时精神一振，但眉心随即打了结。

鲁布衣笑道："你奇怪我怎么知道是不是？其实消息是'天欲宫'提供的。"

他一笑又道："'天欲宫'巴不得借我们之手，除去心腹巨患李布衣。'天欲宫'和刘公公，本来就是一刀双刃，利则两利，弊则两弊。"

语音一落，忽道："有人来了。"

这时一阵风吹来，吹得崖边长草一阵轻摇，在秋寒里，吊桥微晃，崖边簌簌落了一阵梅花。

只听一阵清脆的铃响，有人自山坳处曼声吟道："……国事如今谁倚仗？衣带一江而已。便都道江神堪待。借问孤山林处士，但掉头笑指梅花蕊。天下事，可知矣……"

土豆子目光一闪，杀气大现，随即又垂目低首，立于鲁布衣身后，原来自山坳处几株幼梅后，走出一个头系红布、蓝衣落落的卜者，摇着手上的铜铃，布幡上正是"布衣神相"四字。

鲁布衣遥向来人笑了。

来人十分壮硕，方脸高额，神情坚忍，但一见有人在，就冒起了令人可亲近的笑容。

"生意好罢？"那人远远招呼着。

"尊姓……"鲁布衣微笑颔首。

那人大步走近，笑道："我姓张，跑江湖时号布衣，跟老丈可是一样……"

鲁布衣微笑道："来这里替人解厄消灾吧？"

张布衣浏览一下四周景色，卸下用一把小红伞挑着的包袱，舒然道："天祥绝色，兼南派山水之秀，北派山水之伟，我慕名已久，今日一见，真是落梅几瓣，都自蕴天机。"

鲁布衣悠然看看花，看看草，看看天色，再把目光投到流水远处。

"张兄不像算命的。"

"哦?"张布衣笑道，"那我像什么?"

"像个游山玩水的名士雅客。"

"前辈也不是个问卜者。"

"我这双瘫痪了的腿子，总不会像个猎户的吧?"鲁布衣微微笑道。

张布衣却没有回答，哈哈笑了起来。鲁布衣也仰天大笑。

铁索吊桥微微晃着，鸟自翠峰掠起，没入天际，对面山里隐约人家，几处炊烟，映衬得红梅更艳，崖边更寂。

鲁布衣笑声忽然一敛，问："张兄易理高深吧?"

张布衣欠身道："稍有涉猎而已，还要向前辈请教。"

鲁布衣注视着张布衣，用拇、食二指拈着须脚，道："你额中眉上黑中带赤，天庭、司空气色黯淡，恐怕有难。"

张布衣伸手摸了摸额角，道："哦?"

鲁布衣道："俗语有说：相人易，相己难，张兄有无与人结仇? 这几天应当慎防，以避血光、仇杀之灾。"

张布衣长揖道："多蒙前辈提点。"

鲁布衣摇手道："替人解灾化难，岂不是我们职责所在。"

张布衣忽笑道："前辈真像。"

这次鲁布衣忍不住问："像什么?"

张布衣道："算命杀手。"

这句话一说完，局面大变。

张布衣手一扬，铜铃夹着急啸，飞打鲁布衣。

鲁布衣不慌不忙，袖子一兜，收去了铜铃。

同时间，鲁布衣一拍椅背，椅下疾射出三枚橄榄形的暗器，电射张布衣上、中、下三路！

张布衣已抽开红伞，霍地张开，伞面急旋，三枚小橄榄急荡而开。

剑自伞柄抽出，剑迎风一抖，如灵蛇陡直，刺向鲁布衣咽喉。

鲁布衣一个大仰身，剑掠鼻而过，几绺白须银发，切断飘扬，但在同一刹那间，鲁布衣袖口一开，原先的铜铃飞打而出。

张布衣用急旋的伞面一格，铜铃陡地散开，几个小铃铛仍分几个不同的角度射向张布衣。

张布衣倏地收伞。

小铃铛尽收入伞里。

铜铃力已被卸，接在手里。

张布衣同时脚步倒错，一滑而退开三丈，微笑而立。

这几下急攻险守，全在电光石火间完成，两人每一招都是行险抢攻，一击必杀，但谁也没占着便宜。

而在一旁的少年土豆子，在两人交手的片刻间，向张布衣攻击了七次，但七次都被张布衣身边一种无形的劲道阻隔，几次力冲，但相隔丈远，便冲不上前，根本无从出手。

张布衣始终只向鲁布衣出手，连看也没看一眼。

在他眼里，真正的对手，只有一个。

鲁布衣眯着眼睛，仿佛刚才动手的事与他全无关系一样，"铜铃可摔坏了？"

张布衣拎着铜铃，看了看，道："小铃铛掉了，便不响了。"

鲁布衣啧声道："真可惜，吃饭的家伙哑了。"

张布衣笑道："幸好人还没哑。"

鲁布衣也笑道："铜铃红伞，神捕邹辞，哑不掉的。"

张布衣道："一路来，三十四个大城小镇死了二十六个李布衣，这件事，说大不大，说小不小，在下只好也装扮个卜算子来瞧瞧了。"

鲁布衣道："是三十一个。"

张布衣："你要杀多少个才够。"

鲁布衣道："直到杀了真正的李布衣为止。"

张布衣道："李布衣为民除害，锄强扶弱，替天行道，你因何非要杀他不可？"

鲁布衣道："邹辞。"

邹辞（张布衣）一怔，只听鲁布衣沉声问道："你隶属于哪一个辖下？"

邹辞迟疑了一下，才道："我是大同都御使任命的项目捕役，现在是秉公行事。"

鲁布衣忽亮出一物，示向邹辞。邹辞一震，鲁布衣冷冷地道："大同都御使顾若思算什么东西？我是内厂司礼的亲信，高兴杀谁就杀谁，要杀哪一个就杀哪一个。"

邹辞脸色阵黄阵白，忽挺胸大声道："我是衙捕，有我在，无论是谁，都不能任意杀人，如果杀了人，就要偿命！"

鲁布衣眼睛亮起针尖一般的锐芒，道："人管该管的事，叫理所当为；管不该管的事，就叫不自量力！"

# 第贰回 落了 六十朵 梅花

随即鲁布衣咭咭笑问道:"没想到邹大捕头要做烈士,却连家小老婆、上司朋友,全都要跟你当死士去了。"当时的情形,得罪这些宦官豢养的内厂、东厂……

随即鲁布衣咭咭笑问道："没想到邹大捕头要做烈士，却连家小老婆，上司朋友，全都要跟你当死士去了。"当时的情形，得罪这些宦官豢养的内厂、东厂、西厂、锦衣卫的好手，是牵连六族亲朋杀头破家的大罪。

邹辞摇头。

"我没这个胆子。不过，我可以杀掉你。"他说，"只要杀掉你，不管东厂、西厂、南厂、北厂，都不会知道祸由我闯，自然也不会连累无辜凄惨下场。"

"好主意。"鲁布衣大笑，眼睛里针刺般的厉芒更盛，"可惜你是个捕头。"

邹辞不解："捕头又怎样？"

鲁布衣眯着眼睛和气地笑道："你是个好捕头。好捕头是不公报私仇、假公济私、私自处理刑犯的。"

"对那些作奸犯科又无法制裁的人，我只是个江湖人张布衣，以杀止杀，不是捕头！"邹辞冷冷地道，"杀了干净，不必审了。"

他手上的红伞突然急旋起来，挡在身前，向鲁布衣进逼！

鲁布衣手一扬，自袖口打出三枚橄榄。

两枚橄榄，射在伞面上，伞子急旋，暗器荡开，但另一枚橄榄却折了一个大圈，倒射张布衣背脊。

张布衣猛然发觉，铜铃一兜，格笃一声，收掉了那颗橄榄，但他的攻势，也停了一停。

他只不过是停了一停，立时向下一蹲，一连几个打滚，已近鲁布衣轮椅之前！

就在这时，鲁布衣椅下横档，格格二声，又射出两枚橄榄形的暗器。

　　张布衣左手一抓，右手一拍，把一暗器抓在手里，一拍入土中。

　　两枚橄榄形的暗器尽被张布衣破去，但他的攻势也为之一顿。

　　这时张布衣和鲁布衣之间的距离，不过七尺，张布衣仍半伏着身子，鲁布衣端坐在椅子上，两人眼光相遇，仿佛兵刃相交。

　　张布衣道："好暗器。"

　　鲁布衣道："好身手。"

　　张布衣道："只要我接近你，你的暗器就等于没用，论武功，你不是我对手。"

　　他补加这一句道："现在我已经相当接近你了。"

　　鲁布衣似微叹了一口气，"那你是欺负我这糟老头子一双不听话的腿。"

　　张布衣冷冷地道："死去的数十名'李布衣'里面，有不少江湖好手，他们就死在同情你废了的一双腿上。"

　　他说完了这句话，如一头苍鹰般飞起。

　　他蹲伏在地上如一头沉睡中的豹子，一触即发，但掠起时却似鹰击长空。

　　他的铜铃往鲁布衣兜头打落。

　　鲁布衣一低头，避过一击，自衣衽后颈内射出一道白光，飞击张布衣。

　　张布衣铜铃一兜，套住银刀，掠起之势已尽，飘然落地，离鲁布衣身侧不过三尺。

　　张布衣冷笑，用手指自铜铃内夹出银刀，斜指鲁布衣，道："你还有什么厉害暗器，尽使出来吧。"

　　一语未了，突的一声，手中所执的银刀柄内疾喷出一枚小剑，张布衣只来得及侧了一侧，小剑射入他右胁，直没入柄。

　　鲁布衣怪笑道："已经使出来了。"一扳扶把，木椅轮车突然急驰而至，"呼"地撞向张布衣，就快撞中张布衣之际，木椅坐垫外沿突撑着一块镶满尖刺的木栏，"砰"地击在张布衣身上。

　　张布衣大叫一声，往后一翻，往悬崖落了下去。

　　鲁布衣抚了抚髯，摇了摇头，又捋了捋髯，再摇首似惋惜地道："他武功不弱，内力尤高，就是愚骏了点。"

　　那少年期期艾艾地道："师父，刚才的事，我一直冲不过他内力范围，全帮不上师父的忙，是弟子没用……"

　　鲁布衣的眼睛像针一般明亮，"他内力好，向我冲来时，卷起的大力，几令我无法呼吸，凭你又怎靠得近他。不过，待会儿遇上真的李布衣，你能尽几分力，就尽几分力！"

　　少年土豆子奇道："师父，'天欲宫'会不会弄错了，李布衣来这穷乡僻壤做什么？"

　　鲁布衣笑问："天祥有三胜，除了胜山胜水还有一胜，你可知道？"

　　土豆子想都不想，即道："还有人胜。"

　　鲁布衣问下去："是谁人？"

　　土豆子答："是'医神医'赖药儿，平常人难得他治病，一旦医没有治不好的，他却不替武林中人治病，是为人胜。"

　　鲁布衣道："是了。"

　　土豆子诧异地道："难道李布衣是去看病？"

　　鲁布衣道："赖药儿是他的朋友。"

　　土豆子道："那么李布衣是去看朋友了？"

鲁布衣道："非也。李布衣和赖药儿，虽是好朋友，却也不常相见。平素两人很少朝相，李布衣去找赖药儿，是因为白青衣、枯木道人、飞鸟大师、叶楚甚、叶梦色兄妹都在赖神医处，李布衣必须要去见他们。"

土豆子讶然道："白青衣是武林白道总盟飞鱼山庄的'老头子'，叶氏兄妹也是'飞鱼塘'的'老秀'，枯木、飞鸟这两大高手亦是飞鱼山庄庄主沈星南的至交，他们聚在一起……"

鲁布衣道："正是为了要对付'天欲宫'在大魅山青玎谷米冢原上设下的'五遁阵法'。"

土豆子仍有点迷惑。山岚徐掠，梅香淡然，铁索吊桥对岸耸峙的天祥远山，就像沾在洁白画布上的黛色一般。

从天祥那儿，开始有人渡过吊桥，往山道上走来，匆匆的过客、叫卖的小贩、赶着毛驴的脚夫、赶集办事的行商，各形各式的人物都有。

山道上也出现了几批人，要渡过吊桥到天祥去，久居此山的人来往心澄意闲，若无其事，初来的人都禁不住为这悠远的山意和悠长的水意所合成的明山秀水，痴了一阵，驻足神驰。

鲁布衣看看普渡桥边，像没发生过任何事情一般，仍是寂然的山，傲然的梅，连一滴鲜血也没遗下，一面向土豆子释疑，"武林中黑白道每三年于飞来峰一战，争夺金印，号令江湖。'天欲宫'当然是替刘公公等撑腰，但白道中实力也非同小可，尤以江南'刀柄会'最强，而'刀柄会'又以'飞鱼塘'为圭臬。"

他一面说，一面以针似的明亮小眼打量观察行人，外表却悠然自在，像倦走江湖、小憩于此一般。

"现在离今年金印之战，不到十四天，但白道武林的五名代

战者：邱断刀、秦燕横、英萧杀、宋晚灯、孟青楼全被'天欲宫'派心魔暗杀了，心魔也死于李布衣手上，可是白道武林却找不到证据是'天欲宫'干的，所以只有找另外五大高手顶替。"

这时，山坳道上，前后出现了三批人，愈来愈近，而鲁布衣的眼睛也愈眯愈细，愈来愈亮。

土豆子问："便是那白青衣、枯木、飞鸟、叶氏兄妹等五人？"

鲁布衣额首道："我今晨见到五人中叶楚甚受伤颇重，经过这里，因而料定是李布衣指使他们来求医，明天便是闯'五遁阵'之时，黑白二道观战，公证已齐聚青玎谷，李布衣没有理由不赶去与这班人会合的。"

其实鲁布衣也有不知之处。"飞鱼塘"确是派白青衣等人去攻打"五遁阵"，但叶氏兄妹合二人之力只能算是一阵，另外还有藏剑老人谷风晚出手。

只是在元江府之夜，东海"钓鳌矶"的钟氏兄弟和黑白无常来攻，加上司马、公孙暗袭，曾在衙里有过一番龙争虎斗，后来除钟石秀逃逸外，余人皆丧命于豪侠手中。

而布下"五遁阵"的原主纤月苍龙轩，因不甘辛苦布下的阵势全为"天欲宫"所用，未与中土武林好手交战便返东瀛，故此在衙里挑战诸侠，幸得李布衣出手，才击败苍龙轩，使其败服而去。

苍龙轩后为"天欲宫"智囊何道里所搏杀，嫁祸诸侠，掀起日后中原武林一场纷争血战，这点诸侠并不得知。

叶楚甚因重创于纤月苍龙轩刀下，李布衣要诸侠护叶楚甚先赴天祥木栅里求医，他自己与徒弟傅晚飞在元江府衙里善后。

不料故意留下来帮忙的藏剑老人心怀愤怨，前隙难消，偷袭李布衣，使其四肢全伤，失却抵抗力，要诛之于剑下，后终为李布衣以头顶击鼓而震死。

李布衣受伤的事，不但鲁布衣并未得知，连白青衣、枯木、飞鸟、叶氏兄妹诸侠，亦不知道。

鲁布衣此刻眼睛盯着的，便是朝普渡吊桥这儿赶来的三批人中的一批。

第一批是皮货商，有谈有笑的，脸上都随时随地浮升起一种饱经世故、遍历世情的笑容。

第二批人是一对夫妇，男的左手提了一箩鸡鸭鹅鱼，右手还抱了个小娃娃，女的双手抱了个还在襁褓中的婴孩，后面跟了三个大不算大小不算小的毛孩儿，八成是赶回娘家的。

这两批人当然不会有李布衣。

鲁布衣注意的是第三批。

这最后一批人，其实只有两个。

两个人，只有一个人走路。

一个龙精虎猛、浓眉大目的青年，背着一位五绺长髯，双手双脚都绑着布，而布上又渗着血花的中年人。

鲁布衣望着、望着，不觉第一批人已上了普渡吊桥。

土豆子自然也注意到鲁布衣的眼色。

所以他也望了过去。

鲁布衣低声道："你看到了没有？"

土豆子怔了一怔，问："谁？"

鲁布衣没好气地反问："我们在等谁？"

土豆子吃了一惊，道："李布衣？他……来了？"

这说着的时候，第二批的一家大小，又上了普渡吊桥。而第三批之后，一时再没有来人。

土豆子道："李布衣怎会……?"他端详第三批人，那跟自己年纪相仿的自然不会是李布衣，但他随师父在三个月来追杀李布衣，徒劳无功，从百姓口中，人人乐道的李布衣，使土豆子心头的李布衣怕不有三头六臂，而今看见一个自己寸步难行、手足俱伤、要人背着走的废人，叫他一时无法置信。

鲁布衣横针似的眯眼浮现起讳莫如深的笑容，"李布衣也是人，他也一样会伤，会死的，所以我们才能杀他，他也是一个一杀就死的人。"

他接着道："我不知道他是不是李布衣，但是，他是相士准没错儿……"

土豆子感然道："师父如何……"

鲁布衣道："你看那小伙子臂上系着的包袱，看相用的器具：罗盘、量尺、卦爻、铁板、数历都露了一截，还有腰畔插着的长竹岂不正是悬起招牌时用的竹竿子么？这人是相士没错，而且一定会武，只是受了伤、挂了彩……"

说到这里，少年背着伤者，已经急急行近。

鲁布衣微笑，坐在木椅上。

土豆子垂手立在他的身后，此际却悄悄握紧了拳头。

山风徐来，群青郁郁。

天色转暗，河谷远处渺渺，遍布迷雨，看不清楚。

雨虽未至，过桥的人已急步奔行。

浓眉大眼的青年，背着受伤的人，就要掠过鲁布衣的椅前。

就在这时，梅花簌簌而落，花瓣落在草上、崖边，飘落谷里。

青年背上的伤者，忽然睁开了双眼。

他一直闭着眼睛，可是甫睁目，即望进了鲁布衣针刺般的眼睛。

他只望了一眼，又徐徐合起了眼睛。

他再也没有望向别处。

可是他缓缓地说："六十朵，不多不少，落了六十朵，此数大凶，此数大凶。"

鲁布衣吃了一惊。他自度一双眼，比针刺还要利，但对方只一开合间，眼神清澄如一潭碧湖，一口针沉到了湖底。

当下再无置疑，立刻道："李布衣？"

# 第叁回 吊桥上的僵局

浓眉青年立即止步，狐疑地看了鲁布衣一眼。他立即觉得眼睛刺痛，仿佛指头不小心给针尖刺出一丁点血珠的感觉。他只有别过头去看背负者的反应。

浓眉青年立即止步，狐疑地看了鲁布衣一眼。

他立即觉得眼睛刺痛，仿佛指头不小心给针尖刺出一丁点血珠的感觉。

他只有别过头去看背负者的反应。

伤者没有反应，也没有惊奇。

伤者只是缓缓地道："你是来杀我的?"

鲁布衣笑道："你怎么知道? 说不定，我是你素昧平生的相知呢?"

李布衣长叹道："你有杀气。"

鲁布衣道："果然瞒不过你。"

李布衣也笑了，"兔子不知道何者为虎何者为鹿，但它却知道见到小鹿时继续喝水，见到猛虎时便要逃跑，因为老虎有杀气……杀气是瞒不过人的。"

鲁布衣笑道："只瞒不过你。因为我杀了三十一名李布衣，除了少数三四人，别的连发现都来不及。"

李布衣脸色一沉，"我跟你有仇?"

鲁布衣道："没有。"

李布衣疾道："我与你有冤?"

鲁布衣答道："也无。"

李布衣怒道："你何苦为了要杀我，竟不惜杀了三十一个无辜者?"

鲁布衣淡淡地道："我是刘公公亲信，隶属内厂，杀几个意图造反的江湖人，算不了什么。"

李布衣忽然平静了下来，"哦，原来是内厂的人，这就难怪了。"

鲁布衣笑道:"可惜你已受了残肢之伤,否则,今日谁存谁亡,可难说得很。"

李布衣淡淡地反问:"谁说我不能够动手?"

鲁布衣大笑道:"你别忘了,我也是一样替人看相的。"

一面笑一面亮着锐眼,"你是木型人,目长而秀,腰细而圆,须眉多清,骨坚节硬,脸略带方,即略带金型。五行里金克木,唯少则斲木成器,多则木被金伤,你此刻脸白如雪,金已侵神,血气极弱,若非双目神采仍在,早已支持不住,又如何能出手动武?"

李布衣默然不语。

那青年突虎目一睁,怒叱道:"还有我!"

鲁布衣冷笑道:"你是什么东西?"

青年用右手大拇指指着自己的鼻子道:"我是傅晚飞!"

鲁布衣忽笑道:"你个性豪放,冲动耿直,意志坚定,有所图谋必全力以赴,但却不善于应变,为人过于坦率,性情亦失之太刚,易放荡不拘,常不思前顾后,纵仗义疏财,结交天下,亦难免遭败北,更易受人牵累。"

傅晚飞大吃一惊,颤声道:"你……你怎么知道我的个性……?"

鲁布衣一哂道:"人呱呱坠地,四指紧把拇指握在掌心,拇指就是自我,拇指的形状就是自我性格的流露……你拇指坚壮有力,强硬挺长,本可干番大事,可惜拇指与食指间分隔太宽,易放难收,任意行动,缺失难免。"

傅晚飞嗫嚅道:"你究竟……是谁……?"

鲁布衣淡淡笑道:"算命杀手鲁布衣。"

李布衣忽道："算命神捕邹辞来过？"

鲁布衣道："他易名张布衣，刚才来过，也刚被我杀了，他是第三十二个以布衣为号的……你怎么知晓他来过？"

李布衣目注草地上。

崖边，有几个碎散了的小铃铛。

鲁布衣这才笑道："张布衣的夺魂铃，很容易认，难怪你一眼看出来，是我大意。"

李布衣沉吟了一阵，道："我还有一桩心事未了。"

鲁布衣眯眼道："你想去协助'飞鱼塘'的人攻打'五遁阵'？"

李布衣点点头。

鲁布衣叹道："不行。第一，等你打完了'五遁阵'，伤已好了差不多了，我未必能制得住你；第二，以你现在的伤势，又能帮得上什么忙？起得了什么作用？"

李布衣平静地道："那你非要在此际杀我不可了？"

鲁布衣斩钉截铁地答："是。"

傅晚飞大声道："你杀不了他！"

鲁布衣眯眼笑道："为什么？"

傅晚飞拍心胸道："因为有我！"

鲁布衣斜起一只左眼，笑道："你接得下我的暗器？"

他话一说出，袖口飞出四枚橄榄形的暗器，恰好穿过四朵梅花，钉入树枝。

暗器能不偏不倚打中梅花，并不出奇，但花是柔的，能穿过花蕊，钉在细小的梅桠上，不令梅枝折断，不使花瓣震落，这份腕力，却不是"出奇"两个字可以形容的。

李布衣叹了一口气，道："四朵，是凶变之数，万事休止，你未必能如愿。"

鲁布衣笑道："灵数未可尽信，只要这小哥儿接不下我的暗器，你就死定了。"

傅晚飞坦然道："我接不下。"

鲁布衣笑道："那你杀了你背上的人，我放你一条生路。"

傅晚飞瞪住他反问："为什么我要杀他？"

鲁布衣道："你不杀他，我的暗器先杀了你，再杀他。"

傅晚飞摇首："你的暗器杀不了我的。"

鲁布衣不禁问："为什么？"

傅晚飞道："因为我会跑。"

话一说出，背着李布衣，没命似的往前跑。

鲁布衣四枚橄榄镖已呼啸尖嘶着发射了出去，四枚橄榄镖后又跟着九枚橄榄镖。

傅晚飞一口气跑到普渡桥，往桥牌一转，停了一停，笃笃笃笃，四镖全射入石墩上。

四镖一过，他刚想伸颈，李布衣喝道："伏下。"傅晚飞连忙一缩，又一连九下密响，九枚橄榄镖又射入了石牌内。

傅晚飞哇地站了起来，他甫一站起，"嗖"的一声，一枚橄榄镖，打入了他的发髻之中，险些射中了他的后脑。

傅晚飞不及多看，一面大叫着一面往普渡桥掠去。

后面暗器连响，至少有十七八枚落了空，另外流星雨似的尖啸，有的在左、有的在右、有的在前、有的在后，或在上在下飞擦而过！

只要给任何一枚击中任何一人，都要性命难保。

可是傅晚飞没有停顿，更没有回头。

他一鼓作气冲上了吊桥。

这时细雨已开始霏霏。

他一上桥，大叫一声，"大哥！"

他是怕背上的李布衣已中了暗器，只听李布衣咳嗽了一声，沉静地说了一个字，"冲！"

背后暗器破空之声又告响起。

傅晚飞再也没有犹疑。

他在雨中像炮弹一般飞冲出去，把暗器的呼啸全抛落在后面，他一生中从来就没有跑得如此快过。

他背上负有一人，但跑得比他平时还快。

如果不是为了背上所负，傅晚飞也情知自己跑不出这样的速度来。

前面的雨丝被劲风激开，吊桥急晃，傅晚飞背着李布衣破雨而冲。

鲁布衣的暗器傅晚飞是接不下、避不了，但傅晚飞撒腿就跑，跑过了暗器射程之外，鲁布衣催动轮椅，上了吊桥，但傅晚飞已奔到了桥中央。

鲁布衣不料傅晚飞有此一跑。

傅晚飞这样跑下去，自然可以躲过鲁布衣的追杀，但他跑到了桥中央，李布衣忽在背上叱道："停！"

傅晚飞不知道发生了什么事，但他素来服膺李布衣，戛然而止。

这急骤的止步，使索桥为之摆荡。

傅晚飞停了下来，才看见前面桥上，站了一人。

那人便是壮硕少年土豆子。

他手里拿着一支三锋直指、弯肢四棱、锋扁而齐、以棱为刃的锐耙，直指傅晚飞。

傅晚飞若直奔过去，难免被剖腹穿肠。

傅晚飞大口大口地喘了几口气，只听一阵刺耳难听的铁木相碾声传来，窄仅容人的吊桥木板一阵格动连响，像柴干裂了一般，鲁布衣正催动木轮往桥心逼来。

"没想到你会逃。"鲁布衣冷笑着道。

"他会逃的，"李布衣咳嗽两声，深吸一口气，接道，"他性子硬，但并不拘泥古板，你看他拇指时，忘了注意他指头稍向外倾。而且首节后仰自如，是极能善于应变、机警伶俐的小伙子。"

鲁布衣一面催动木椅，渐逼近桥心，道："可惜那么聪明伶俐，生路不走，仍选上了条死路。"

傅晚飞向李布衣低声道："我硬冲过去。"他没有把拿锐耙的少年放在眼里。

李布衣道："好，你放下我。"

傅晚飞大声道："我背你过去。"

李布衣疾道："那就一定过不去。"

吊桥上狭仅容一人，而且吊桥一方有人移步，整个吊桥都会振动起来。

这时吊桥振幅更大，鲁布衣催动木椅，已快接近暗器射程之内。

李布衣疾道："放下我。"

傅晚飞道："要过，就一齐过去!"

桥的另一端又振动起来，土豆子持耙踏步逼近。

傅晚飞霍地拔刀，大喝道："不要过来。"

土豆子的步伐骤然加快。

傅晚飞一刀向索桥砍了下去，刷地断了一条绳索。

然而土豆子、鲁布衣更迅速地自两头逼近，傅晚飞一咬牙，唰唰两刀，又断了两条麻索，吊桥顿时一歪，摇荡不已。

鲁布衣、土豆子陡然停止，相顾骇然。

他们要往回走，已经不及，返近却又太迟，鲁布衣叱道："你……要干什么？"

傅晚飞挥刀大声道："你要再逼近，我砍断吊桥，一齐掉下去死。"

说着又挥刀砍断一条吊索。

鲁布衣急叫道："别别……"

傅晚飞喝道："那就退回去。"

鲁布衣勉强挤出一丝笑容，道："好，好……"催动木椅，往后退去，一面挥手，示意土豆子向崖上撤离。

两人一动，吊桥上响起一阵难听的轧响，剩下支撑的几条绳索，仿佛随时就要断裂般的。

吊桥一旦断落，他们只有翻落于百丈溪谷里去了。

李布衣低声疾道："不可以叫他们退。"傅晚飞一怔。

"他们一旦退回崖上，就会砍断吊索，任由我们掉下去。"

傅晚飞猛然一省，大呼道："不许动！"

鲁布衣、土豆子立时僵直了不动。鲁布衣双手紧抓木椅扶手，土豆子双手紧握耙柄，两人都抓了一手心的汗。

鲁布衣扬声问："你要我们怎么样？"

傅晚飞六神无主，进退维谷，索性撒赖，"不准进，也不准退。"

鲁布衣强笑道："那我们就僵在这里，天为庐，地为床，雨为饮，拿吊桥当饭吃么？"

傅晚飞叱道："少废……"忽觉脚下吊桥稍微振荡，猛回首，只见土豆子悄步逼近，傅晚飞气极喝道："再动——"挥刀又断一索。

吊桥连断四索，陡然一沉，摇摇晃晃，发出吱格吱格的怪声，这下可把鲁布衣吓得骇然失色，高呼道："土豆子，不要动！不许动！不准动！"

土豆子也脸色发白，僵在那儿，像脚背上凿了钉子一般。

傅晚飞气呼呼地道："不动最好，老老实实的……"

四人分作前、中、后三段，僵在桥上，相持不下，却不料自天祥那边，来了一个绾髻小童，拖着一个老得快睁不开眼的老婆婆，竟无视于吊桥上争持的情景，一蹒跚一蹦跳地踏上了吊桥。

两祖孙一上了吊桥，吊桥立即一沉，傅晚飞立即发现，又要挥刀砍绳索，土豆子连忙骇呼道："不关我事——"

傅晚飞一呆，这才发现老婆婆和小孩子正走在吊桥上。

傅晚飞呼道："喂，别走过来，别走近来——"

那老婆婆远远似听到有人呼叫，用手按在耳背上，问那小孩，"四毛，那人在呼嚷什么呀？"

四毛跳蹦蹦地说："他叫阿婆阿婆快过桥，过了桥，搭上轿，轿儿轿儿摇摇摇，摇到戏园子里瞧。"

在那边鲁布衣一颗心可掉出来了半颗，忙不迭地道："别人经过，可不是我们，你不要砍。一砍，大家都没命了。"

傅晚飞一见老婆婆和小孩，心忖糟糕，鲁布衣见傅晚飞扬起刀来，却没砍下，横针似的狭眼亮了一亮，道："你砍也不打紧，但连累无辜老幼性命。你忍心吗?"

傅晚飞颓然垂下了刀。

鲁布衣突然推动木轮，迅速逼了过去。

傅晚飞又举起了刀，厉呼道："你再过来，我就——"

鲁布衣狞笑道："砍！砍吧！害死无辜乡民，看是不是好汉所为！"

傅晚飞扬起了刀，却一直没砍下去，就这么瞬息间，鲁布衣已逼近桥中央傅晚飞和李布衣身前！

傅晚飞怒叱："你——"

鲁布衣骂道："你砍，你砍，要连累——"话未说完，袖口里橄榄形的暗器一闪，已射中傅晚飞持刀的手。

刀锵然落下，掉落到深谷里去了。

说时迟，那时快，鲁布衣同时也欺近了傅晚飞身边，木椅上猛弹出一柄飞刀，急射傅晚飞颈侧。傅晚飞匆忙间根本不及闪躲。

在他背后的李布衣忽一探身，张口咬住了刀。

"铮"的一声，刀柄射出一枚小剑，李布衣一仰脸，小剑平贴脸颊而过，还飘下几撮发丝。

李布衣四肢伤及筋骨，无法挥动，但内力依然存在，反应仍然机敏。

鲁布衣笑喝道："好哇，还顽抗哩——"忽见李布衣一抬膝，顶在傅晚飞臂弯的包袱上。

"呼"的一声，一物凌空飞来。

鲁布衣没想到李布衣在此情此景，居然还可以反击，匆忙间一掌拍去，波的一声，物件碎裂，黑雨洒下，鲁布衣行动不便，淋了一身，才知道原来是墨汁。

一般墨汁都是在砚台上渗水磨研的，但也有存于瓷瓶，可保数天不凝结成块，鲁布衣拍得一手是墨，一时不知有没有毒，忽见李布衣俯身冲来。

鲁布衣吃了一惊。

李布衣原就骑在傅晚飞背上，居高临下，突然凑身过来，鲁布衣百忙中一掌拍了回去。

李布衣若仍有一手一足可发挥，只怕鲁布衣此番便得伤于他招下，可惜李布衣无法作出攻击，这一掌拍来，只有一个大仰身，头已越过了吊索，空悬在桥外。

鲁布衣一击不中，臂随伸长，"砰"地追击在李布衣胸前。

这一掌刚刚印中。掌力未吐，傅晚飞已定过神来，一脚踢去。吊桥这时摆荡不已，窄难容二人并立，鲁布衣人在椅上，闪躲不便，虽不怕傅晚飞的武功，但也只有先行催动轮椅，往后退了七尺。

这时连雨霏霏，鲁布衣本溅得一身是墨，又教雨水冲去，变得上半身干净，下半身犹留有墨迹，十分狼狈。

鲁布衣虽然狼狈，但心里却是高兴的，因为傅晚飞已失刀，再也没有砍断吊桥之威胁。

傅晚飞背起李布衣想往另一边冲，但见土豆子持耙就把守在七尺外，原来在鲁布衣冲近交手数招的电掣星飞间，他已赶到了。

这时吊桥在半空中摆荡不已，桥首的老婆婆和小孩子都抓紧桥索，尖叫不已，十分害怕。

李布衣垂着头，看着胸前，傅晚飞却大声道："好，生死我不在乎，让我们过了桥再杀，别连累无辜！"

# 第肆回　迷雨下的红伞

　　鲁布衣摇头道："不行！现在僵局已破，你前无路，后绝境，除死无他策。此地不杀你们，哪里还有更好的杀人处！"鲁布衣说着便要出手……

鲁布衣摇头道："不行！现在僵局已破，你前无路，后绝境，除死无他策。此地不杀你们，哪里还有更好的杀人处！"

鲁布衣说着便要出手，忽听见李布衣叱道："鲁布衣，你生平已历三次大难，三次不死，皆因天留余地，而今你还作恶。"

鲁布衣一震，这几句话，乍然听来，对鲁布衣而言，悠悠然像天庭的雷声劈入脑壳里一般，怔立当堂。

李布衣转而用一种沉平的声调道："你现在呼吸已甚不正常，背脊椎骨的刺痛又强烈多了吧？你的心已乱得一塌糊涂，寝难眠，食难安，你还要加害旁人？"

鲁布衣呆呆地坐在那里，用一种艰涩的声音道："你……我……"

李布衣叱道："你夫人先你而去，报应还不够么？内疚还不够重么？你还再作恶，真的不为孩子们想想么？"

鲁布衣脸色煞白，怔在当堂，墨汁在他脸上被雨水冲涤得一道一道灰痕，很是诡异。

李布衣神色不动，向傅晚飞低声疾道："我一说完下一句话你就全力动手。"

只听鲁布衣喃喃道："你怎么知道……你怎么知道……？"看他的脸容神情，也不知道是哭是笑。

李布衣目中神光大现，暴喝一声："鲁布衣，祸福无门，由人自招，你三十丧妻，四十长子亡，还不知悔悟！"

鲁布衣脸肌抽搐，捂胸呻吟："哎——"

傅晚飞虽不明白，但想起李布衣的话，右拳飞星抛月，捶打鲁布衣额角，左掌五指进伸，贯刺其胃部，一足飞蹴，踢向鲁布衣小腹。

如果不是后面还有一个土豆子，傅晚飞这三记狠招必能命中。

傅晚飞一出招，土豆子也向他背后出了三记杀手。

傅晚飞转身向鲁布衣发招，他背后就是李布衣。

土豆子等于向李布衣出击。

傅晚飞可无心再攻向鲁布衣，他霍然回身，把三招狠攻全向土豆子发了出去。

三招狠攻跟三记杀手硬碰硬，谁也没占着便宜。

只是这阻得一阻，鲁布衣已霍然而省。

李布衣大叫一声，"斩索！"

鲁布衣、土豆子同时一怔，就在这刹那之间，李布衣一起肘，撞倒了土豆子，向傅晚飞耳边叫："走！"

傅晚飞反应奇快，不理三七二十一，开步就狠命地跑，吊桥被振荡得格格作响，一口气向前冲锋的傅晚飞倒没什么，在桥心的鲁布衣、土豆子几被振荡得摔下深谷，忙抓紧吊索，稳住身子。

只要傅晚飞背着李布衣，走完吊桥，便可以回身断索，令鲁布衣、土豆子二人在深谷跌成肉泥，傅晚飞知胜券在握，一面跑一面喜呼："大哥，大哥，我们上上上上了崖，就断断断掉桥——"

李布衣在他背上道："不行，此桥不能断，只斩了几条绳索，较易修好，若全桥掉落下去，一两个月内不易重新架好，叫乡民们有多大不便……咱们过了桥便算了。"

傅晚飞打从鼻子里哼道："便宜他们了——"突陡然停下。

原来他已跑到桥首，只见老太婆和那小孩子仍抓紧桥索，因桥身振动，两人惊怖莫已，处境颇岌岌可危。

傅晚飞疾道:"不行。"

李布衣道:"扶他们回崖。"

傅晚飞应了一声,力运全身,左挟小孩,右搀老太婆,背负李布衣,除傅晚飞双脚踏在悬空的桥上外,余者三人俱双脚悬空,随时可能落入百丈深谷里。

小孩子闭起眼睛不敢看,老太婆口里猛念菩萨求救,只听桥上嘎吱嘎吱地乱响,好似随时一脚踩入了虚空里,好不容易终于上了崖,脚踏实地,傅晚飞轻轻放稳了两人,忽一个倒栽葱,摔在地上。

原来他内力本就不高,激战了一轮之后,又狂奔了一阵,加上身负三人之力,心理负担又重,知道只要走失一步,便害了三条人命,千辛万苦才上了山崖,脚一落实,顿放下心头大石,登时脱了力,倒在地上。

只听有人喝道:"迟早难免一死,还逃什么?"傅晚飞身负三人之时走得极慢,土豆子和推动木椅的鲁布衣,已一先一后逼来,离桥首不过十尺之遥,就算要砍断桥索也来不及了。

傅晚飞虎地跳起来,气喘未休,猛醒起李布衣负在自己背后,怕他压伤,忙问:"大哥,你怎么了?"

耳际传来李布衣一声轻叹:"我没事,你放心。逃不掉他们的追击,实乃天意,你快走吧,我挡他们一阵。"

傅晚飞怒道:"我说过,要生同生,要死一齐死。"

李布衣叱道:"你在我身边,反而使人投鼠忌器,你走了我应付得来。"

傅晚飞双眉一竖,惨笑道:"哥哥如此骗我,岂不是看不起兄弟,不与小弟同生死?既是如此,我自戕当堂便是。"

李布衣至此也不禁热血沸腾，大喝道："好，是哥哥说了狗屁，兄弟你不要见怪，咱们相交不久，长幼不一，但生死都一般痛快过瘾。"

鲁布衣和土豆子这时逼近桥墩，只剩七尺不到，见二人厉声交谈，因防有诈，凝住不发，静观其变。

鲁布衣冷冷地道："我劝你不要再背着他逃，我椅下、袖里的暗器，只要你一动，至少把你射穿十八个窟窿。"

傅晚飞豪笑道："我们这次停下来，本就没打算再跑。"

鲁布衣道："有志气！叫什么名字？"

傅晚飞不去答他，却问土豆子，"喂，你总不成就叫作土豆子吧，咱们拼生拼死的，还未通姓名呢！"

土豆子道："我叫姚到，别人都叫我土豆子。"

傅晚飞批评道："不好不好，姚到也不好听，像我师父叫我作傅晚飞，就好听得多了。"

鲁布衣眯着针眼，"死到临头，还说这种鸟话！"

傅晚飞搔搔头道："难道死到临头，规定只能交代遗嘱吗？"

鲁布衣因恼傅晚飞刚才不答他的话，便转过去跟李布衣道："你怎么都知道我的事？"

李布衣淡淡一笑，"我看出来的。"

鲁布衣道："我自问在相貌上隐藏得很好，也涂了些易容之物，表情亦能控制，你怎么看得出来的？"

李布衣摇头："在面相上我看不出你的底细，我是从手相中看出来的。"

鲁布衣恍然大悟，"难怪，难怪，你诱我掌上蘸上墨汁，再引我在你胸襟上印了一掌，你就从掌印上观察……"

李布衣淡淡地道："人的手掌和嘴巴不一样，它绝不会说谎，拿笔的食指、拇指第一节生茧，拿锄的四指掌峰贲起，拿刀拿剑的虎口结厚皮，都瞒不过人的。"

鲁布衣憬悟地道："难怪你中了我一掌后，故意垂下了头，原来在看我的掌印……"

李布衣道："也在挡着雨水，不让掌印太快被雨水洗去……不过，要不是小飞及时出手，你那一掌我也着实吃不消。"

鲁布衣把手掌放在自己的眼前，喃喃地道："我的生命线（地纹），在中段之上，有一处裂纹，一处十字，一处星花，所以你就能准确地指出我曾历三次大险了?"

李布衣接道："而且，你的手掌中出现健康线。"

鲁布衣苦笑道："这条健康线是从掌腕根部斜指尾指，通常是不健康的时候，才会有健康线的出现。"

李布衣点头道："何况你健康线出现蛋突状，头脑线（天纹）也有明显的岛纹，呼吸定有阻滞，可能肺病甚重，而精神也痛苦难安。"

鲁布衣冷哼一声，"我生命线前三分之一的始端有岛纹，你是因而判断我脊椎有病了?"

李布衣笑道："这倒可从你出手与动作里，就断定的。"

鲁布衣惨笑道："我小指下的婚姻线（家风纹）端部下弯，被十字纹砍断，且线尾下垂切断感情线（天纹），我因夫人病逝而伤心，是明而显之的。"

李布衣道："而你婚姻线竖了两条直线，浅而狭的代表女儿，阔而深的代表男孩。你有两种直线各一，但其中一条中途被断，我是以此为据，猜测令郎已经……"

　　鲁布衣忍不住道："不错，我掌纹里确写明了这些遭逢……但你又从何得知发生之年岁？"

　　李布衣道："你的命运线（玉柱纹）被拇指球峰艮位的星纹所串破，按照掌纹流年的看法，你命运线被艮宫横线串破，是在头脑线下各一，我是因而推测年份的。"

　　鲁布衣苦笑道："艮宫星花破玉柱，难免六亲不幸，心情受苦……你说得不错，只是我乍听之下，还着实惊疑了一阵。"

　　李布衣赧然道："惭愧，我身为相士，为求苟活，危言耸听，揭人隐私，实在汗颜。"

　　鲁布衣沉默了一阵，垂下了头，忽又抬起来，用针刺一般的眼神道："你若羞愧，那么我也身为术士，乘人之危，赶尽杀绝，手段卑鄙，岂不更无颜面做人？"

　　他笑笑又道："可惜，我不能错过这机会，错过了，就可能没有下一次的机会了。"他顿了一顿又道，"我也多么不想杀你，跟你多学一些占卜相学。"

　　李布衣一笑道："这是命也。"

　　鲁布衣道："人努力不及之处方才是命，你已认命了？"

　　李布衣眼神明亮清澄，"我仍在努力。"

　　鲁布衣大笑道："好！好！我在努力杀你，你在努力不死！就看命里如何安排了！"

　　忽听后头传来一个声音道："他不死。"

　　这声音响起的同时，鲁布衣和土豆子已感觉到吊桥的振荡。

　　鲁布衣立即回首。

　　土豆子却没有回身。

　　他仍盯着李布衣和傅晚飞，以防他们乘虚出击。

他们师徒二人早有默契，配合得天衣无缝。

鲁布衣回头，就看见一个人，拿着一柄小红伞，在细雨中自吊桥走来，伞下看不清楚面目。

但鲁布衣却知道来人是谁。

他目光像针一样冷酷、狠毒，瞳孔收缩，一字一句地道："你没有死？"

张布衣道："我若死了，岂不是比没有死更可怕？"

鲁布衣恍然悟道："我忘了你手上有一柄伞。"

张布衣道："而且那只是崖边，我的伞逆风而降，卸去急坠之力，只要认准落脚之处，未尝不可以在半途稳住身形。"

鲁布衣拍额叹道："能在掉落深崖时心不乱以求生，我很佩服。"

张布衣沉声道："下去倒不难，只是上来颇费些时候。"他在说这几句话的时候，已迅速接近鲁布衣的处身之地。

# 第伍回 三个布衣、一副对联、两个字

　　鲁布衣想命土豆子断索，但他知道傅晚飞一定会受李布衣之命出手阻止，自己未断吊桥之前，要争回到崖上，已然不易，何况还有一个本就不易应付的张布衣。

鲁布衣想命土豆子断索，但他知道傅晚飞一定会受李布衣之命出手阻止，自己未断吊桥之前，要争回到崖上，已然不易，何况还有一个本就不易应付的张布衣。

他沉默了一下，道："看来，你不会让我杀死李布衣。"

张布衣声调低沉，答："是。"

鲁布衣针也似的眼光四周迅速扫过了一趟，"看来，我今天只怕也杀不了李布衣。"

这时张布衣离鲁布衣只有约莫十五尺之遥。

鲁布衣道："难得我们三个布衣，今天聚在一起……可惜……"就没有说下去。

张布衣不禁问："可惜什么？"

鲁布衣道："可惜我要失陪了。"他这句话还未说完，至少有四十件暗器，呼啸而出，有些打向李布衣，有的打向傅晚飞，大都打向张布衣。

当下张布衣旋伞砸开暗器，傅晚飞背着李布衣不住腾挪逃避，腿、臂、腰各中了一枚橄榄镖，幸而只是掠中，并非射入，待暗器一过，鲁布衣和土豆子已抢上树头，夺路而去。

鲁布衣根本无心恋战。

张布衣、李布衣加一个傅晚飞，鲁布衣自度只有五六成胜算，没有八成以上把握的事他决不会做。何况，自从李布衣提到他亡妻丧子之痛，心绪繁乱，一时仍未能恢复。

更糟的是，他对李布衣已无杀意。

所以他只有仓皇退走。

鲁布衣一退，在迷雨里、吊桥上、红伞下的张布衣，忽呻吟一声，红伞掉落，双膝一软，仆伏桥上。

李布衣急道："快去扶他过来。"

傅晚飞急忙把张布衣扶到实地，才发现张布衣脸色苍白，胸腹之间，渗满了血迹，右胁还有一个血洞，腿胫之间，满是伤痕。

前两处伤口，都非常严重，是与鲁布衣交手时被他暗器所伤而致的，至于腿胫之伤，敢情是在悬崖上落时被尖石划破，倒不严重。

在迷雨里，张布衣撑着红伞，逆光而立，使得鲁布衣没有发现这些，而惶急退走，张布衣一口气强撑至此，终于支持不住。

李布衣看了看张布衣的伤势，道："快，到木栅里找赖神医。"

这一来，傅晚飞又有得累了。


在细雨里，傅晚飞背负李布衣，手抱张布衣，穿过默林点缀、秋意缠绵的天祥，直转入木栅里。

木栅里炊烟袅袅，山意苍翠，一片祥和的光景，一个小童折了纸船，放在大雨积水流湍的沟里，自己看得入神，时手舞足蹈，时拍手笑。

这孩童眉清目秀，双颊通红，很是可爱。

李布衣示意傅晚飞停下来，柔声问："小宝宝，你爹爹在不在？"

孩童抬起了头，眼神十分清澈，笑嘻嘻地反问："你找爹爹治病？"

傅晚飞心忖：赖神医的儿子可长得人见人爱。

李布衣笑道："是呀。"孩童乌溜着眼珠，认真地摇头："老爹爹是不替外人治病的。"

李布衣笑了，"那么他在了？"

小童点点头，小小的手掏起了小纸船，递了上来，说："这个给你。"李布衣便要傅晚飞接下，谢过之后，又示意傅晚飞继续走，走了一段路，已到了木栅里尽头，右边隐约有一条巷子，通过去绿草青青，一望无垠。

这时巷子转角处，有十七八个大孩子，拍着手，逗着一头老牛，在唱着一首儿歌，"小小牛，慢慢走，老老牛，不想走，老牛小牛一块儿走，老牛背小牛，小牛拖老牛，哞哞哞——"

唱到最后一句，见到傅晚飞等，便哄笑起来，围上去好奇地打量着，一个手里拿着鱼竿丝，钓上还挂着蚯蚓的邋遢小孩童毫不胆怯地叫了一声，"喂。"

"喂。"傅晚飞"喂"了回去。

"你们来干什么？"

李布衣笑接道："找你们爹爹。"

傅晚飞一听，伸了一下舌头，心想：乖乖这可不得了，赖神医有这样一大群孩子呀！那么他老婆也不少了……不料他这一伸舌头，孩子们以为他在做鬼脸，登时各自拉脸、眨眼、扳嘴、捏鼻、吐舌、掩耳、伸颈，做出各种各类古怪动作，以做"回报"。

傅晚飞看得又好气又好笑，但笑也不敢，发作亦不得。

一个拿着鱼篓，篓里蹦跳着四只蛤蟆，两条鼻涕像毛虫一般吐出又吸入的孩童，一手叉着腰说："你们是干什么的？"

傅晚飞看到他们老气横秋，心里不禁有气，却听李布衣温和地笑道："是来找老牛小牛的。"

那干孩童一听，笑逐颜开，拍手又唱了一首童谣，那鼻涕挂脸的孩子抓了一只蛤蟆，递给傅晚飞，傅晚飞哪里肯接，却听李布衣吩咐道："快接下，揣入怀里，谢过小哥儿。"

孩子们拍手欢歌，在田陌中是足泞泥溅，逐渐远去。

转入了巷子，很快便来到一大片田野，金色的稻穗迎风摇曳，吸入的全是清甜的凉风，三人精神登时为之一振。

只是傅晚飞觉得怀里的蛤蟆一直腾跳着，很不舒服，几次忍不住想要把它掏出来，李布衣道："再忍耐一阵子。"

傅晚飞心里狐疑，但一直对李布衣心悦诚服，故也没有多问。

这时阡陌上有十二三个农夫农妇，有的在抽烟谈话，有的在田里耕作，李布衣扬声问："这里是不是木栅里的咏和巷？"

一个抽烟杆的中年农夫咧着黄牙问："你来干什么？"

李布衣又道："我是找赖神医的。"

农夫道："我爹爹？你找对了，你是谁？"

李布衣道："我是蛙米大虫。"傅晚飞一听农夫叫赖神医做爹爹，心里吓了一跳，乖乖我的妈，连儿子都那么大了，赖神医可不简单，没料听得李布衣这样子的回答，更是发了一会儿的怔。

农夫们却听了毫不讶异，纷纷笑道："去吧。"

"可顺风顺水顺顺利利的。"

"我们爹爹在家，甭担心吧。"

其中一个农家女，拿了一样东西，向傅晚飞说："给你。"

傅晚飞见那女子青粗麻布，头上扎了块白底红花布，脸上沾了几块脏泥，但是眼眸美得柔静，黑白分明，几绺乌发自头巾里乱垂在她脸蛋上，更是映得她清丽绝伦，肤色白里透红，伸出来的手心向下，白净细柔，一点也不粗糙，竟还有一种如兰似麝的微香，淡沁入鼻。

傅晚飞看得痴了。

那农女跺足嗔道："人家给你东西呀。"

李布衣道："还不接过。"责备之声里隐带笑意。

傅晚飞如梦初醒，忙伸手出来，农女"咭"地一笑，在他手心放了一堆又黑又湿的污泥，见他痴痴怔怔的样子，忍俊不禁，捂脸笑了起来。

就在这一笑尚未及用手捂住之际，仍是给傅晚飞看了去，真是灿若花开，娇美无比，这一笑，使得傅晚飞神摇魄驰，心旌震荡。李布衣笑道："谢了。"又催傅晚飞向前行去。

傅晚飞依依不舍，回眼望了再望，农女已回到农佃群中，再也没有抬头，只望见那白头巾红花点下的几绺乌发，傅晚飞神不守舍，惘然若失。

一路行去，李布衣吩嘱："那团泥握在手心，切莫丢了。"这回倒不必李布衣吩咐，傅晚飞早已牢牢握着泥团，纵叫他丢弃，他也不舍得。

前面稻香风清处，有一间茅屋，矗立路边，李布衣脱口道："快到了。"

忽见前面来了一对老夫妇，背伛入驼，脸上皱纹打了折又成了结，如果不看身上服饰，单看脸容已老得分不出男女了。

李布衣扬声招呼道："老婆婆，老公公，赖神医在吗?"

老公公和老婆婆都拄杖停住，打量了一番之后，老婆婆道："你是谁呀? 找爹爹干什么?"老公公接道："是呀，找他干吗?"

傅晚飞这下，听得呆住了，李布衣却答道："我是李布衣呀，两位敢情是不认得了。"

老婆婆拍了拍太阳穴，张开快掉光了牙的嘴巴笑道："原来是你呀，失觉、失觉。"

老公公也笑逐颜开，道："原来是你呀，好久不见了。"

老婆婆白了老公公一眼道："废话做什么？"遂向李布衣道，"你进去吧，爹爹在的。"

老公公也跟着道："爹爹在的，你快进去。"

傅晚飞背着李布衣、抱着张布衣，向前奔去，终于忍不住问道："赖神医有几个老婆？"

李布衣没听清楚："什么？"

傅晚飞改了一个问题，"他……他有多大年纪了？怎么……怎么他儿女都……都那么老了？"

李布衣怔了一怔，忍不住哈哈大笑。

傅晚飞一头雾水，不知李布衣笑他什么。

李布衣笑了一会儿，才笑着道："赖神医年纪不大，只不过这一带人人敬爱他，无论老幼，都唤他做'爹爹'，他也没有老婆……"

张布衣听到这里，也不禁问道："那对老公公、老婆婆是何人？我看他们的武功底子极高。"

李布衣道："他们就是当年叱咤风云、威震武林的文抄公和文抄婆。"

"文抄公"和"文抄婆"是谁，傅晚飞却没听说过，但受伤的张布衣闻言后，身子震了一震，道："是……他们！"

傅晚飞却问道："大哥，你为何先招呼婆婆，然后才招呼公公呢？"

按照一般俗礼，总是先招呼男的，再招呼女的，武林中、江湖上也不例外。李布衣呵呵笑道："那是因为文抄公出名惧内，凡事以文抄婆马首是瞻……要是先招呼文抄公，可害苦了他哩。"

声调一转，疾道："到了。"

李布衣想到马上能见到赖药儿、叶梦色等，心中浮起一种难言的亲切，也有一阵无由的紧张。

傅晚飞骤止了脚步，只见茅屋幽雅，也没有什么特别处，竹篱笆内，小小院子养着鸡鸭，鸭子在小池游水，小鸡在啄吃谷米，院子里开着鲜红和鲜黄的美人蕉花，竹篱上还爬满了紫色牵牛花，凉风徐来，带着几丝微雨，每朵花都像招曳着小手。

茅屋门扉，有一副对联。

左边只有一个字：有。

右边也只一个字：无。

一副对联，两个字。

李布衣低声道："击掌三记。"

傅晚飞依言拍了三下手掌。

"汪"的一声，一头小花犬转了出来，跨过门槛，头歪歪地看着他们。傅晚飞期待的是有人出来，没料出来的是一头小狗。

故此傅晚飞也头侧侧地看着小狗。

小狗一双眼珠子乌亮亮的像两块发光的黑卵石，很是可爱，对望了一阵，忽伸伸爪子，"哈"地打了一个呵欠。

李布衣柔声叫道："西门阿狗，西门阿狗，叫你的主人出来吧。"

"西门阿狗"显然就是小狗的名字，听李布衣这样叫它，立即把尾挥得鞭子似的，高兴了起来，尾摇了一阵，才又跑回屋里去。

只听一个苍老的声音在屋内不耐烦地道："又有谁给你肉骨

头啃了，这般来烦我。"

李布衣扬声道："怎么？不记得老朋友了？"

那人沉默了一下，忽然门口多了一个身体，却没有头。

傅晚飞吃了一惊，这才看清楚，这人太高，门口只现了他的身子，头顶以上都给遮住。

这人穿着淡蓝色的长袍，袖子非常之长，清爽的白发披在肩上。

傅晚飞心忖：原来真的是个老人。却见那只小狗，一直围绕在那人脚边，十分亲昵。

只听那人沉声道："你来了。"

李布衣神情有些激动，"你又高了。"

那人弯下腰，弓着背，俯下身来，道："也老了许多。"

傅晚飞这才看清楚那人的样子，只觉得很温厚，很沉默，脸上带着和蔼的微笑，眼睛微呈湖水般的浅蓝色，脸容却十分年轻英俊。

——然而为什么头发全白了呢？

那人一见到李布衣，脸上有一丝吃惊的表情，很快又恢复，道："你也会伤成这样子。"

李布衣道："我不是来请你医的。"

那人笑了一笑，道："那你好不容易过三关来找我赖某，难道是来看花、种菜、吃番薯？"

李布衣道："我只是来看看我那几位朋友，你……你医好他了没有？"

赖药儿道："昨晚有五个人来，差一点就给文抄公、文抄婆等人挡了回去，后来他们口口声声说是你叫他们来的，才放他们进了来。"

他笑了一笑又道："我救过你三次，你救过我四次，我欠你一次，我亲口答应过，只要你开口，我必替你治一次——我昨天已出手医治那武林朋友，已违反了我的规矩，"他望了望傅晚飞搀扶的张布衣，道，"我再也不能破例。"

傅晚飞急道："赖神医，你就行行好，救救我大哥和神捕大爷吧。"

赖药儿笑道："我的医病规矩是：凡武林人物都不治，治好了有什么用？又去杀人而已。你的要求，我不能答应。"他说这话的时候，脸上仍保持着温和的笑容，但拒绝得绝无迂回余地。

李布衣接道："你不必替我治，只烦你……烦你替他看看……就行了……"

赖药儿道："不行。你没欠我，我也没欠你，规不可废，例不能开。"这几句话说得更是斩钉截铁。

傅晚飞忍不住戟指大声道："枉你是名医、神医，徒得个虚名，又是那种自以为有性格见死不救的瞎眼无心大夫，要这套怪脾气，有病不治，罹疾不救，算什么英雄好汉、江湖中人？难怪你年纪轻轻，一头白发，也算报应！"后面几句，是学着李布衣替人看相的口吻附加的。

赖药儿了一呆，脸色巽血，连耳根也红了。向来此地求医的，只有低声下气，软语哀求，怎会对他戟指痛斥？若是礼数不周，威逼强胁者，早给文抄公、文抄婆等赶了出去，傅晚飞这一顿骂，赖药儿血气上冲，心虽激愤，但他涵养极好，仍淡淡地道："我本就只是茅舍闲人，不是什么英雄好汉、江湖人！"

说着袍袖一拂，转身欲去。

傅晚飞大喝道："慢着。"

赖药儿的脚步生生顿住，那头小犬对傅晚飞怒目相瞪，咧开个尖利的牙齿。赖药儿淡然道："你要怎样？"

傅晚飞上前一步，挺胸道："怎么？狗仗主人势，狗眼看人低，要放狗来咬人么？"

这一说，赖药儿倒不好意思起来，低叱了一声，"阿狗。"小狗立即乖乖地驯伏在他脚边，只用一双漂亮的眼球子敌意地瞪住傅晚飞，像生怕这人会对主人不利一般。

这么一来，傅晚飞倒不好意思发作起来，只好道："医者父母心，救人一命，犹胜七级浮屠，你难道见死不救吗？"

赖药儿没有作声。傅晚飞又道："只要你肯相救，我做牛做马，也一定报答你，来生做猪……"他看到小花犬，灵机一触，便接道，"做狗，也帮你助长威风，专咬恶人！"

赖药儿道："你讲完了没有？"

傅晚飞一听，知道八成治不了伤，道："没有。我还有话，你是子虚乌有放屁神医，头痛感冒都治不好，所以没胆量治这等伤，你看到流血就脚软，胆子比鸡眼还小，医术比我傅晚飞差六倍，所以你不敢医，嘿，你不敢医！"他见求医不成，索性用激将法，他对赖神医本就不怎么服气，趁此大骂一通，图个心里痛快。

赖药儿道："你骂完了没有？"

傅晚飞道："没有。"

赖药儿道："为什么不骂了？"

傅晚飞道："我口干。"

赖药儿道："可舀井水喝了再骂。"

傅晚飞道："现在我不骂了。"

　　赖药儿道："你不骂了，我可要回屋里去了。"

　　傅晚飞实在没了办法，忽听天井小院子泥地"叭"地一响，竟自地里相继跃出了三个人来。

# 第陆回

## 怀袖

## 收容

只见土中跳出三人，一瘦、一胖、一矮，三个人掌着短、中、长叟，声势汹汹地向赖药儿戟指道："我们要来，谁也挡不住……"

只见土中跳出三人，一瘦、一胖、一矮，三个人掌着短、中、长殳，声势汹汹地向赖药儿戟指道："我们要来，谁也挡不住，以为遣人在咏和里前封锁了就解决了么！我们可以掘地道进来！"

"姓赖的，快随我们回去宫里，替公子爷看病！"

"你他奶奶的要是不看，我切了你一双狗腿再拖你去。"

傅晚飞等开始以为来的是赖药儿的人，现在看来倒是冲着赖药儿而来的。

赖药儿道："你们就是三天前数度要闯进来但给文抄公文抄婆打发回去的'勾漏三鬼'？"

胖的怒道："是'勾漏三仙'。"

瘦的道："他是胖仙桓冲，我是瘦仙席壮。"

矮的道："还有我是矮仙陶早。"

李布衣和张布衣一听，便知道这三人都是"天欲宫"的香主，人称"勾漏三鬼"，但他们自称"勾漏三仙"，都是武林中的煞星，干的是无本买卖，打家劫舍为业，不过倒不犯奸淫烧杀。

赖药儿若无其事地道："哦，原来是三位仙驾光临。"

三人一听，心里自是受用得多。胖鬼道："算你知机。"

瘦鬼道："别唠叨了，快跟我回去医治公子爷的病。"

矮鬼道："治好了保管有你好处。"

赖药儿笑道："三位弄错了，我一不出诊，二不替江湖中人治病，三不替我不喜欢的人看病，'天欲宫'的公子爷，上面三点，全犯上了，三位请回吧。"

胖鬼怒道："你别敬酒不吃，"瘦鬼接道："吃罚酒。"矮鬼继续道："别给脸不要脸，"胖鬼再道："待我们翻了脸。"瘦鬼又道："那时你就没有脸了，"矮鬼最后道："到时别怪我们不顾全你颜面。"

赖药儿冷然道："这是我治病的规矩，诸位赏不赏面，是诸位的事，这病，我是不治的。"

忽听傅晚飞道："你们在唱戏是不是？"

矮鬼气得跳起足有一丈高，怒叱："你想死是不是？"

瘦鬼顿足戟指骂道："你不怕死是不是？"

矮鬼道："你要我们成全——"便说不下去。

原来这"勾漏三鬼"说话，素来是胖的先说，瘦的再接，然后才到矮的说话，依此类推，甚有秩序，配搭甚妙，互有默契，现傅晚飞瞧不过眼，故意掺进去说话，三人顿觉如行军时阵势大乱，呼吸时遇上阻滞，一时接不下去。

胖的骂道："小鬼你——"

傅晚飞道："你才是鬼。"

三人一时又气为之闭，接不下话头。

好不容易瘦鬼才挣扎道："你胆敢来扰乱！"

傅晚飞即道："我有什么不敢？"

矮鬼一时接不上，倒是胖鬼接上去了，"你是什么东西？"

瘦的知机，不待傅晚飞答话，抢先道："知不知道我'勾漏三仙'的威名？"

矮鬼一鼓作气想说，不料傅晚飞抢先一步，"我是人，不是鬼，你们是鬼，不是神。"

胖鬼气叱："你敢出言顶撞？"

傅晚飞道："何止顶撞？"

瘦鬼勉强说下去："你敢污蔑我们？"

傅晚飞正想说话，矮鬼已忍不住大呼道："轮到我了，到我说话呀，到我说话呀！"

胖鬼给矮鬼这一叫，叫乱了阵脚，觉得周身都不舒畅，骂道："你说便你说，叫什么叫！"

矮鬼不服："都是你抢了我的话头。"

胖鬼忿叱道："说话时机，要自己把握呀，你结结巴巴，自然说不出话来。"

矮鬼怒道："你敢骂我结结巴巴？你口臭又口吃，我都不说你呢！"

胖鬼正欲发作，不料瘦鬼叫道："不可，不可！你们两人都说完了话，我呢？"原来这师兄弟三人平时商议，也是一个一个依次序来，轮流说话，而今给傅晚飞这一搅和，局面都乱得一团糟。

胖鬼骂瘦鬼道："你又来搅什么局？"

矮鬼骂胖鬼："一切都是你，先抢了别人的话柄。"

瘦鬼骂两鬼道："你们应以大局为重，这时候吵个什么？"

矮鬼骂瘦鬼："那你又大呼小叫的做什么？"

三鬼争吵不已，傅晚飞等都忍俊不禁，三鬼骂得脸红耳赤，吵得不可开交，三人骂起来倒伶牙俐齿的，哪有工夫理会旁人？

李布衣微微一笑，"赖兄，我不是来求你治病的，你要医我，我也不一定给你医，只是这位张兄，义薄云天，尽忠职守，烦你给他治治。"

赖药儿道："你也知道我的为人，求也没有用的。除了不会武功的乡民，以及木栅里的兄弟朋友之外，谁我也不治……除非，"他笑了一笑，又道，"除非我欠下的情，答允下的诺言，或者是木栅里乡亲父老们的请愿……那……自然不同。"

张布衣道："李兄，不必为我操心，我也不想勉强别人做事。"他拍拍伤口，眉头也不皱一下，"这点伤，还死不了我。"

李布衣笑道："张兄少安毋躁，"向傅晚飞道，"把一路上乡民送你的东西揣给神医瞧瞧。"

傅晚飞把小孩童送的小纸船，大孩子送的活蹦蹦的癞蛤蟆，都掏了出来，独留下那农家女送他的泥巴，他不舍得交出。

李布衣也不追问。

赖药儿看了看蛤蟆和纸船，笑道："这早就该拿出来了。"

他笑笑又道："一件东西一个要求，你可要求两件事。"

傅晚飞道："我可无事求你，但请你替李大哥、张神捕治治病。"

赖药儿看了看他们伤口一眼，淡淡地道："这个容易，张捕头三天可以痊愈，李神相也六天便可复元。"

傅晚飞既不明白赖药儿为啥一看见湿淋淋的纸船和脏兮兮的蛤蟆就爽快地答应了要求，更不明白赖药儿与李布衣关系似熟非熟。他搔搔头，喃喃道："早知道你要纸船、蛤蟆，我多折几个，多抓几只给你好了。"

赖药儿微微一笑，将手一引道："诸位请进去吧。"

突听胖鬼叱道："慢着。"瘦鬼递上两只蛤蟆道："我们也有蛤蟆。"矮鬼递上一只用布摆折的小船，道："我们也有折船。"原来这三鬼虽然遇事夹缠不清，但却有一双巧手，见傅晚飞递上小船、蛤蟆，赖药儿便同意治病，迅速用衣摆折好纸船，并在田里抓了两只大蛤蟆来。

张布衣眼见这三个看似糊涂的家伙，行动如此迅速，心里也暗自惊诧。

赖药儿看了看，随即笑道："这不是乡民们给的蛤蟆、折船，我不能破例。"

胖鬼懊恼骂道："他妈的你要我们怎样才医！"

瘦鬼挥殳道："跟他谈什么理，抓回去看他敢不敢不治！"

矮鬼急忙张开口想说话，却见赖药儿蓝袍一拂。

这一拂之力，把矮鬼要说出口的话，全部扫了回去。

胖鬼大喝一声，短殳刺出，赖药儿卷出去的袖子一卷，已把短殳卷入袖中，胖鬼只觉得一股大力，自虎口传入，震荡下不得不松手，半招之间，兵器便失。

瘦鬼也大喝一声，中殳戳出，赖药儿袖子倒卷，像刀切在豆腐上一般把殳切成两段，也收入袖里。

矮鬼也想一喝，只见袖口迎脸一罩，他急忙用长殳一拦，格格格格四声，长殳竟给柔力震成四截，全倒卷入赖药儿袖中。

同时间，"呼呼呼"三声，原来赖药儿上身不动，怀袖收尽了三支琵琶木殳，下盘却连扫出三脚，把矮、瘦、胖三鬼扫得飞跌出去，"通通通"，不偏不倚地，跌回跃出来的土中深洞去。

三人从洞里传来一连串的哎唷声，赖药儿这几下出手，姿势闲淡雅致已极，但挥袖间即把三大高手扫入土洞中，他人长得十分修长，出手又轻描淡写，高雅非常，瞧得张布衣为之心悦诚服。

傅晚飞拍手笑道："好哇，你们名字倒没叫错，这回真是桓冲、席壮、陶早！"他故意把他们名字说成谐音的"横冲、直撞、逃走"。

赖药儿像全没动过火儿，袖子一展"嗖嗖嗖"连响，断殳折夊全射了出去，往土洞里笔直投去，边道："东西还给你们。"

只见飞夊直往土洞投落，便传来，"哎呀！""哎唷！""哇啊！"连声，但听矮鬼道："好痛啊。"胖鬼哇哇呼痛边骂道："还没轮到你说话！"矮鬼道："我刚才少讲了一句。"

瘦鬼道："你们有完没完？可有没有我说话的份儿！"三人边骂，声音渐喑哑难辨，敢情是知道非赖药儿之敌，在原路潜逃回去。

赖药儿笑道："别理他们，请进屋里。"

傅晚飞背着李布衣、搀扶张布衣，进得屋里，鼻际便闻着一种淡淡的药香味。

傅晚飞素来至怕吃药，却从来未闻过如此好闻的药香味，使他心忖：假使世间真有如此清芬好闻的药材，叫他当饭吃又何妨！

走进了茅屋，只觉得甚为宽敞，地上晒了些枯花似的药材，倒不见着什么研药的器具，也无药埕、药罐、药锅等东西。

赖药儿请三人在一张甚为干净、雅洁的木桌边坐下，向内叫道："阿凤，倒茶。"

后头有人隐约应了一声，小狗竖起了耳朵，很快乐地蹦跳到后面长廊去了。

这茅舍窗明几净，给人一种甚为明净宁谧的感觉，其他倒没有什么特别，倒是向东靠门处，有七八十块小木牌，傅晚飞初以为是供奉神主牌，但仔细一看，只见牌上有一行大字，写着一人的外号姓名，旁边还有数人，甚或数十人的细小名字，傅晚飞心中大奇，不禁问："这是供奉些什么呀？"

赖药儿脸色稍稍一变，没有立即作答，傅晚飞看了几人的名

字，什么"金刀奇侠"萧君雨、"九死一生"唐家秦、"桐城金钓"营侠心等等，他都觉得很熟，似曾听说过，却一时想不起谁。

直至他看到有一个木牌上朱笔写着"哥舒天"三个字，傅晚飞震了一震，脱口问："'天欲宫'副宫主哥舒天!"

李布衣即向赖药儿道："我想见一见我那位朋友，他的伤势不知怎么了？"

赖药儿站起身来，向内走去，淡淡抛下一句话，"这个容易，我再替他上一次药，你们再进去看他。"

傅晚飞仍是奇道："这儿怎么会有哥舒天那大恶人的灵位？"

张布衣也沉声接道："也有刘瑾的。"

傅晚飞闻言又吃了一惊，刘瑾是当朝阉党之首，贪污勒索，杀人放火，不但无所不为，简直无恶不作。

李布衣低声道："你们有所不知，赖药儿的尊上也是名医，叫作赖愁子，悬壶济世，仁心仁术，救人不论出身，当年刘瑾重疾，也是他一手救活过来的……"

傅晚飞忍不住道："刘瑾那种贻祸千年的家伙怎么能救!"

李布衣叹道："便是了。后来刘瑾恩将仇报，向赖愁子讨长生之药，唉，这世间哪有长生之理？刘瑾借故抄斩赖愁子，还要赶尽杀绝，幸而赖药儿逃遁三千里，受木栅里这一带归隐田园的高手所救，从此隐居于此。"

张布衣恍然道："难怪有天祥木栅里的乡民的信物在手，他便会出手治病了。"

李布衣道："本来他也是济世为怀，无论奇难杂症，他都不分贵贱，尽心医治……只是他后来救了一些不该救的江湖人，譬如'夜鹰'乌啼鸟、'穷酸杀手'茅雨人、'恶人磨子'沙蛋蛋全是他救活的，结果这些人重入江湖，杀了无数无辜的人，赖药儿痛苦已极，把这些人所杀的人名刻在牌上，使他把这些教训铭刻于心，养成铁石心肠，再也不救会武之人……"

张布衣微喟道："那么哥舒天也是……"

李布衣道："那大概是赖药儿救得最错的一人了。"

傅晚飞似想起了什么般，半喜半忧地问："大哥，你跟这天祥木栅里的人一定很熟的了，不然怎会这般清楚他们的脾性，他们又怎会把信物给你呢？"

李布衣笑道："他们都很尊崇赖药儿。他因不替恶人治病，被人暗算过，我救过他三次，有两次还把他抬回这里来，天祥人都很记恩，可能爱屋及乌，感谢我救了赖药儿，便把信物交给我……他们都知道除了他们相求，赖药儿是从不破例替武林人治病的。"

傅晚飞道："可是，你救过他的呀——"

李布衣微笑道："他也救过我一次，另外一次，我要他替'剑仙'周词看病，加上昨天把叶楚甚介绍到这里来医疗，他已什么都没有欠我的了。"他一笑道，"其实，他是肯医的，只是他曾痛下誓言不医武林人，照规矩行事，周折一些罢了。"

傅晚飞又问："那么木栅里那些人，都是会武的了？"

李布衣道："他们都是一批看破世事，避遁此地的武林高手，有的已传了两代，大都有一身绝技，决不可小看了。"

傅晚飞问："那么……那个鼻涕虫……给我蛤蟆的那个孩子，他……他也会武功呀？"

李布衣笑道："他叫唐果，外号'抓不着'，别的没什么，人可刁钻得很哩。"

傅晚飞问:"那抽烟杆的老爹爹……他又叫什么?"

李布衣微微笑道:"他便是从前武林上,一夜间连刺杀七个著名狠毒阉官,横渡极地中枢七千里流沙的第一好汉:张汉子。"

张布衣"哦"了一声,道:"文抄公、文抄婆、张汉子都在这里,天祥可谓固若金汤了……"

傅晚飞却有点不自然起来,终于接着问道:"还有……还有……还有那位……那位姑娘……"

李布衣和张布衣对视一眼,两人不约而同,大笑起来,又同时因笑牵动伤口,两人脸容都在笑意里隐透痛苦之色。

傅晚飞的脸涨得通红,分辩道:"我……我只是想知道……那位姑娘……她也会武功吗?"

李布衣笑着道:"你拐着弯子问这许多,问的可不是她吗?"

傅晚飞急忙道:"不……不,我,我……"脸颊上烧红了起来,如灌了一大瓶温酒似的。

李布衣不理会他,继续笑道:"她叫鄢阿凤。"

傅晚飞腼腆地道:"不……我只是想知道,她武功……"心里却默默地把她名字背了三趟。李布衣呵呵笑道:"她就在你背后,你何不自己问她去。"

傅晚飞吓了一大跳,回首一望,午后雨罢的阳光灰蒙蒙,似掺了很多尘埃在空气中,偏生屋里又有一种极端窗明几净的感觉。

而就在甬道前站着一个女子,穿着粗布的衣裳,手里提着个青花茶壶,因为提着茶壶,所以手臂和腰肢的衣衫折叠收紧,更显出一种犹似飞燕新妆的娇美。

这女子两颊通红，羞得垂下了头，但还是可以看到两靥上的红云。

这女子赫然便是适才在田里给傅晚飞递上泥巴的农家女。

鄢阿凤。

第柒回

# 花沾唇

　　傅晚飞一颗心，像擂鼓一样怦地跳了一下，刹那间脸上似装在煲里下面生着火一般热乎热乎的。鄢阿凤脸红红地站在那里，进也不是，退也不是……

傅晚飞一颗心，像擂鼓一样怦地跳了一下，刹那间脸上似装在煲里下面生着火一般热乎热乎的。

鄢阿凤脸红红地站在那里，进也不是，退也不是，李布衣笑道："哦？敢情这壶沸水是拿来洗澡的吧？"

鄢阿凤这才省起，过来翻过茶几上的杯子，倒了三杯清茶。她倒茶的姿态，甚是好看。

傅晚飞眼里似看了一个极美妙的丰姿，浑忘了自己，叫他输了长安赔了江南，来看这一舞，他也毫无怨意。

李布衣笑道："谢啦。"

张布衣笑道："喝茶啰。"

傅晚飞傻怔怔地举起了杯子，本来只想唇沾一沾茶水就是了，但唇触及杯沿，只觉茶香扑鼻，咽下第一口，便忍不住咽第二口，一下子一杯干尽，只觉暖入心脾，周身舒泰，胃暖舌香，拿着空杯，真恨不得一口气喝它十杯八杯。

李布衣笑道："这是赖神医亲植的'花沾唇'，人说一杯值千金，哪有这般牛饮的。"

张布衣也不禁赞叹："原来是'花沾唇'，这等好茶，是我平生仅见。"

鄢阿凤见大家喜欢，喜溢于色，开心地道："诸位喜欢，就多喝几杯罢。"

傅晚飞见鄢阿凤逐次斟茶，也忙双手递起杯子，但因心情激荡，手微抖着，杯子也微微震颤。

鄢阿凤羞涩地道："公子不要客气。"意思是要他放下杯子好倒茶。

傅晚飞几时被人叫过"公子"，受宠若惊，只一味道："谢

谢，谢谢姑娘，我自己来，我自己——"越发紧张，结果手一抖间，热茶都倒在他手上，鄢阿凤轻呼一声，却见傅晚飞愣愣地问："什么事呀？"浑不觉自己的手被烫着了，鄢阿凤不禁嫣然一笑。

李布衣、张布衣相顾大笑。

李布衣道："看来，我才是自作多情了。"

张布衣故意问："李兄，此话怎说？"

李布衣呵呵笑道："我刚才还以为天祥人念旧义，把信物送给我，现在看来……至少，有些信物不是送我的，哈哈……"

张布衣跟李布衣一唱一和地道："也没多大分别，不过一个是旧义，一个是新情……哈哈……"

鄢阿凤红扑着脸蛋儿，给她白里透红的肤色更增添了一种艳，跺着脚，佯作不悦，道："不是嘛，李大哥真是贪嘴……其实李大哥……三位……在天祥普渡吊桥上，身冒大险仍抢救弥婆婆和她孙儿，我们……天祥人……都很感激，才……"

李布衣不敢开玩笑，肃然道："原来在吊桥上的老婆婆和小孩，也是天祥木栅里的乡民？"

鄢阿凤道："是呀，他们可不会武功，要不是李大哥……"

李布衣正色道："没有我们，这场架就不会打成，弥老婆婆和她孙儿就不致枉受这场惊吓，我们不能因图自保而使他们受损，那是应当的……那吊桥断了几条麻索，是我们削断的，还要劳天祥乡民修好，实在惭愧……"

鄢阿凤见李布衣自责甚苛，也敛容道："大家都知道大哥和这位……临危尚顾全乡民方便而不尽斩吊索，都很感谢……"

李布衣笑道："他叫傅晚飞，你叫他小飞，他叫你阿凤就是了。"

鄢阿凤眨着凤目，瞄了傅晚飞一眼，道："你是李大哥的徒弟？"

傅晚飞一听，可不得了，言谈间鄢阿凤叫李布衣做"大哥"，如果李布衣是自己"师父"，岂不在辈分上低了一截么？那么……

却听李布衣笑道："他是我师弟。"

傅晚飞怔了一怔，道："我——"

"汪汪"几声，那头小花犬蹦了出来，然后跟着赖药儿缓缓走了出来。

赖药儿淡淡地道："你们要我先替你们医治，还是先进去探朋友？"

李布衣道："张兄先治病，我先去探看。"

张布衣急道："李兄的朋友，便是我的朋友，我这点伤一时三刻还死不了，如果没有什么不便，倒想先看看李兄贵友。"

赖药儿道："那样也好，先看看好点没有，要是货不对办，你们不给我医还来得及。"

张布衣怕他误会，忙道："我不是这个意思……"赖药儿已转身向内行去。

李布衣道："小飞，只好又麻烦你了。"

傅晚飞背起李布衣，鄢阿凤扶着张布衣道："我扶这位……"张布衣道："麻烦你了小姑娘，我叫张布衣。"鄢阿凤熟络地叫道："张大哥。"

四人往茅舍里走去，只见一间又一间的房间，都甚雅洁，但阒静无声，连屋外庭院传来花间蜜蜂嗡嗡之声，都清晰可闻。

　　傅晚飞不禁又问："这些房间都住病人呀？"谁知话一出口，回音响起，声音很大，把他自己也吓了一跳。

　　鄢阿凤笑着道："我们这儿，很少有病人的。"

　　傅晚飞道："赖神医治人这般严苛，像选驸马一般，寻常病一医就好，这儿当然不会有多少病人了。"

　　鄢阿凤眨了眨眼睛，问："什么是驸马？"她自小在乡野长大，除了强背些基本的诗书，对天祥以外的什物往往并不懂得，幸而她天性聪悟，丽质天生，在举手投足间往往有一种纯朴中带娇丽的气态。

　　傅晚飞没料有此一问，呆了一呆，道："驸马？就是……"

　　鄢阿凤道："下回你带我骑好不好？"傅晚飞见她娇美的脸靥洋溢着天真烂漫，眼眸里充满热切的期待，不知怎么拒绝才好。

　　走在前面的赖药儿忽道："是这间了。"声音无限孤寞。

　　傅晚飞背着李布衣，鄢阿凤扶着张布衣走了进去，只见床上有一人，额骨突露，神情坚忍，像一尊雕像。

　　却不知为什么，四人一跨入这房内，就感觉一种袭人的郁郁寡欢、大志难伸之气象。

　　李布衣一看，知道是叶楚甚，忙催傅晚飞趋近床边，问："你怎么了？好点没有？"问这两句话的时候只见叶楚甚气色甚佳，已不似日前苍白青煞，只不过眉宇间不平之气尤甚。

　　叶楚甚第一句就是，"你现在才来！"

　　李布衣一时也不知如何解释才好，叶楚甚也发现了李布衣身上所受的伤，一时怔住，神色也比较平和了下来。

　　李布衣四顾一下，倒是狐疑起来："他们……"

　　叶楚甚长叹道："原来你也受了伤。"他一看李布衣的伤势，就了解到李布衣挣扎来到这里是何等的不易。

李布衣径自问道："他们呢?"

叶楚甚重伤未愈，就算白青衣等不在，叶梦色也没有理由不在房间看顾他的。

叶楚甚道："他们? ……青玎谷的决战提前一天，就在今天未牌时分举行。"

李布衣大吃一惊，道："是谁的主意?"

叶楚甚落寞地牵了牵嘴角，"'天欲宫'测出明天将有大风暴，在风雨雷电中闯关，对闯关只有更不利，对布阵者也有不便，公证人:少林惊梦大师、武当天激上人，'刀柄会'总管张雪眠，黑道魁首'天欲宫'俞振兰、绿林瓢把子樊大先生联名倡议，飞鸽传书，闯关决战，提前一天。"

李布衣此惊非同小可，心忖:"飞鱼塘"本意是派叶氏兄妹、白青衣、枯木、飞鸟、藏剑老人等人前往决战，但此刻叶楚甚重创，藏剑老人又因自己而死，剩下四人，不可能闯得过何道里布下的"五遁阵"!

当下李布衣急道："他们怎么能去——"

叶楚甚苦笑道："他们又怎能不去! 不但'飞鱼塘'的荣辱，武林的魔消道长，江湖的太平离乱，全在这一战中，他们又焉能不去?"

李布衣回首向赖药儿道："我只求你一事。"

赖药儿道："你说。"

李布衣道："借我一匹快马。"

赖药儿道："不行。"

李布衣怒道："青玎谷之战，我非去不可!"

赖药儿道："我答应替你治病，你就不能要求我别的事！"

李布衣大声道："我不要你治病，你借我马。"

赖药儿道："我既答应替你治病，你就是我的病人，未治好前，我不容你乱跑。"

李布衣气起来，青了脸色，赖药儿冷冷地反问道："以你此刻的伤势，纵赶到青玎谷，又有什么用？又何济于事？"

傅晚飞挺身大声道："大哥，我去；你医病。"

李布衣脸色青了一阵，终于渐渐平息了下来，叹了一口气道："他说得对，我此际去了又如何？你去，更不济事。"

赖药儿忽道："你既要求我治病在先，而我又答允替你俩治病，你们何不求我把你们马上治好，恢复功力？"

李布衣一愣，几乎不敢相信自己的耳朵，张布衣嗫嚅道："你……你说可以立即把我们治好？"

赖药儿摇首："伤，就是伤，割断之肌肉，震裂之筋骨，嘶伤之神经，不可能一日间复原。"三人听得心下一沉，但赖药儿话题一转，道："但我是赖药儿。"

"赖药儿虽不能够把你的伤立即医好，但可以叫你的四肢暂时恢复功能。"

他的神情出现了一种少见的光辉，白发苍苍，仿佛在房里站着不是一位医师，而是一个笔落泣鬼神的诗人，在构思他的作品，或者一个丹朱成青史的画家，在填上他炫灿后世的一笔。

"我虽不能够把死人医活，也不能叫人长生不老，但却能够把一个一息尚存的人保住不死，听我话养生的人至少可以活到一百岁。"赖药儿傲然道，"你们是武林高手，要杀一个人，易如反掌，但要救活一个人，恐怕比一个不会武功的人好不了多少。"

张布衣惭然道："就算论武，神医刚才的'怀袖收容'神功连退三鬼，就非我所能及项背。"

叶楚甚道："那你……能不能……"声音因紧张而微颤。

赖药儿叹气，摇首："你的伤是断掉一手一足，既是全然断去，我也无法将之接合，亦无法再长出一只手和一只脚来，药物、医治，我只能救活那些实在没有死、应该生还的人，但不能起死回生，无中生有。现刻我已控制了你伤口的恶化，假以时日，会替你装上义手义肢，至少可以减免了许多不便……"

他转向李布衣道："你四肢俱伤，本暂时不能运力，但你的内功极好，只要善加疏引，并以甲乙经上金针取穴，只要把神经所流、所注、所入，把三法之门定好，你的武功立即可以恢复，不过……"

赖药儿望定李布衣，一字一句地道："你要我马上医好，我做不到，可是要使你的行动像没受伤前一样，那是可以的，但这样医法，除非不牵动后患，一旦触动伤口，恶化病情，那就神仙难救，你双手双足，都要废了。"

李布衣诚心正意地问："如何才能马上压制伤势？"

赖药儿道："你两人的伤本就不重，只要抽割溃烂部分，渝洗积存的腐秽，再把它缝合，敷上消毒生肌骆灵神膏，四五天便可以没事。而今你们要即刻痊愈，我只好先用曼陀罗花、生草乌、香白芷、川芎与当归、天南星配制的药物，局部麻醉，再以神针取穴，便可以立即见效。"

李布衣又问："那么如何才能免于伤势复发？"

赖药儿冷冷地道："你与人交手，一出手便把对手打发掉，自然无碍，若果尽全力之搏，一旦久持，必然功力大减，如再战下去，四肢酸麻，如果还不知收手，那么，手足都得废了。"

李布衣即道："这件事，与张兄无关，张兄不必去。"

张布衣道："这件事既给我撞上了，便是我的事。"

李布衣道："张兄，鲁布衣暗杀不遂，难免恼羞成怒，牵累无辜，张兄已受我之累，现今之计，还是回去妥料家里之事为要。"

张布衣想了一会儿，默不作声，李布衣遂向赖药儿问道："如何才能运功而不动四肢筋肉呢？"

赖药儿道："这你还用问我？以你的内功，早已气贯全身，打通关节，所谓阴阳循环一周天，全然无碍，只要你运气时先通尾闾、夹脊、玉枕的'后三关'，再转由百会泥丸、下通心房黄庭、直达丹田气海，这'前三关'也通了之后，运功循环盘旋，随心上下，清灵好转，何必一定要'真人之息以踵'，非提肛吐纳不可呢？"

李布衣点点头道："恬淡虚无，精神内守，才是功力之要，多谢指点。"

赖药儿道："你时间已无多，纵马上治好，赶到那儿，只怕鏖战已始……"

李布衣断然道："不管如何，我既答应过出手相助，无论迟早，都要赶去。"

赖药儿叹道："要是迟了，胜负已决，你去又何苦呢？"

李布衣即道："还请你及早医治。"

赖药儿长叹道："你既执意如此，我也不多劝了。"俯身拉开一张抽屉，里面有一绣锦木盒，他点亮了一盏罩灯，打开锦盒，只见里面摆着数十口金针，有镵针、锋针、锒针、圆针、铍针、毫针、长针、大针、圆利针、皮内针、肤针、三棱针长短不等，赖药儿一面涂上姜末与细盐，一面将艾绒点燃，向傅晚飞与鄢阿凤道："你们先出去。"

# 第捌回　泥团与镜子

　　傅晚飞忧心忡忡，步出茅舍之后，但见金风细细，熟黄的稻穗随风摇曳，一波又一波的稻浪，显示喜悦的丰收，傅晚飞的心情才比较开朗起来。

傅晚飞忧心忡忡，步出茅舍之后，但见金风细细，熟黄的稻穗随风摇曳，一波又一波的稻浪，显示喜悦的丰收，傅晚飞的心情才比较开朗起来。

鄢阿凤笑说："你不用担心，爹爹治病，一定治好，从来没有说过做不到的。"

傅晚飞听了这句话，心境又开朗了许多。鄢阿凤忽向他一摊手掌，道："拿来。"

傅晚飞只见她的手掌白细软嫩，做粗重工作的人哪有这一张漂亮可人的手掌，不禁迷惑了一下，道："我可不会看手掌。"

鄢阿凤笑呼道："李大哥在，才不要你看呢。拿来啊。"

傅晚飞怔怔地道："拿什么来？"

鄢阿凤气鼓起了腮道："哦，原来泥巴你掉了。"

傅晚飞恍然大悟，急忙自怀里掏出泥巴，急得结结巴巴地道："哪里有丢！我我我……还不……不舍得给人哩！"

鄢阿凤一手抢过泥巴，见他珍视，也是满心欢喜，用手指一戳傅晚飞额前，道："你呀，你也是泥巴。"她自小在乡野长大，不拘俗礼，跟天祥木栅里的人打闹惯了，对傅晚飞觉得投缘，又看他傻里巴巴的，便无甚顾忌。

傅晚飞几曾有女子待他那么亲近过，张大了嘴巴，呆乎乎乎地看着，更是痴了。

他自幼双亲丧，只有一个叔父，拜沈星南为师后，偏生见不到师娘，师妹又刁蛮促狭，老是欺负他，他虽不觉受辱，但跟眼前这爽朗、娇美、快乐的姑娘比较之下，心里不觉忖道：要是她是我的小师妹就好了，两人可以天天在石榴树下谈心，从初春第一张嫩芽，谈到秋末最后一片枯叶……

　　鄢阿凤撷了根稻穗，在他鼻际弄了弄，傅晚飞如梦初醒，鄢阿凤咭地一笑，笑着问："你在想什么？"

　　傅晚飞愣愣地道："枯叶……"

　　鄢阿凤皱了皱眉头，侧着头问："枯叶有什么好想的？"

　　这时秋阳懒洋洋地照在鄢阿凤脸上，使她微微皱着鼻子，凤目也微微眯着，瞳孔更有一种淡淡的金色，又调皮、又可爱，然而脸靥上如许白皙，连鼻尖上浮起小小的细细汗珠也清晰可见，傅晚飞忍不住要向这张脸靥亲吻。

　　可是鄢阿凤不知道傅晚飞在想什么，她径自说："我常常想猫呀、狗呀、鸡啊、小白兔啊，连小蛤蟆都会去想，更常常想，过了吊桥，外面的世界是怎样的……但就没有想枯叶……枯叶有什么好想？"

　　傅晚飞喃喃道："我想……"

　　鄢阿凤忽然站了起来，幽幽叹了一口气，道："我要是能看看外面的世界该多好。"

　　傅晚飞忽然看不见那张娇靥的脸，刹那间，阳光直射进他的眼睛，他只觉目眩神迷，什么也看不清。

　　"你可以跟我们一起出去玩玩啊。"

　　"你肯带我去？"鄢阿凤雀跃拍手笑道。

　　傅晚飞站起来拍拍心口，"好啊，我问大哥去。"

　　"李大哥答应了又有什么用？爹爹……"鄢阿凤忧愁地说。

　　"什么？爹爹不……不不不，赖神医他不答应？"傅晚飞觉得颇不合情理。

　　鄢阿凤抿着嘴角道："他答应了，舅舅也不——"就没说下去了。

傅晚飞道："怎么？除了爹爹，还有个舅舅……"

鄢阿凤开心地娇笑道："当然有了，除了爸，还有麦芽、老鼠、钉子、猪八戒、寒荸、鸡冠和糖。"

傅晚飞更加丈二金刚摸不着脑袋。"什么糖……？"殊不知鄢阿凤又娇又俏皮，随口把她心里想到的东西乱说出来而已。

两人又谈了一段时光，忽然秋风一阵，寒意又盛了些，水牛在田里哞地叫了一声，不知怎的，反使傅晚飞想起那泥团，便伸手道："还给我。"

鄢阿凤道："什么给你？"

傅晚飞道："那泥团啊。"

鄢阿凤娇笑道："羞羞羞！小叫花，不知羞！伸手向人讨东西，不种禾，不耕田，只顾吃米讨饭团……"

傅晚飞赌气道："我哪有讨饭，我只是跟你要回那泥团……"却见鄢阿凤娇美得什么似的，那么活泼可爱，连火气都给她的娇化得一干二净。

"我早知如此，你要收回，就不给回你泥团了……"

鄢阿凤笑着神神秘秘地说："闭上眼。"

傅晚飞问："为什么？"

鄢阿凤笑道："不闭上眼，就不跟你玩了。"

傅晚飞闭上了左眼，却开了右眼，鄢阿凤笑骂道："那只眼也闭上。"

傅晚飞忙把右眼闭上，却睁开了左眼，鄢阿凤佯作生气："你不闭上，我不理你了。"

傅晚飞这下可吓得双眼齐闭，鄢阿凤看看他，似乎眼睛还张了一条缝，不放心便凑过去瞧清楚，秀发拂在傅晚飞脸上，傅晚飞只觉得脸上痒乎乎的，忍不住又张开了眼，谁知道和鄢阿凤朝了个近面，吓得忙又赶紧闭上了双眼。

鄢阿凤嗔道："你这坏东西，尽会骗人！"伸手过去，遮住傅晚飞双眼，傅晚飞只觉得脸上的柔荑何等轻柔，心中怦怦乱跳。

鄢阿凤用另一只手，自怀里掏出一件什物，往他手里塞去，放开了手，掉头就走，脸红得像小鸡冠一样。

傅晚飞睁开眼时，已不见了眼前的鄢阿凤，手里被塞入了一件什物，打开来一看，忽然看到痴愣愣的自己，原来是一面清晰的小镜子，周遭镶着七八个古老的宝石，唯一美中不足的是镜面上有几处斑驳，傅晚飞揣起了镜子，贴在心窝，呆呆出神，忽听"咿呀"一声，茅舍的门开了。

在风中那苍老的声音道："你大哥快可以行动了，廊后有三匹快马，你选两匹，准备上路吧。"

乍听起来，对傅晚飞而言，犹如梦醒了一般恍惚、惆怅。

【第贰部】

地撼天威

# 闯关

天祥离大魅山不过数十里，大魅山脚便是青玎谷。青玎谷便是武林中三年一度决战前闯五关之所在。大魅山山势宏伟，笋石参天，时有怪石横空壁立……

天祥离大魅山不过数十里，大魅山脚便是青玎谷。

青玎谷便是武林中三年一度决战前闯五关之所在。

大魅山山势宏伟，笋石参天，时有怪石横空壁立，峻峭惊人。山道上，有三匹快马，二前一后的四蹄卷涌，全力奔驰着。

前面是李布衣和张布衣，后面急起直追的是傅晚飞。

张布衣的身体，紧紧贴在马背上，以致这骏马的速度，像一支箭一般射出去。只听他提气道："赖神医的医术，真是扁鹊重生，再世华佗。"

李布衣接道："他的择马眼光也恁高明。"他的声音忽低沉了下去，"只是……要赶到青玎谷，只怕……"

张布衣听出他话里的意思，劝道："一切自有命定，你已尽了人事了。"

忽听后面马蹄密集，两人回首只见尘埃扬沸，一骑渐渐追近。傅晚飞也回头看去，只见白马神骏非凡，马上白底红花巾飘荡着，正是鄢阿凤。

李、张二人慌忙勒马，鄢阿凤在马上大叫道："等等我。"不一会儿便来到三人身前。

张布衣问："赖神医有什么事？"

鄢阿凤支吾了一阵，咬着红唇，终于道："我……我瞒着爹爹来的。"

张布衣"哎呀"一声，道："你怎能如此！"鄢阿凤横了傅晚飞一眼，扁着嘴像要哭出来似的。

傅晚飞忙道："她……她想……"

李布衣截道："别说了。救人如救火，我们先赶去青玎谷再说。"

鄢阿凤和傅晚飞相望一眼，喜悦无限，并辔随着李、张二骑，直驱青玎谷。

到得了青玎谷，已近申时，只见苍穹乌云密集，燕子低飞，云卷作金黑色，分明雷暴将至。

青玎谷里，静悄悄的，但一转入谷底，两壁山崖横拦，只容一人可侧身而过，这"一线天"之后，赫然竟是一个米冢一般百余丈的台丘，青草细细，连一颗杂石也没有。

而平台上，或站或坐，足有三四个人，分峙左右两边，鸦雀无声，谁也没多说一句话。

平台之后，就是深凹下去数十百丈的一块盆地，平台上有一条小径，斜通下去，在小径前，摆了五张蒲团。

五张蒲团上，坐了五个人。

五个人都面向盆地，通往盆地的小径上，有一面牌子，写着"一战分明"四个字。

李布衣心下一沉，这两边黑白两道的武林人物，自然是屏息静待战果，而在蒲团上的五个人，当然就是当今武林五个最有威望的人：

少林派惊梦大师。

武当派天激上人。

"刀柄会"张雪眠。

"天欲宫"俞振兰。

绿林领袖樊大先生。

有这五个人作公证，不管黑道上的人，还是白道上的人，没有人会不服，也没有人敢不服气。

而今这五个人都坐在蒲团上，向着"一战分明"的小径。

小径通往盆地。

盆地里当然就是"五遁阵"所在。

这也就是说：闯阵已经开始了。

李布衣等人，已经来迟了。

胜负虽然还没有揭晓——但瞧各人脸上紧张的神色就可以断定：战果马上就要揭晓了！

李布衣心中转念，他立刻发现在人群中有一个眉清目秀的胖子——项笑影。

他曾在一次古庙取暖中，凑巧搭救了项笑影一家人，格杀了东庙高手萧铁唐。

他迅速地到了项笑影身边，项笑影一见到他，大喜过望，李布衣低声而迅疾地问："战况怎样了？"

项笑影答："还没有分晓。"

"不知怎的，'飞鱼塘'本来是六人闯五阵，现在却只剩下白青衣、枯木道人、飞鸟和尚和一位姓叶的姑娘闯关。"项笑影继续道，"他们自未牌时分入关，迄今尚无动静。"

其实纵在阵内有翻天掀地的变化，在外面的人是一点都看不出征兆的，这点李布衣深知。

"四人怎么闯五关？"

"所以人人都说'刀柄会''飞鱼塘'这次是输定了。"

李布衣飘然掠到小径前，长揖道："拜见五位前辈。"

以武林身份而论，李布衣名声绝不在张雪眠、俞振兰、樊大先生之下，但这五人是闯关公证，李布衣便执后辈拜见之礼。

樊大先生哈哈一笑，"原来是布衣神相。"

俞振兰冷哼一声，张雪眠却眼神一亮，道："你也来了。"

武当天激上人道："施主有何指教？"

惊梦大师慢慢地睁开了双眼，眼睛里一点神采也没有，张开了口说话，声音一点力量也没有，他整个人都犹在梦中，一点生气也没有，但他说出来的话，却一句击中了李布衣的心事。

"你想要闯关是不是？"

众皆哗然。樊大先生即道："按照规矩，外人闯关，不能作数。"

张雪眠道："你们设有五关，我们只有四人闯关，尚欠一人，为何不能加派人手？"

樊大先生摇手笑道："不关我事，我无意见，只多口谬说了几句罢了。"

俞振兰斜瞟着眼睛道："雪眠兄，怕输么？"

张雪眠强抑心中忿恼，道："胜负未知，只是据理力争而已，至于怕不怕，张某从未想过。"

樊大先生插口道："我只是要说一句公道话，规定上标明：延误作败论，若'刀柄会'可加派好手闯关，那么'天欲宫'一样可以补加好手来守关，那么，这一战岂不是停不了的战争么？"

俞振兰道："樊大先生的话，十分公道，言之有理。"

樊大先生道："哪里哪里，我只是就事论事而已。"

张雪眠道："樊大先生的话，太过公道，言之无理。"

樊大先生笑道："张兄，这不是人身攻击么？"

张雪眠道："樊大先生与俞兄黑道、绿林本一家，托肩膊、拍马屁，当无避忌了。"

俞振兰道："看不出张兄如此小气。"

天激上人忽道："李神相，你既非'飞鱼塘'成员，事先闯关者也未列你的名字，你因何要闯关？"

李布衣答："这一战干系武林正邪命脉，凡是江湖中人，人人都有理由一尽己力。"

天激上人又道："你凭什么闯关？"

李布衣解下身上一红一白双剑，道："这是藏剑老人谷风晚信物，他因受人暗算不能来，我代他来。"

众人一愕。天激上人道："你既要代人前来，因何迟到？难道不知规定有明文：延误作负论么？"

李布衣看看自己双手、双腿包扎的伤口，道："我实在无心延迟。"

张雪眠接口道："延误算输，但我们有四人已经准时闯关。"

天激上人冷冷地道："规矩不可乱定，既定不可乱废。你既已受伤不轻，还来闯关，可有考虑清楚么？"

李布衣道："受人所托，忠人之事，关是我自己要闯，怨不得人。"

天激上人怒叱道："糊涂！"

李布衣垂首道："是。"

俞振兰道："我不赞成他闯关，是想留他一条性命。"

樊大先生看看李布衣的伤势，心中了然，更想趁此除去此大敌，便道："我倒没什么意见。"

天激上人道："去吧。"

众人都一愕，本以为天激上人会反对，不料在他疾言厉色一阵喝问后，倒是赞成李布衣闯关。

独有少林惊梦大师，仍对场中不闻不问，仿佛已入了定，连眼皮子也不稍抬一抬。

这一来，张雪眠和天激上人主张李布衣闯关，樊大先生不表立场，只有俞振兰一人反对，自然无效了。

天激上人道："何道里主持'土阵'，农叉乌主持'木阵'，殷情怯主持'水阵'，年不饶主持'火阵'，柳无烟主持'金阵'，你清楚了？"

李布衣点头，道："清楚了。"

天激上人又道："叶梦色闯的是'金阵'，飞鸟闯的是'火阵'，白青衣闯的是'水阵'，枯木闯的'木阵'，现在只剩下土阵还没有闯关者。"

李布衣即道："我先闯'土阵'。"

天激上人颔首道："你懂得就好。阵以闯出为胜，困者为败，能不伤人，切勿伤人。"

李布衣答："是。"

惊梦大师忽低唤了一声，"李神相。"声音犹似在千重梦魇浮沉中气若游丝地传来。

李布衣怔了一怔，正要相应，惊梦大师忽一举袖，李布衣只觉眉心印堂间有一股力量像要把他双眉撕裂一般，刹那间掌心向外，拦在额前。

"波"的一震，惊梦大师这一指，击在李布衣手心。

众人大感意外，坐着的不禁站了起来，站着的也引颈张望，不了解德高望重的惊梦大师为何要对李布衣发招。

只见惊梦大师挥出那一指之后，又缓缓闭起了双目，疲弱地道："如你接不下老衲这一指，那闯关就可免了。"他说完了这句话，整个人就像一株突然枯萎了的朽木一般，再不言语。

众人这才明白他是要一试李布衣的作战能力。

只有李布衣才知道，那二指虽被他手掌挡过，但一股热流仍自掌背迅速渗入眉心，奇怪的是他并不觉暖，反而全身激灵灵地打了一个寒颤。

寒颤之后，身体如常，也没有什么特别，李布衣心里纳闷，仍道："谢谢大师。"

惊梦大师垂坐蒲团上，颈项似折断了一般垂挂在脖子上，对李布衣全不理会。

# 第贰回

# 炭和霜

李布衣望望天色，天际的卷状云一
团一团地堆栈着，但阳光依然金亮，风暴
前的大魅山，特别使人闷热不安。李布衣
走到傅晚飞身边……

李布衣望望天色，天际的卷状云一团一团地堆栈着，但阳光依然金亮，风暴前的大魃山，特别使人闷热不安。

李布衣走到傅晚飞身边，傅晚飞涩声道："大哥……"

李布衣提起了包袱，细细地检查里面的东西，抽出了绿玉翠杖，呼呼地斜削两下，微微笑道："张兄，小飞，我去了。"

傅晚飞一向深情，不禁眼圈儿也红了。张布衣故意大声笑道："片刻之别，待李兄闯阵凯旋时，咱们再杯酒论快事！"

李布衣一笑，道："谢谢你给我讨个好意头。"

忽听一苍老的声音说："快穿上这件衣服。"

李布衣、傅晚飞、张布衣三人俱一怔，只见赖药儿不知何时已在三人身后，双手捧着一袭衣袍，不耐烦地道："快脱下身上的衣服，把这穿上。"

鄢阿凤吃了一惊，掩唇呼了半声，"爹——"

赖药儿却不理她。

李布衣道："你来了。"

赖药儿道："我当然要来。"

赖药儿隐居木栅里咏和巷后，谢绝武林，不问江湖中事，而今却因李布衣而赶来青打谷，两人见了面，都没说什么，只见赖药儿身侧那匹马，口里吐着白沫，可见赖药儿一路赶来，奔行何等之急。

沉默只不过是片刻的事，李布衣道："这衣服……"只见那衣服用各种不同的草干，诸如山草、芳草、湿草、毒草、蔓草、水草、石草、苔草、杂草编织而成的，状似蓑衣，甚是奇特。

赖药儿道："快穿上！"

李布衣不明其意，但依言披上，赖药儿不耐地道："身上的衣服还穿着干吗？尽都除下。"

李布衣在张布衣、傅晚飞遮拦的身躯之后，卸去长袍，把草衣披上，赖药儿又问："为何不连内衫也脱了？"

李布衣道："不。"

赖药儿见他脸上神情出奇地坚决，而身上所著的内衫是十分干净洁白，也没什么特别处，不明其故，但也不多问。

其实李布衣身上所穿的内衫，是当年"雪魂珠"米纤巧手为他织就的，另外还有张头巾，李布衣常收于包袱中，去哪里都带着它，而这白衣衫，李布衣也常穿着，这里面有着一连串的伤心往事，缠绵的记忆。

这些当然是外人所不知道的。

李布衣披上草衣，向盆地小径大步行去。

——李布衣这一战如何？

——"五遁阵"他闯不闯得过？

——叶梦色、白青衣、枯木、飞鸟闯关，战况又如何？

——这些战果，不仅关系着武林间道消魔长的胜负，同时也决定了未来岁月武林间的气运大局。


叶梦色进入的是"金阵"。

叶梦色、枯木道人、飞鸟大师、白青衣一齐来闯"五遁阵"，她的武功为最弱，心绪也最乱。

——哥哥的伤势，委实太重，失去一手一足，纵是医神医赖药儿，也无法使之再生，这一阵，本来是她跟哥哥合闯的，而今……

——李大哥为什么不来？虽然这一战突然提早了一天，但李布衣不可能还没有赶到天祥跟他们会集的。除非他出了什么事……

叶梦色又想到那天晚上在吐月镇，她等了他一个晚上，可是他没有来，以及在当天清晨，她遇见那轻愁惹人怜的少妇，她指引了少妇如何才找得着李布衣，李布衣当晚就失约了。

而那天晚上……她又想到那些桃花，仿佛只为春风而开，春去后，花落纷飞，没有惜顾，也无人爱怜……

叶梦色就这样想着，所以她心中已萌生了一种决绝但又淡然的死志。

四人到了盆地的尽头，尽头处有五道入口，入口处十分狭隘，但五处状况，截然不同，一处火光熊熊，一处水声激荡，一处土质奇特，一处林木蔽天，还有一处则金光闪闪。

四人互看一眼，伸出了手，紧紧地、牢牢地握在一起，又一只一只手指地慢慢松开。四人的眼光开始是炽烈的、关注的，后来变成坚决的、无惧的。

就连平素好玩喜反的飞鸟大师、神情木然的枯木道人，也庄穆地激动起来。

这一战，纵使藏剑老人、叶楚甚都在，也不易取胜，更何况现在只剩下四个人。

但这一仗却是非打不可。

枯木本来一开始就不想参与这场仗，他是给飞鸟硬拖去的，到了这种地步，枯木不但一丝退意也没有，而且比任何人都坚决。

有些人在平时一副义愤填膺、奋不顾身的样子，一遇事则噤若寒蝉甚至不惜倒戈，有些人平常爱理不理，看来自私自利，一旦危难当头，不惜杀身成仁、舍生取义，前者在患难时遇上，是雪上加霜，后者在危急时遇着，是雪中送炭。

大家心里都知道，可是没有说出来：枯木是炭。

可是李布衣呢？藏剑老人呢？

他们在这生死关头失了约！

难道他们是霜？

这些他们心里也想到了，可是也没有说出来，同时心里都安慰着自己：李布衣他们不会是这种人，一定有什么事，把他们耽搁住了，使他们不能来了。

世间正有一种人，宁可相信朋友的好处，也不肯承认朋友的缺失，这种人虽然也许聪明绝顶，但也难免欺骗自己。

只是人世间若没有这种信任，还要朋友来做什么？

四人放开了紧握的手，各自往他们选择的"归宿"走去。

枯木道人选"木阵"，除了他跟农叉乌本有私仇外，以个性、武功论，他也非选择木阵不可。

飞鸟道人选"火阵"，他本来选的交手对象是王蛋，可是王蛋已死，以他火爆脾气，他还是拣上了火阵，对抗年不饶。

白青衣则选上"水阵"，虽然他并不知晓水阵主持是谁，但"水阵"之前，却写上"白青衣"三个字。

这分明是摆明了的挑战。

叶梦色自度自己未必闯得过"五遁阵"，所以她选择了第一阵：金阵。

"金阵"是柳无烟主持的，柳无烟是一个巧夺天工的金匠，也是一个武林中打造兵器与暗器的名家，可是这些对叶梦色而言，已并不重要。

一个人把生死都不放在眼里，自然也没有什么可怕的了。

　　所以她走入"金阵"，也没有在意些什么，只觉得四周金光烁烁，也没理会。

　　可是首先映入她眼帘的，不是金，而是水。

　　金属般的地上，有一滩水，水质甚清。

　　叶梦色走近去，忽觉强光炫目，定眼一看，竟然看见了自己。

　　她吓了一大跳，敛定心神，知道看见的原来是地上水影照出了她的轮廓。

　　但令叶梦色惊怕的是，她的脸竟是金色的。

　　叶梦色是个极美丽的女子，有傲艳寒霜之绝色，她此刻虽已怀求死之志，但她心里总有一个微弱的声音在响着：李大哥会不会来看我呢？李大哥赶不赶得及在我未咽气前看我呢？我死了李大哥会不会伤心呢？

　　叶梦色心里既有这种隐约的念头，她就极不希望自己死得难看，其实一个人临死前照理对自己的容貌不会太注重，但美丽的女子例外。叶梦色是美丽女子。

　　她从水影里照见自己的容颜竟然是金色的，这在她心中所生成的冲击之大，是莫可言喻的。

　　金色映在她的花容月貌上，变作一种极其凄厉的形象。

　　就在她一惊的刹那，水中的映像突然不见了，取而代之的是极其灿亮强烈的白光，射入叶梦色的眼帘里。

　　叶梦色一双明眸，一时无法睁开。

　　同时间，三支长矛，闪着金光灿烂的奇光，直射叶梦色背后。

　　叶梦色的身子忽如燕子掠空，斜掠而起，剑向一座赭红土质小丘刺去。

　　她虽闭上双眼，但听风辨影，知晓三支长矛，是发自这矿质的丘陵里。

叶梦色这一剑刺入丘陵，"当"的一声，似刺中了什么，但叶梦色已无暇理会。

因为那三柄长矛，竟似飞陀一般，兜转回来，追击叶梦色！

叶梦色长剑迅速抽出，瞬息三闪，在三柄金矛上拍了三下。

金矛被叶梦色拍落地上，但三柄长矛矛尖，"呼、呼、呼"三声，脱离矛柄，急射叶梦色！

这种情形，就像是壁虎掉了尾巴吸引住敌人的注意而趁机溜走一样。

这下变起遽然，叶梦色已不及回剑封招，足尖一点，人已倒后飞起，三柄矛尖仍然贴胸急射，叶梦色倏然乌发一沉，身子在空中成横一字形，像一片柳叶飞到水平的弧度，三点矛尖，贴着叶梦色的发丝、鼻尖射过，直没入半空，尖嘶这才响起。

叶梦色在半空，轻俏的身子一弹，飘然落地，一甩长发，才舒一口气，忽听尖响又近，原来三点矛尖，已脱离矛柄，陡炸起火花，又射了过来。

这次叶梦色已及时出剑。

她掌中忽然蒙起三朵剑花。

三点矛尖被拨落，刚掉到地上，忽听"噗、噗、噗"三声，矛尖裂开，竟射出六枚钢棱，叶梦色一振长剑，剑花六现，又击落六枚钢棱。

不料钢棱一落，又裂为十二支长针，火花炫目中，射向叶梦色。

叶梦色忽然变作一朵花。

剑花。

阳光、水光映在她剑上，亮光更甚，而她的容颜在强光中更加俏煞。

剑花大盛，所有长针被击落。

长针落地，针管裂开，铁砂射出，发出紫青色的火焰，雨点般打向叶梦色。

叶梦色从未料到三根长矛，可以化作如许繁复的兵器与暗器，铁砂虽然密集猛烈，但是叶梦色手上的剑，发出白得似玉一般的渗渗寒气，这一种至寒的剑气，竟使所有的硝石，都在叶梦色身周三尺外，无力垂掉于地。

叶梦色在剑芒中，寒意把她脸容映得更白，她自己也像受不住剑气之森寒，微微颤抖起来，肤色起了一种令人心疼的白皙。

白芒更盛，叶梦色看到自己。

她看到几个自己。

在她身前、身后、身侧，有几汪水，照出她自己。

水光竖起，原来是镜子。

镜子映着剑光，灿炫了叶梦色的眼睛。

叶梦色一甩头，发丝披在脸上，她以皓齿咬着发丝，透过发丝看出去，就像过滤了的激光，使得炫目的白光不再炫目。

她清清楚楚看见一大、一小两个金色轮子，咕噜咕噜地向她滚滑过来。

叶梦色在发丝里的明眸，定定望着轮子。她不知道这一大、一小的金轮是做什么用的。

——难道金轮里会跃出一个怪人？

大轮子是纯金属打造的，有毂、辐和辏，即是车轮中心有窟窿可插轴的地方，也有从轮边缘向轴心集中的直条以及轮子周围的框子，小轮上的輮是齿轮，如锯齿叶状一般，滚动的时候，两轮间连着曲柄的棹枝，从一个连杆传动到一个滑块，像两只圆形的、一大一小的辘轳，呼噜噜地滚至叶梦色身边。

叶梦色没有出手，以不变应万变。

不料这一大一小两个轮子，直似被她手上剑光所吸，迅疾滚了过来。

这滚动发出巨力，巨力推动大小双轮，使速度加快，又再产生大力，叶梦色不敢撄其锋锐，忙飞身而起。

这时大轮輮周，忽然弹出弧形的利刃，而小轮锯状齿轮，也突出黑突突的尖棱，叶梦色才飞落丈外，双轮似被剑光所吸引一般，又疾滚去叶梦色处，叶梦色又再闪避，如此数次，大小双轮滚动后愈来愈快，所带起的力道也愈来愈大，叶梦色白皙的秀额上已冒起了细小的汗珠。

——再这样下去，轮子藉着物理上的力量，无穷无尽，自己的气力可要耗光。

——不行！

叶梦色骤然出剑。

她决定要以凌厉的剑气先摧毁这大小双轮。

不料她这一剑，刺入轮辐，但这打铸的金属甚是诡异，叶梦色只觉剑上并无斩着硬物的感觉，反而双轮棹枝所带起的滚动时的大力，一遇阻碍，竟顿时产生了十倍以上的巨力，这股大力，几乎立即令叶梦色手上的长剑折断。

叶梦色十分珍爱这手中剑，情急之下，连忙松手，长剑登时被大小轮夺在輮下，而这一对奇诡的轮子这才止息了滚动。

# 第叁回

# 木和火

　　叶梦色长剑已失。她看着这一对匪夷所思的轮子，忽然想起南北朝时期的祖冲之，慕三国诸葛亮制造木牛流马对阵，因而制造了一辆车子……

叶梦色长剑已失。

她看着这一对匪夷所思的轮子，忽然想起南北朝时期的祖冲之，慕三国诸葛亮制造木牛流马对阵，因而制造了一辆车子，里面装了机械，不靠风力、水力，亦不需人力，就能发动自如。

这一对轮子，似乎正是利用她手上东海万年寒铁所炼的剑上寒光，与镜子反射的银芒金光相辉映而转发，她的剑一旦脱手，轮子也不动了。

这时，"隆"的一声，仿佛地动山摇，土震丘撼，其时晴日无风，这一震之响，玉金飞击，铿锵杂鸣。

叶梦色从发丝里望去，金光、银光璀璨闪耀中，一个身着胄甲全身金澄澄的古武士，每一步似一记金鼓雷鸣，巍巍颤颤地向叶梦色迫近。

叶梦色叱道："什么东西？"她手上已无剑，而她的武功，八成都在剑上，仓皇回顾之间，见此异物，纵抱必死之心，也难免慌惶。

那金甲武士全身被厚胄裹着，看去十分沉重，从裹甲里传出的声音也十分闷哑难听："我是柳无烟。"

叶梦色从来没有想到柳无烟会这样出现。

一个那么轻的名字；一个那么重的人！

那声音自盔甲里闷郁地道："你已经败了。"

叶梦色冷冷道："失了剑不一定就败。"

柳无烟的声音轰轰发发地道："你不止是败了。"

他大步上前，加了一句，"而且是死了。"

他一步跨出，足有半丈阔，叶梦色轻巧地闪躲，出招反击，但指掌击在盔甲上，震得手臂发麻，对方犹似未觉，这样才闪了七八次，忽觉去路都已被塞死，退路也被一座矿质的小丘拦着，刹那间，叶梦色的四面都是金光，映照在她寒玉一般的脸上。

她瞥见柳无烟的盔甲有一个小小的裂缝，是在腰间，敢情是刚才自己骤然对丘中出剑，以自己削铁如泥的宝剑把盔甲划破一小缝，可惜现在自己剑已失去，无法对身着盔甲的柳无烟作出攻击。

这时金闪闪万芒电射，耀目难睁，柳无烟道："你认命吧。"金手大力击下。

叶梦色及时一低头，金手击在丘上，登时矿石摧断散裂，金风激荡，吹扬起叶梦色脸上如瀑的发丝，柳无烟金手成拳，正待击下，忽见眼前的人容貌美丽惊人，眉若横黛，艳容清绝，神色间凄婉之意，偏又带着俏煞冷傲，柳无烟万料不到来闯关的是如许一个女子，心中忽起一种平生未有的激情，手是举了起来，但却打不下去。

叶梦色这时自度必死，正闭起了双目，脑中忽然掠过了这样一个念头：不知道白青衣、飞鸟、枯木那儿怎样了？

她却不知道，正在她想到这一点的时候，在"木阵"的枯木，在"火阵"的飞鸟，在"水阵"的白青衣，三个人都在三种不同的环境与处境下，闪过同样的一个念头。

他们不知怎样了？


枯木闯木阵。

枯木之所以选上农叉乌，是因为农叉乌在还没有成名之前，也没有投入"天欲宫"之时，他所做的恶事，全推到枯木的身上。

这是江湖人最顾忌的事情之一。

大丈夫敢作敢当，嫁祸他人，是一般江湖好汉所不屑为的。

枯木走入一片荟郁的树林里，沉声道："农叉鸟，出来。"

只听有一种声音阴阴地道："我早已出来了，你没看见吗？"这声音仿佛从每一株树干里传来。

枯木冷笑道："这种下三滥的玩意儿，拿来对付我，不也太不知己亦不知彼了么？"

树木里的声音忽呈尖锐，"我就在你后面。"枯木霍然回身，一棵原本就立在他面前的枯树就在他近身的刹那，树干里突出一截古鞘，无声无息地刺向枯木背后。

枯木头也不回，枯瘦的五指一把抓住古鞘，另一只手拔出了发上的玉簪，玉簪一划，格勒格勒一阵连响，枯树折为二截，轰然倒下，只见枯树里被刨空，除了鞘柄，并无一人。

枯木冷冷地道："你使出来的仍只是这些三十九流的玩意儿，我可要出关去了。"

那声音阴滋滋地道："你就请出关吧。"

枯木纵步而出，跃了四五丈，眼前仍是一片树林又一片树林，突然间，只有落叶的沙沙声响，前、后、左、右都是树木，一蓬又一蓬的落叶纷纷飘落，树林外仍是幽昏一片，没有天光，只有一种蒙蒙的黯光。

枯木在这瞬息间不由生起了一种迷失的感觉。

他向坎位走了三步，拔下一根头发，向风一吹，便急步向发飘向之处追去，俟发丝落地，再往巽位退了七步，定神望去，树林仍是幽突突的，隐约有狼嗥兽鸣的声音传来。

枯木把小眼一掀，道："五行木阵，果有些门道，可惜遇上我。"

# 第三回

他说完了这句话，突然拳打脚踢。

凡是给他拳脚触及的树木，如同摧枯拉朽，纷纷溃倒，一下子给他开出一大片空地来。

枯木冷哼道："农叉乌，你又奈我何！"

忽听农叉乌的声音在前道："是谁奈何不了谁！"这声音似簧片敲在木框里，只见树上忽落下一个木偶，五官绘似人形，拿着一支木刀，居然十字形地向他逼来。

枯木哼道："好，我就先把这木头劈碎，再来治你！"

不料身后刀风急起，枯木一闪，往左掠起，左边刀风又起，枯木沉身急滚，但后面刀风急追，枯木用玉簪一架，硬生生架住一刀，整个身子直挺挺地自地上如旗杆一般竖起，只见左、右、前、后，各有一个木偶，提刀逼近，表情木然，阵势却十分森严。

枯木这时脑中意念电转，猛然省起，三国时候，有一个机械工程大家马钧，不但发明过西蹑绫机，更发明过指南车与翻车，而且曾为魏国创造过一些自动演戏的怪异木偶，其后少林寺用其原理，制造出人人巷能动手会武的木偶，使不少少林弟子，断绝或打消了出寺下山的奢望，而今这四具木人，看来也似是在同一原理下所制造的。

他心里意念闪逝，既知来源，便度破法，袍袖闪动，向四具木偶抢攻过去。

但是四具木偶刀法十分严密有度，凌厉有致，而且打法全不要命，也全不要脸，枯木抢攻一阵，居然闯不出木人阵，而且险些为木偶手中木刀斫中。

枯木突然左足往地上用力一顿。

这一顿之力，令他瘦长的身子如一支笔杆般直冲天而起，人到了半空，左手拔出殳头，右手抽出殳尾，双手一合，两殳接上，成为一殳，两头又各弹出二尺长殳尖殳尾，四下接合，足九尺长，殳尖长达四寸，中锋只露，状如鸭嘴，这几下手势不过是飙飞电驰间便已完成，他的身子，已降近四具木人头顶三尺开外。

四具木头人一齐举刀，准备把他骤降的身子扎几个窟窿。

可是枯木道人的长殳，啪啪啪啪，分别刺在木人脑门上，几下裂柴般的声响，四具木人头部木壳裂开，里面散落出了许多铜线、齿轮、橛子与曲杠杆等。四具木人，其中一具隆然倒下，兀自翻滚着，一具全然不动，另外两具，竟自挥刀彼此乱打起来。

枯木在飞身冲天的刹那间，认准了木人机枢所在，以长殳攻破了木人的总枢。

枯木像一根木栓似的钉在地上，一捆又一捆的巨木，向他滚压了过来，声势如万雷齐发，枯木心中一凛。

他想向树林子里退，不知怎的，原来击倒树木所空出来的丈余之地，无论怎样运气急纵，始终都越不过这丈余之地。

枯木立即想提气上跃，但是一阵狂风刮来，四周树木的叶子，都往这儿落下，每一片叶子，叶沿都闪着蓝晶晶的异光，分明是淬毒的暗器！

然而万木齐压之力，纵使枯木武功再高十倍，也难以抵御。

枯木在这风吹电逝的瞬间，立时作了一个决定，他掠上了一捆巨木上，贴身其上，随着木头一齐滚动着。

他所处之地本来是在小丘之底部，故此木头方才可以由上滚下来，他的人贴在木上，就像一截枯枝，这下子万木齐滚，他也成为其中一株木头，而且四肢深深嵌进了木干之中，沿路一直滚下来，巨木都堆栈在一起，可是他人在这截木头里，并没有受到损伤。

农叉乌眼见枯木被其中一根木头绊倒，随而枯木就消失了影踪。他不知道枯木死了没有，直至木头全堆压在谷中，还是没有任何动静。

他只好耐心等下去。

可是仍然没有动静。

连一丝声响也没有。

难道枯木也懂得"木遁法"？

农叉乌终于忍耐不住，要跑出看看。


枯木正是要等农叉乌出来。

他一直耐心等着，他整个人，连肤色、呼吸、形态，都变得跟木头融合无间。

他终于等到了农叉乌。

一个脸色惨青、身体发黄的人，一闪而过。

枯木把握住这雷驰飙逝的刹那，长殳破空刺出，刺中农叉乌。

在这刹那间，他心下一沉，忽然反手一掌，自拍天灵盖。

同时间，他背心已被击中！

他猛喝一声，自击天门，封宫闭穴，枯木神功及时发挥，挨了一击，只格、格、格地踏前三步，霍然回身，叱道："滚出来！"玉簪脱手向一堆落叶射去！只见地上一大蓬叶子迎空飞起，农叉乌就藏身叶下。

而他所刺杀的"农叉乌"不过是一具更似人形的木偶而已。

农叉乌见枯木道人一击不倒，也甚惊讶。

两人相对峙，不过片刻，突然空中响起噗噗之声，一只大鸟，盘旋而下，铁爪钢羽，啄向枯木！

枯木大吃一惊，挥舞玉簪，反击过去，但在这怪鸟猛烈对门顶攻击下，连举手自拍天灵盖的闭气功夫也不及施展。

枯木与怪鸟交手数招，便知这头怪鸟，只是一只木鸟，传闻鲁国公输般曾用竹木做了一只木鸟，"成而飞之，三日不下"，简直神乎其技，后来墨子也做了一只，三年才造成，只飞了一天，但也非常骇人听闻了。

枯木没料到竟在此时此境遇上了这样一只"木鸟"。

更难应付的是，除了木鸟之外，竟还有数十只黄蜂、蚕虫般的木造的飞行物体，露着尖刺，不断地乘隙攻击。

这些都已足够令枯木疲于应付，但更可怕的是，农叉乌一直迄未动手。

他是在等待致命的一击。

枯木知道自己已落尽下风，危在旦夕，在此刻间，他却不由自主地想起：飞鸟、白青衣、叶梦色他们不知怎样了？

因为深厚的友情，枯木心里最悬念的是常常和他相骂的飞鸟大师。

飞鸟闯的是"火阵"。

不知飞鸟怎样了？

这时木制的飞鸟对他作出了更猛烈的攻击。


飞鸟正在火的煎熬中。

他闯的是"火阵"。

他热情如火，体内流着的是一腔热血。

可是他最怕热。

他一进入火阵，就觉得热烘烘的，他实在无法忍受下去，直着嗓子大叫："年不饶，我来了，你滚出来吧。"

尽管他叫他的，火焰仍在不知什么的土质燃烧着，只听地底轰隆毕剥之声，时如迅雷初起，烈火熔山，惊涛急涌，狂飙怒号，但就是没有半个人出来。

飞鸟实在受不了。

他脱下僧袍，大叫："年不饶，你再不出来，看我饶不饶你！"

话未说完，突然从火光里喷出一丛又一丛的烟花，五光十色，光霞璀璨，彩芒腾辉，奇丽无俦！

飞鸟瞧得十分入神，烟花时作壮丽万灯齐明，时如千点碧萤飞舞，声如万雷始震，光霞强烈，声势骇人，耀目难睁。

飞鸟喃喃地道："他奶奶的，年不饶原来请洒家来看烟花来着。"

不料千霞万彩的烟花中，其中数点，快若飙轮电旋，带着一溜烟的青焰，直射飞鸟，待飞鸟发现此焰光向自己飞来时，相距不过七尺之遥！

飞鸟怪嘶一声，身形腾挪，避过火箭，这时烟花朵朵盛放，先一排有十支火箭，齐向他射来，继而有一排四十九支火箭，箭上火筒急燃，以热力增加速度，向他射来！

飞鸟怪叫道："火弩流星箭！"

这种火箭加上热力，威力与速度远比普通飞箭大，而且命中率又高，飞鸟大师身形痴肥，身法可丝毫不慢，避了七八百支火箭，不禁也气喘如牛，全身油汗淋漓。

　　飞鸟大师哇哇叫,一拍肚皮,双手拔出双斧,双斧一架,斧上两道银枪似的白芒,疾射而出,强光所至,火箭中途纷纷青焰爆起,自动坠毁!

# 第肆回 柔情似水

　　飞鸟双斧一出手，火箭的攻击形同虚设，不是半途被强光所焚，便是为利斧所斩，或射在斧面上，无功坠地。谁知道火箭无功，换成了火鸟……

飞鸟双斧一出手，火箭的攻击形同虚设，不是半途被强光所焚，便是为利斧所斩，或射在斧面上，无功坠地。

谁知道火箭无功，换成了火鸟，一只一只燃烧的火鸟，俯冲攻击，迂回周折，这火鸟不似飞箭直线射击，而能乘火力拍动火翅，把飞鸟攻击得手忙脚乱。

飞鸟一面挥斧一面怒骂道："年不饶，快把这些讨厌的火鸟收回去，咱们一决雌雄！"

年不饶阴哑哑地笑道："火鸟？这就是'神火飞鸦'，可要把你烤成火鸟才是！"

飞鸟咆哮道："好，你以为我怕了你么？"双斧脱手，破空飞旋而出！

这一双飞斧，半空回旋，追截"神火飞鸦"，凡是给飞斧碰着的飞鸟，莫不斩为数片，或震毁落地。

飞鸟趁此，一跃三丈，抢入火团，一掌劈去，轰的一声。火舌反卷过来，飞鸟紧急中就地一滚，险些给火焰灼伤。

他一滚而起，却觉身上有些湿漉漉的，也有点黑涂涂、油腻腻的东西，他用手一探，放到鼻端一嗅，不知是什么，却见他所站的地上，汨汨渗出大量这种黑油，只听年不饶桀桀笑道："今日就要尝尝油浸飞鸟烤熟来吃的滋味。"

火舌一卷，燃及飞鸟立足这一带，火头一沾着黑油，登时皆变作熊熊大火，烈焰烧空，连珠霹雳之声震天价响，灼耀云衢，比先时的威力又增长了百十倍！

飞鸟发觉足下全是烈焰，已无立脚之地。

他立即想向外掠去，但四周已被烈火切断，而他身上所沾的黑油，只要一点着火头，就难以扑灭，这一下子寻思，不禁心慌起来。

飞鸟只觉地上全是火焰，想往外冲又冲不出去，只好往上跃，不料空中竟有一个大螺旋桨似的架子，浮悬半空，架上有数十根形同利刃的长刀，不住旋转着，发出尖利的呼啸，却没有人操纵，但只要有人一往上跃，即要被斩个身首异处。

飞鸟此惊非同小可，心忖：难道见鬼不成！殊不知这空中浮刀，只是利用火的热力，摧动刀的旋转，发挥极大的杀伤力，跟民间走马灯的原理完全一致。

只是此刻飞鸟既上不得，又下不得，处境狼狈而又尴尬。

突然"呼"的一声，射来一只两边镶着蜡翼的黑球，球后闪烁着火花，飞鸟不知是什么，正要用手接过。

其实那正是"震天雷"，相当于一个雏形的飞弹，如果飞鸟接在手里，就算铜皮铁骨，也得被炸成支离破碎、血肉模糊。

奇怪的是飞鸟也是在这一刹那间，念及白青衣、枯木和叶梦色。

以感情论，他当然最悬念深刻的应是枯木道人，可是因为此刻实在热如烤焙，使他不由自主想起白青衣，白青衣闯的是"水阵"，"水阵"至少比这儿清凉爽快得多了。


"水阵"是不是真的比"火阵"凉快得多呢？

是的。

白青衣现在心都凉了。

连四肢都是冰寒的，那种感觉，就像是水里悠游自在的鱼儿，突然发觉河水结成了冰，而他就嵌在冰霜里。

白青衣向不怕水。在《叶梦色》的故事里，他曾以轻功把

"千里不留情"方化我追杀于江心。所以他对水阵极有信心。

　　他一走进水阵，几乎就被那明媚的风光迷住。这一带傍近溪涧，两岩深绿，隐透清寒，涧水尤其急流激湍，在峭壁峻崖边形成天险，涧水排山倒海似的撞击着岩壁，声势如殷殷雷鸣，动人心魄。

　　这儿只有一条路，就是在沿峭壁上而下，在涧水上浮现的小截岩石跳过去，只是涧水时急时缓，一旦没有算准水涨水退时间，以及跳不过这等距离，气力下继，甚至滑倒，便难逃坠落急涧灭顶之厄运。

　　时隐时现的岩块对开来的峭壁上，书着"陡崖跳浪"几个活飞如灵蛇般的大字。

　　白青衣微微地笑开了。

　　他吟道："万顷江田一鸥飞。"他三几下飞跃，已到涧中，一足立于滑岩上，又笑吟道："亦欲举乡风，独唱无人和。"上一句是自譬，以他的轻功，也着实没把这"陡崖跳浪"看在眼里，后面两句，听来雅致，但在此时此地吟来，已隐含挑战之意。

　　这时，一个非常低沉，但低沉中十分柔媚，听去十分舒服的女音道："一别一百日，无书直至今。几回成夜梦，独自废秋吟。小雪衣犹络，荒年米似金。知音人亦有，谁若尔知心？"

　　白青衣一听，宛似脑门受雷霆一震，又似冰水浇头，蓦然一醒，几失足滑落深潭急流中。

　　他的脸色全白了，只喃喃地道："小雪衣……小雪衣……你是……小殷？小殷！"

　　那低柔的声音道："你还记得我？"

　　白青衣几乎喜极而泣，"小殷！情怯！怎会是你，怎会是你？"

　　只见前面一处三丈余宽阔的石台上，冉冉升起一个女子，衣白如雪，发黑如夜，白青衣一震再震，脱口道："情怯，果然是你，果然是你。"

　　那女子秀眉含颦，星目流波，两腮间有一股淡抹如醉红，柔肌媚骨，玉态珠辉，柔媚的眼神和丰腴的体态，不是叫人动怜，不是叫人心碎，而是叫人禁不住欲和爱。

　　白青衣长叹道："我以为……再也不会见着你了。"

　　那女子幽幽地说："相见争如不见，有情还似无情，不是不见更好么？"

　　白青衣一口气跃过三座岩石，说："情怯，不是的，你，不同的。"

　　那女子忽然低低抽泣起来，但抽泣间说话的声音仍是这般低柔好听，"我以为公子已忘了……忘了苦命女子殷情怯了……"

　　白青衣又踏过数块岩石，就差三块石岩，就到殷情怯立足之地，"情怯，再见你时，真的有些情怯……"

　　殷情怯噗嗤一笑，用袖端捂唇，娇柔说道："公子，我是苦命女子……你结识过的红颜里，当以我最笨，不会纺织，不会唱歌，和着拍子跳舞时踩着你的脚，画眉时常把眉画得太粗……与你相识的女子中，我的出身最寒微，你怎么还要记住我？"

　　白青衣道："红粉知音遍，我对你用情最深。"

　　殷情怯垂下了袖，美目含泪，朱唇微启，却说不出话来。

　　白青衣一闪身，已到了殷情怯身前。

　　殷情怯不高，只及白青衣胸际之上，她髻上的发丝，因风吹而微拂在白青衣颈上，白青衣情怀激荡，双手用力握在殷情怯双肩上，由于过于用力，殷情怯脸上有微微的痛楚，却更显得朝霞和雪，令白青衣生起神为之夺的心动。

白青衣虽比她高，但在她成熟而柔美的眼波中，却像一个妇人在看一个少年，有一种荡魄融心的风情。

白青衣的嘴唇微擦着她的额发，喃喃地问："为什么，为什么……"

殷情怯垂下了眼，但眼睛依然明亮，咬着唇，但嘴唇依然红彤，"什么为什么？"

"当初……你为什么离开了我？"

白青衣诗酒风流，拈花惹草，艳遇极多，已不以为奇，但是，他看到殷情怯的时候，她正在一个风月场所里，喝得酩酊大醉，哭着、闹着、笑着，洁白的胸襟敞开着，一群无行的公子哥儿，正在调笑着、猜着拳，在争谁先占她的便宜。

白青衣当时在场，很容易就打发了那一干浪子。

他把她揪到客栈房中，以冷水来浇醒这女子的醉意。

白青衣不是君子，也不是柳下惠，不过，他不是趁人醉中占便宜的人，而且，他已从一个她的婢仆中探知，这女人是给一个不负责任的男子遗弃了。

他决心要她清醒，要她清醒后反省醉的代价有多可怕。

可是当她衣襟被水湿透的时候，他的心跳得比水花声还乱，她醉意未醒，倚身板墙上，头微仰着，唇微启着，醉眼里有一种妇人看少年男子的融骨销魂。

白青衣立刻知道自己并没有想象中的那种定力，所以他立即要退离房中。

他退出去的时候，心里产生了一种极大的抗力，他觉得他自己会终生后悔这个决定的。

但他还是决定退出去。

可是他在出房门之前，禁不住还是回头看了她一眼。

他这一眼望去，只见殷情怯粉滴酥搓，神倦欲眠，艳丽绝伦，玉骨冰肌，但双颊焚焚欲烧，春思欲活，发上还滴着水珠，白青衣也是欢场中人，立刻便知，刚才那班登徒子对她下了春药。

白青衣唾骂了一句，"该死！"但他这多望几眼，心旌微荡，只见殷情怯透湿的衣襟里，隐透着玉峰上两点暗红，接下去的事，白青衣已在狂乱里、迷乱中疏狂着，纵腾着，浑忘了一切。

他只记得殷情怯推他、抓他、骂他，娇喘微微，呻吟细细，推着他的肩膀一直哀吟般地说："你怎能对我这样，你怎能对我这样……"这样一直说着，白青衣没有理她，也没有停下来。

等他能停下来的时候，殷情怯已梳好了妆，只见她容色丽郁，雪肤花貌，俨然莫可侵犯，她梳了妆，望也没望他一眼，就端然走出去。白青衣叫住了她。她神色冷然地回头。

白青衣千言万语，哽在喉头，说不出话来。

他昨天发生这种狂乱的事来，心中懊恼至极，只想待她醒后，百般解释，自己色令智昏，万般不是，又怕对方苦苦相缠，自己摆脱不了。

却没料到殷情怯寒着脸，冷然而去。

跟他发生关系的女子，莫有不情愿的，也莫有不顾恋的，只有生怕他不来，也有生怕他不负责任。

殷情怯却似什么也没发生过，昨夜只是春梦一场。

白青衣叫住了殷情怯，期期艾艾说完了昨天事情的始末，还未道歉，殷情怯就问他，"你说完了没？"便要离去。

白青衣见她容光照人，仪态不可方物，跟昨天一席恩情，千娇百媚，玉艳香温，微致风情，迥然不同，心中顿生爱慕之情，便与她说："我是真的，你留下来。"

殷情怯神色淡然，只是道："我留下来做什么？"

白青衣道："你难道忘了一夜之情么？"

殷情怯淡淡地道："那是醉后，醉时同交欢，醒后各分散，人生本就醉醒不分，你不必当真。"

白青衣跳起来，大声道："不行，不行！决不行的！"

殷情怯神色木然地道："有什么不行？你爱过的女子，都照顾她一辈子么？"

白青衣愤怒地踱步，气道："你……不同的！"

殷情怯冷笑道："什么不同？也不过是一晌留情，醉里贪欢，他家本是无情物，一向南飞又北飞而已。"

白青衣怒不可遏，"啪"地一掌，竟掴了殷情怯一个巴掌，在她玉颊上留下红印，白青衣瞧在眼里，一阵心疼，戟指叱道："你这贱女子……枉费我真心一片！"

殷情怯举目望着他，眼眶里有一层蒙蒙的水意，"我是被人遗弃的女人……"

白青衣截断道："我又是好男子么！"

殷情怯垂了头，幽幽地道："我出身贫寒……"

白青衣怒道："把我白青衣当什么人了！"

殷情怯抬头，眼眶里的水影已挂到青腮边，说："你说的是真？"

白青衣气得不得了，指着殷情怯骂道："你你你，你当我说了一天假话么！"

殷情怯忽然搭住了他的手，水汪汪的明眸瞟着他，把他的手放近唇边，亲了一亲，又放到嘴里，轻轻道："你要是真的，我也是真的。"说着咬了他小指一口，用水一般的眼色望着他，问，"很痛吧！"

"很痛吧？"她幽幽地问，"不会忘记我吧？"白青衣反手握住她玉指春葱、入握欲融的手，只见她媚目流波，瓠犀微露，白青衣一时什么话也说不出来。

往后的日子里，白青衣有着三天的融骨销魂，笔莫能宣的快活。他替殷情怯画眉、赋诗、温存，殷情怯更对他温柔备至，情深款款，百般依顺，令白青衣与她耳鬓厮磨，过着比神仙还快活的日子。

可是这般浓情蜜意后的第四天早上，他醒来的时候，就失去她，再也见不到她了。

却没想到，在陡崖跳浪上，竟会遇见了她，殷情怯！

# 第伍回

## 水和土

殷情怯的声音低柔，但一种怡人的风情更浓更烈，"我不走，你就会……厌了我。"白青衣双手发力，抱起了她，逼过去问："你为什么这样傻……"

殷情怯的声音低柔，但一种怡人的风情更浓更烈，"我不走，你就会……厌了我。"

白青衣双手发力，抱起了她，逼过去问："你为什么这样傻？说！你为什么这样傻！"

殷情怯被他挟得透不过气来，娇喘细细，柔眉微蹙，但靥上有一股浪荡的风采，哧哧笑道："你才傻！"

白青衣只见浪花溅衣，朱唇微露，忽然生起了一种极其疼爱之意，殷情怯也感觉到了，腰肢动了动，似要挣脱，呼吸急促了起来。

白青衣当下不理一切，凑嘴封住了殷情怯的朱唇。

殷情怯用粉拳捶着他，捶着，一面咿咿唔唔地说："你不要这样，你不能对我这样……"

白青衣忽然松了口，让殷情怯透了一口气，一面笑说："这句话，你三年前就说过了。"

殷情怯的双颊忽然红了，红得令人荡逸飞扬，白青衣又一把拥紧了她，说："你猜我那时候怎么样？"

浪花哗的一声，冲击在岩石上。

白青衣亲吻着她，全身为体内一股崩不可遏的热气所激动，"我不要理你，我——"

他没有把话说下去。

因为一腔热情，被寒若冰之刃切断。

一把雪寒的长刃，已插入他腹中。

白青衣不敢相信。

他仍没有出手，载指道："你——"殷情怯衣袖一褪，一把寒光闪闪的青剑在手，一挥之下，白青衣双腿齐断。

白青衣眦眦欲裂，殷情怯淡淡地道："你不知道你在闯'水阵'吗？来到'水阵'，还能如此大意？你自命风流，都是滥情害了你，'水阵'以柔制刚，孙子曰：'始如处女，敌人开户，后如脱兔，敌不及拒'，进'水阵'，我还未曾发动，但你心里的'水阵'，已毁了你的战志。"

白青衣最强的是轻功。

但此刻他一双腿已断。

殷情怯冷冷地道："你在外面勾三搭四，快活够了，而今，就毁在这德性里！"

白青衣艰辛地问："你为何当时……不下手？"就在这时，他忽然想起，飞鸟、枯木、叶梦色他们不知怎样了？

殷情怯笑了一笑，柔媚的眼神转而狠毒，"三年前杀你，没有价值可言，又何必我'花沾唇'来动手？我素来的作风都是……先伏下因，再待来日结果！"

白青衣惨笑道："你就是……'花沾唇'……"

殷情怯冷笑道："我就是'天欲宫'中的'吸阳姹女'，武林中英雄好汉人人怕我的'花沾唇'……其实，除了你们这些自大好色又自以为聪明的笨人外，只要稍加明辨，早该知道我是谁了！枉你轻功无双，却派不上用场！"

白青衣恨声道："你好……狠！"

殷情怯只说："你还有什么话要交代？"

白青衣大吼："我要你死——"

他衣袖激扬，一大蓬树叶形状的暗器撒出！

就在这时，水花冲天而起，惊涛裂岸，直涌上岩石，把断腿的白青衣卷入浪涛里去，转眼消失不见。

浪涛过后，殷情怯仍在岩石上。她伏倒在岩石上。

水沾湿了她的衣衫，她臂上和腿上的白衣衫，各浸渗出鲜血的痕迹。

两片树叶形的暗器，嵌在肌里。

白青衣濒死全力施放的暗器，仍是非同小可，可惜那已是他最后一击。

如果他还有暗器，而又来得及施放的话，殷情怯不一定能接得下。

殷情怯目送被巨涛吞灭的白青衣，眼眶里忽又落下几颗泪珠，自语地道："青衣，你为情所累，我又何尝不是？只是我所演的是个无情无义的坏女人，而你所饰的是个自命风流的笨男子，如此而已……"她说着说着，竟饮泣起来。

浪花湍湍，涧水急流，如斯远逝，不分昼夜。


日已西移，黄昏将近。

李布衣望望仍有余威、照在身上犹隐隐感觉到炙痛的夕阳。

要快！

李布衣对自己心里如斯催促着：按照情势，何道里逐走纤月苍龙轩，所主持的"五遁阵"是融合东瀛与中土的五行阵法而立，单凭何道里、农叉乌、柳无烟、殷情怯、年不饶五人及阵中所发挥的威力，只怕叶梦色、飞鸟、枯木、白青衣四人是断难以抵挡的。

能不能支撑到现在，还是个问题！

李布衣心中不禁有些躁急了起来，但他一进入"土阵"，登时心气平和，脑中尽量去想一些古圣贤者的话，大诗词人的句子，使得内心清明，心无杂念。

对付何道里这样的高手，若不神宁气定，必死无疑！

他一踏进了"土阵"，全神贯注在阵中。

李布衣注意的不仅是双腿所踏之处，而是对阵中每一寸地，每一草、一木、一石、一兵、一动、一静，都留上了心。

"火阵"当然以火为主力，"水阵"亦以水为主力，"金阵"也以金为主力，"木阵"以木为主力，但是，土阵不一定只以土为攻击的力量，这是因为何道里精通"五遁术"与"五行法"，不为任何一行所囿限。

"土阵"什么也没有。

"土阵"当然有土，但并没有什么特别处。

李布衣觉得心头沉重，就如脚下踏似殷实的泥土一样。

他没料到土阵什么都没有，只有一片荒芜的土地。

但他立时感觉到这土地上的杀气——这肃杀之气足以使任何蝼蚁蚂蟥，一近此地即毙命，而鸟飞掠空亦为之坠地，萧艾延及为之枯萎。

所以李布衣一入阵，立即猱身夺取"生地"。

所谓"生地"，是一处地方里的某一个特定的地方，人在那儿会感觉到特别舒适。这些特定的地方，当然没有任何特征，而每个人都有他不同的特定之所，譬如，一些人曾到远处一个市镇，会感觉万事不如意，身体无缘无故感到不适，而对另一些人来说，却万事如意，精神舒畅。

人们把这种不舒适，称作"水土不服"，其实这种情形，不仅限于地域的迁移，就算是登上一座楼阁，或者走入一栋房间，都会有这种情形，只看感觉强不强烈而已。有些地方，会令某人精神特别愉快，但对另一人来说，可能并不如是。同样的另一个地方，某人坐下去无端端心跳加速，但在别人来说，就全无感觉，而别处也无这种情形。

这地方并无固定，拿一间房子来说，可能是在床底，可能是在柜里，有人老在半夜听到院子井底有异响，有人却连屋顶的老鼠在啃木头也没听见。

在风水上的情形，往往被人称为"煞气过盛"，但"生地"的形成，是在于元神对某一时序、地位敌对或适宜，当然，绝大部分的位置都属于中性的，并没有太强烈的感觉。

在一个阵势中抢得"生地"，就像一把刀是否取得刀柄一样重要。

但是"生地"不像"刀柄"那般容易断定，古代夺取"生地"陷对方入"绝地"再致敌于"死地"，都是兵法上的大事。

李布衣情知陷入阵中，必须先夺得"生地"。

他一个箭步跃过去，却发现地上有一块小小的石头。

这块石子其实并不碍眼，但以地势论，却使得李布衣夺得"生地"的形势完全逆转，就像画龙忘了点睛，又似鱼失了水，一颗甜荔里藏着一条虫一般，优点尽失无遗。

李布衣一脚踹去，要踢走这颗小石。

这颗石头体积不大，但重逾千斤，坚硬万分，李布衣这一脚，竟踢之不去。

李布衣俯身要拾起石头，五指紧扣，但石头犹似生了钢茎一般粘在土中，仿佛要把整座地皮掀起来才拔得掉一样。

李布衣正蓄力一拔，忽"嗤"的一声，石头激喷出水花。

水花在阳光照射中闪烁如七色金花。

李布衣在水花喷起的同时，半空一个翻身，落在丈外。

他足尖一点，又向一处掠去。

那地方是"胜地"。

"胜地"的优势，仅次于"生地"，就像有些人在酒楼饮食之时，都要面向门口而坐，那是因为这个位置和方向，足以取得先机，足以应变邃然！

只是这阵的"胜地"，已有一人在那里。

那个人咳嗽着，喘着气，又大声咳嗽着，再用力喘着气，咳嗽一声比一声严重，喘息急促得像随时噎了气。

李布衣疾飞的身形，骤然停止。

他知道那人便是何道里。

何道里趁着咳嗽和喘息之间隙，艰辛笑道："刚才那块小石头，是粘在你脚下的土中，浮力全依属你身，《效力篇》有谓：古之多力者，身能负荷千钧，手能决角伸钩。使之自举，不能离地。你内力高深，但要拔掉那枚石头，仍是有所不能。"

李布衣道："王充有谓，力重不能自称，须人乃举……所以我的坐地，已给阁下封死，'胜地'也给阁下占去了。"

何道里笑道："我留下一块地给你。"

李布衣笑道："那不是'死地'就是'绝地'了。"

何道里摇首嗽道："都不是。"

李布衣问："那是什么地？"

何道里道："墓地。"

一说完他就自襟袍里掏出一件东西。

一块石头。

李布衣一见这块石头，脸上的神色，就似同时看见三只狮子头上有四头恐龙一般。

那一块小石，小如樱珠，呈六棱形，光彩微茫，五色粲然，透明可喜。

李布衣讶然道："是泰山狼牙岩，还是上饶水晶？"

何道里道："是峨眉山上的'菩萨石'。"李布衣清楚记得寇宗爽的《本草衍义》有提到："'菩萨石'出于峨眉山中，如水晶明澈，日中照出五色光，如峨眉普贤菩萨圆光，因以名之，今医家鲜用。"并有称之"放光石"："放光石如水晶，大者径三四分，就日照之，成五色如虹霓……"

但在何道里手中的"菩萨石"，透明晶亮中又散布着诡异的颜色，显然经特别磨砺过来。只见何道里把石子水晶迎着阳光一映，虹光反射，光霞强烈，暴长激照，金星齐亮，射在李布衣身上。

李布衣只感到身上有一道比被刀刺更剧痛的光线，耀目难睁，忙纵身跳避。

只见地上被这一道强光，割了一道深深的裂缝。

李布衣此惊非同小可，想掩扑向何道里，但何道里只须把手腕一击，强光立移，继续如刀刺射在李布衣身上，无论李布衣怎样飞闪腾挪，纵跃退避，那道五色光华，精芒万丈，辉耀天中，附贴在李布衣身上，如蛆附骨。

李布衣感觉到自己肌肤如同割裂，比尖戟割人还要苦痛不堪。

这土阵里只有二处因角度之故，强光照射不着，一处就是"生地"，已为奇石所据，一处便是"胜地"，亦为何道里所占。

李布衣情知身子只要一被强光所定照，便像土地一样被割裂，他的身子忽然一弓，一弓之后，是一个大舒展，何道里认准这一下，以内力借"菩萨石"为媒，借阳光热力射向李布衣。

只是李布衣这时手上已多了一物。

透过菩萨石强光，射在李布衣手上的什物里，突然更强烈五六倍，折射回来，射在何道里身上。

何道里身上立即冒起一阵白烟。

他反应何等之快，立即捏碎了手上的石英！

饶是如此，他身上也被灼焦了一条如蜈蚣躯体一般的黑纹。

何道里这才定睛看清楚，李布衣手上拿着的是一面凹镜。

凹镜聚阳，热力可以生火，"菩萨石"把太阳的热力射在凹镜上，便以数倍热力，反射回来，要不是何道里见机得早，捏碎水晶，只怕此刻已变成了个火球。

李布衣立刻趁此反攻。

他离何道里足有一十七丈之遥，李布衣一掠五丈，足尖一点，准确借力再纵，不料不但没有跃起反而下沉。

原来地上不是实地，而是浮沙。

他运力图拔起，但反而加速下沉的速度。

浮沙转眼已过膝。

李布衣深知一旦被这浮沙埋入，就算武功高如昔日之燕狂徒、李沉舟、萧秋水，也一样只有束手待毙的份儿。

何道里一面咳一面笑道："怎样？"

李布衣冷冷地道："什么怎样？"

何道里道："下面的滋味怎么样？我真羡慕你，马上便可以体验到。"

李布衣道："你要体验，那还不容易？跟我一起下来便是。"

何道里道："偏偏我又不想死。"

李布衣道："我知道你比较喜欢看人死。"

何道里笑道："人说美女的样子最好看，殊不知人死的样子最有意思，一千个女子中，总有一两个姿色不错，就算青春易逝，起码也有一二十年的光景可瞧的，但死人的样子，只有在濒死前的一刹那最好看，而且一人只能死一次，所以说，美女易看，死人难求。"

他咳着说："我是说，布衣神相被泥淹过口鼻时的一刹那，到没顶为止，是天下难得的奇景，五千两一次我也要看。"

李布衣淡淡地道："没想到我生前没人注意，临死才有人欣赏。"他说这话时，泥泞已及腰身。

何道里看着泥泽的高度，咳笑道："所以我能算是李神相的知音。"

说着他突然扬手一掌，劈空打去，一面笑说："一个知音要杀一个知己，从来都不会给对方再有机会对付自己，只怕他死得慢而已。"

第陆回

# 金和火

这一掌破空劈至，李布衣无可闪躲，只好发掌迎击，这一击，何道里只微微一晃，李布衣却身陷泥淖，已及胸部。何道里颇为满意地道……

这一掌破空劈至，李布衣无可闪躲，只好发掌迎击，这一击，何道里只微微一晃，李布衣却身陷泥淖，已及胸部。

何道里颇为满意地道："看来再多两三掌，那难得一睹的光景就快来临。"

李布衣心里何尝不急？他因急于反攻何道里，失足陷于泥沼，愈是用力，愈速下沉，除非轻功高如白青衣，否则纵有盖世功力也一样无法自拔。

何道里笑道："人不面对死亡，死亡不算什么；人快要死才怕死。我让你快点死，你就不会怕了。"

说着又凌空发出一掌。

他出掌的时候，手呈淡银色，像一柄磨得锋利光滑的钢刀，出掌的时候，隐隐带着刀风。

李布衣再接一掌。

他这一掌接上，泥淖已隐至他的颈部。

何道里却"咦"了一声，道："李神相的内力，怎么如许不济！一定是伤重未愈，就来闯关了。啧，啧，啧，可惜，可惜。"

说着又扬起了手，发出了第三击。

李布衣只好竭力抵挡，想以掌力回击，突然之间，眉心穴一阵热辣辣的冰寒，自玄关冰寒直沉任脉，而热流连接督脉，两股异流迅速周折一大周天后，在带脉合流为一，在冲脉化流为劲，李布衣本来一掌拍出，竟而遽易为指，"嗤"的一声，指风破空而出，射向何道里如同刃风的掌劲。

指风本来甚为轻微，一旦遇上凌厉的掌风，骤改为锐劲，"波"的一声，戳破掌风而入，何道里在先前第一掌里，试出李布衣内力不过尔尔，心中有些惊奇，在第二掌的时候，便探出李布衣负伤非轻，故无法聚全力以抗，眼见要大获全胜，没料到在第三掌里，李布衣的掌风忽易为指，而且这纯厚、浑宏、寂穆、敌强愈强、参透禅机、妙悟自然的指风，与李布衣的掌功，大不相近，何道里一怔之下，指风已破掌风，直逼脸门。

何道里应变奇速，左掌叠在右掌之后，右掌掌心外吐，左掌掌背格在额前，"啪"的一声，指风射入他掌心内。

何道里右掌已运聚全力，抗拒指风，左掌又加以支撑，但那一缕指风，连闯三关，所发的破空之声一次比一次更烈，何道里接下一指，只说了一句话："一禅指！"掉头就走。

"一禅指"是佛门七十二绝技之一，为天下武林圭臬。少林一门之中，也仅有三人能使。

李布衣当然也听过"一禅指"这种武功，但他不单不会使，甚至连见也没有见过。

但他却发出了那一指。

李布衣到现在才明白：惊梦大师为什么在他入阵闯关之前给了他一指，而在发出那一指之后又似全身虚脱、枯萎了一般。

因为惊梦大师旨意不在考验他有无能力闯关，而是借考验之掩饰，给予他闯关的力量，原因当然是他看出李布衣身上重伤未愈，所以一旦遇险，李布衣运聚全力之际，那"一禅指"的功力破茧而出，替代了李布衣本身的力量，击退了敌手。

何道里虽然接下了这一指，但是"一禅指"之指力，还是透他手心再转达他掌背然后击在额上，何道里一时天旋地转，惶然败退。

何道里只求先退，他算准了李布衣还是会逐一闯木、水、金、火四关，就算他闯得过，自己那时已恢复，仍然可以跟李布衣再决一死战。

何道里却不知道李布衣只有那么一指。

李布衣那一指，把惊梦大师贮蓄在他眉心穴的"一禅指"内劲全都舒发无遗之后，要他再多发一指，也是不可能的了。

而他仍在沼泽里。

何道里仓皇败走，李布衣唰地自腰畔抽出竹杖，再自背上包袱取出一条麻绳，用绳子在竹竿尾梢打了一个死结。

这几下功夫做得甚为迅疾，但这几下移动，同时也使他身子迅速下沉，泥沼已近下颏。

李布衣也在此时"嗖"地投出竹竿。

竹竿挟着尖锐的急啸，"呼"地插在丈远实地上，没土四尺。

李布衣用力一扯。

这发力一扯，使得他身子遽然下沉，几及口部，但同时间，相反相成的力道自竹竿传达了回来，李布衣像只泥鸟般破泽而起，落到丈外。

李布衣几乎变成了一个泥人，不过他这时才能舒一口大气：差点没变成一个泥鬼！

他抬头一看，太阳发出澄黑色，已接近山头那边，天空布满着红边的云朵，很是奇怖，这时申时已过，酉时将至。

酉时已至。叶梦色睁开眼睛，就看到夕阳，她忽然有一种迷茫的感觉，每次夕阳落山的时候，她有时候在海边看到，有时在深山看到，有时候在繁华闹市看到。她都有一种亲切的感觉，觉得夕阳都要下了，人生那么凄楚，一切都不必留痕，所以她的感觉，还是迷惘的。

她奇怪自己为何没有死。

柳无烟没有杀她。

他只是跟她说："你认输吧，认输我就不杀你。"

柳无烟的声音忽然激动起来，竟用穿戴金属铁壳的双手抓紧她的双肩，热烈地道："如果你要赢，那也行，只要，只要你肯嫁给我。"他的声音非常诚恳。

叶梦色茫然地问："怎么会有这样的事……"

柳无烟道："我是说真的。"

叶梦色道："你只看到我，就说要娶我，你有没有看清楚我，你知道我是什么人吗？我性格是怎样的？我喜不喜欢你呢？"

柳无烟语气恳切，"这些都不重要。"他说，"以前，我从来不知道，喜欢一个人，可以是突然的、初见的、全无条件的，一旦爱上了，可以为她生，可以为她死……我一直以为只有人为我如此，我才不会为她如此，但今天……"

柳无烟一字一句地道："我可以为你这样做。"

叶梦色摇首道："你不该威胁我，胜和败，只要公平，我无怨意。何况就算我败了，不见得我的朋友也闯不过'五遁阵'。"

柳无烟急道："我不是威胁你……"

叶梦色仍是不能置信，"你只是看见我样子，也许喜欢这样子……你所说的，以后会后悔的。"

柳无烟激动地一反肘，"铠"的一声震天价响，竟一拳打在自己胸膛上，盔甲都瘪了下去，叶梦色吓了一大跳，没想到柳无烟的性子竟是这样直烈。

柳无烟恨声道："我是个被人冤枉不得的人……"

叶梦色忙道："我冤枉你什么了？"

柳无烟厉声道："我不会后悔的，我永远不会后悔的！我会为你做一切。"

叶梦色脸色白皙，道："可以退出'天欲宫'？"

柳无烟在盔甲里沉默半晌，终于沉声道："可以。"

叶梦色皓齿咬咬下唇："可以不再为恶江湖？"

柳无烟道："可以。"

叶梦色闪亮着美眸，"可以弃暗投明，为'飞鱼塘'效力？"

柳无烟即答："可以。"

叶梦色长长的睫毛眨了眨，道："但是……你答应了这许多，我却什么都没有答应你……"

柳无烟坚决地道："你什么都不用答应，只要——"

叶梦色咬着唇，垂下了眼睛，柳无烟终于把话说下去："……只要——你当我是朋友……"

叶梦色道："我当你是朋友……你能不能去帮我的朋友破阵。"

柳无烟高兴得连同笨重的盔甲一起跳起来，又重重地"砰"地落在地上，兴奋地道："真的？"

叶梦色微微笑着："可是……"她柔声道，"我总应该知道我朋友的样子吧？"

柳无烟却突然缩了一缩，这一缩，似是怕别人瞧见自己的样子，其实在厚重密封的盔甲里，谁也不会看见柳无烟的样子。

但是柳无烟仍是怕人瞧见。

叶梦色一见这种情形，心中疑云大起，但也升起不忍之意，即道："当然，日后再见也不迟。"

柳无烟似乎这才比较平静下来。他道:"我们去救你的朋友去。"

这时飞鸟已快要变成一只燃烧的火鸟。

四周都是火焰,地上喷着火油,天上旋着火刀,最糟糕的是,他手里接了一个炸弹。

而他却不知道那是炸弹。

就在这个紧急关头,火光中忽然出现一人,这个人一出现就抓起飞鸟刚才脱掉丢到远处的僧袍,一卷一带,就把"震天雷"裹住抛飞出去!

"轰"的一声,"震天雷"在远处爆炸,雷火满布,光焰万道,狂风突起,骇飙怒鸣,飞鸟险些站立不住,这时地上火势更烈,那人忽然双袖卷起,地上滚沸的黑油,被狂飙卷起,投向丙火之位。

只见怪吼一声,一个胡须皆赤、筋骨尽露的壮汉仓皇而出,身上也沾了好些黑油。

只听他声音焦烈,大吼道:"你是谁?"

那人道:"年不饶,你的火遁快收了吧,否则我就用庚金戊土癸乙木来破你。"

年不饶咆哮道:"这里乙木斩尽,癸水隔绝,庚金全无,戊土不动,你凭什么来制我!"

飞鸟这才看清楚来人,喜唤:"李神相!"

年不饶一扬手,十数点冒着蓝烟青焰的小石,尖啸着射向李布衣和飞鸟大师。

飞鸟正要接过,李布衣阻止道:"不可,那是硝石。"僧袍呼呼地舞扬开来，把漫天硝石裹住，连袍一齐扔出。

只听波波数声，僧衣炸得个稀烂，李布衣侧耳一听，道："焰硝、火硝、苦硝、生硝你都有了。"

年不饶一扬手，又打出数十枚色白而飞行时发出紫青火焰的什物，一面道："还有蓝硝、水硝、马牙硝和皮硝，教你见识！"

李布衣突然一掌击在前面土上。

土扬起，激喷而罩住石硝，发出连串的爆声，在尘溅泥散中，李布衣掏出一件东西，是一面凹面的镜子，李布衣把它映在火焰与阳光之间，也没进一步的行动。

飞鸟大师奇道："你——"

李布衣摇摇手，示意他先不要说话。

果然年不饶一俟尘埃落地，立即挥舞手上兵器攻了过来。

他的武器是一根火把。

在这布满火焰、石油、硝石的环境里，只要一沾着火头，只怕立即就要烧成炭灰。

年不饶挥舞火把冲来，倏地，发觉李布衣手上的什物，映着阳光然后透过火把，再折射到年不饶的脸上某一点，突然之间，年不饶在颊上的石油，唰地焚烧起来。

跟着下来，他身上火焰迅速蔓延，身上数处都着了火，端的成为一个火人。

年不饶狂嚎怪吼，突然盘膝而坐，紧合双目，念念有词，火在他身上炽热地焚烧着，仿佛与他全然无关似的。

那火虽熊熊地燃烧着，但烧的似不是他的身躯一般，李布衣突然掠去，一葫芦药酒淋洒下去，火势登时更炽烈数倍，年不饶定力再高，也忍不住张口叱道："你——"

一字未完，李布衣手上的葫芦，飞出一道酒泉，射入年不饶口里。

年不饶收口已不及，一股酒泉，灌入喉里，他勃然大怒，须发根根竖起，戟指怒道："看你烧不烧得死我！"

不料这句一出，年不饶自己已脸色大变。

原来他在讲那句话的时候，嘴里的口气竟串成一条火龙，一时间，他身体内外皆焚，终于无法抵受，犹如身置烘炉，转眼间就要焙成一块炭。

这下他真的五脏齐焚、通身着火，绝望地呼号起来，"救命，救我……"才呼得这两声，口中所喷火焰更烈，周遭红焰轰发，烈火飞扬，罡飙怒号，年不饶掩脸尖嘶打滚起来。

李布衣见状，忙向飞鸟道："不行，他受不了！"一掌向年不饶头顶拍去，飞鸟以为李布衣要年不饶免多受苦，一掌拍死了他，不料李布衣连拍几掌，竟把年不饶逐渐拍入坚硬的泥土去。

最后，年不饶整个身子被拍得埋入土中。

飞鸟搔搔光头，不禁问道："你干什么？"

李布衣道："替他灭火啊！"

飞鸟奇道："五行中火化土，乃是相生，怎么可以灭火？"

李布衣道："五行常胜是指某一行必胜一行，例如金定胜木，土定胜水，水定胜火，火定胜金。但墨翟认为五行无常胜，即某行胜某行是相对的而非绝对的，在不同的条件下，例如水虽可以把火扑灭，但火也可以把水烧干，火可以把金熔化，金属也可以把火压熄，事情是可以倒反过来的，只要让这一行存在的条件较利于另一行，故此土重亦可克火。"

他说着再"嘿"的一声，双掌用力拍地，"噗"的一声，竟把年不饶自土中以内力激飞出来。

年不饶周身上下，已为火烧伤，但因脸部最迟入土，是故脸孔灼伤最重。

他溃烂的眼皮艰辛地翻着，有气无力地问了一句，"你以火制火，用的镜子是不是阳燧？"

李布衣答："是。"阳燧是一种消炼玉石所铸造的玻璃，一说是由铜锡各半的青铜合金制成的，据《淮南子》记载："阳燧见日则燃为火"，是一种古老的取火用的镜片。

飞鸟仍是不解："火怎能制火？"

李布衣道："以柴枝之燃丢入火之中，柴枝之火顿失其威力，这是以火制火的一例，火不但能制火，同时也能引火，把星星之火点燃'震天雷'，便是以小火引出大火的例子。"

年不饶惨笑道："我便是被你引出了五昧真火以自焚。"

李布衣道："惭愧，我除了激起你的恼怒，再以榴莲刺、鳄鱼肉、石胆、丹砂、五芝掺和配制的烈酒，射入你喉里，才引出了你五昧真火，使你无法自制而自焚。"

年不饶哑着声音道："我……服了你……你不杀我……我也再无能力阻……拦……你……这一阵……就算我输了……"

李布衣在包袱里掏出一瓶药物，抱拳匆匆道："这是'百火玉函膏'，请敷上，可止烧灼之伤……你的伤应无大碍，承蒙相让，我还要再去闯阵。"

他侥幸能靠"一禅指"击退土阵何道里，按照五阵秩序，倒转逆行，从土移火，恰好救了飞鸟。

他急于去闯水阵。

而他最情急的是金阵。

金阵原本是"五遁阵"的第一关，现在成了李布衣的最后一关。

——叶梦色，她，怎样了？

# 第柒回

# 水和木

李布衣和飞鸟和尚到了"陡崖跳浪",视野为之一阔,心境也顿为开朗,凉风徐疾倏忽,天色奇幻,飞鸟刚才差点没给火阵烤成焦炭……

李布衣和飞鸟和尚到了"陡崖跳浪",视野为之一阔,心境也顿为开朗,凉风徐疾倏忽,天色奇幻,飞鸟刚才差点没给"火阵"烤成焦炭,现在看到水澈清凉,真恨不得跃下去像鱼一般快乐自在。

李布衣却道:"飞鸟,游不得。"

飞鸟道:"我知道,这是'水阵',"他不在意地笑道,"'水阵'里做一条翻肚的鱼,总比在'火阵'里变成烤鸡得好。"

李布衣道:"不见得。"

他拔起岩缝里的一根草,在水里浸了一浸,交到飞鸟手上,飞鸟呆了一呆,道:"给我吃?"

李布衣游目四顾,摇首。

飞鸟仍不明所以:"给我种?"

李布衣仍是摇了摇头,皱着眉,似在估量形势。

飞鸟有些光火了,"给我纪念?你故作神秘做什么?"

李布衣仍是摇头,向飞鸟手中的草指了指,微笑道:"都不是,给你看的。"

飞鸟一看,手指间的草叶,已变得一根发丝似的,又黑又焦,吓得他忙丢了草叶,咋舌道:"看来到了水里,还是变成烤鱼。"

又为之瞪目道:"这……这么多的涧水,全下了毒,不是毒害了不少鱼虾吗?"

李布衣沉声道:"这倒不会,只我们驻足这一带的水才有毒,别处倒没有,这才是'水阵'殷情怯的厉害之处。"他是从武当天激上人口中才知道"水阵"乃由殷情怯主掌,"不知她是个什么样的人?"

飞鸟突喜道:"白青衣!"

只见一处像帆船一般的石上,有一人青衣飘飘,甚是儒雅,却不是白青衣是谁?

飞鸟笑道:"白青衣一定打赢了,过关了!他还受了伤哩!"说完便飞掠过去。

白青衣却一直对他微笑着,臂上、腿上都有血迹,岩石上冲激着浪花,端丽无比,变化万千。

飞鸟掠上帆船石,正要向白青衣掠去,忽然,臂膀被人搭住,只听李布衣沉声道:"慢着。"

飞鸟一愣,"什么?"

李布衣对白青衣冷冷地道:"你不是白青衣。"

飞鸟几乎要飞起来,"他是白青衣啊!你有没有发烧……"

李布衣道:"白青衣的暗器,断不会打在他自己的身上。"

飞鸟一看,果然"白青衣"腿、臂上都嵌着白青衣那叶子形状的独门暗器,这一来,再看过去,就愈看愈不像白青衣了。

"白青衣"笑道:"来的敢情是李布衣?"他这一笑,声音竟是低沉、柔靡好听的女音,甚有风韵。

李布衣尚未答话,飞鸟即抢着道:"我早知道你不是白青衣,过来一试,果然是冒牌货!"

这"白青衣"笑道:"若不是李神相,只怕你此刻已是一只水里的死鸟了。"

飞鸟也不生气,哈哈一笑,道:"你看走眼了,我特地蹿过来,让你来不及借水遁或投水自尽。"

殷情怯伸手抹去脸上的易容药物,冷笑道:"就凭你?"

李布衣忽问:"白青衣呢?"

殷情怯道："恰似一江春水向东流。"

飞鸟怒道："你杀了他？"

殷情怯道："也杀了你。"她手上忽然多了一个水晶盒子，盒子里盛满着水，小小的空间里有各种各式的鱼类在游，珊瑚海草，随水势飘晃，气泡像一串串珍珠一般亮丽，整个水晶盒子剔透可爱，飞鸟不禁为之神往，道："嘿，可真好看——"

忽见气泡"波"地碎了一个，眼前忽然都是柔蔓的水，奇树琼花、珊瑚鱼虾、贝宫珠阙，尽在其中，飞鸟几曾见过这般美景，忽见自己身边有几串水泡冒起，迷糊中，只觉得可能是自己吐出去的气泡，可是他怎样能活在水中？这些，他迷迷糊糊中，都不理了，只觉得纵葬身在如此宛似太虚的仙境中，生又何妨？死又何妨？

突听一声叱喝，把飞鸟喝得猛然一省。

飞鸟这才发现，在帆船石上，李布衣已经与殷情怯动起手来，两人还打得十分激烈，"乓"的一声，水晶盒在岩上摔破了，显然是李布衣夺得了上风。

飞鸟想过去助战，突然眼前一黑，气为之闭，竟"咕咚"一声，在石上摔了个仰八叉，差点没卷入浪潮里去。

飞鸟这时才知道不知何时，自己竟喝了一肚子水，胃胀卜卜的，很不好受，十分辛苦。

李布衣一见飞鸟仆倒，立即放弃战斗，向飞鸟处掠了过来。

飞鸟气吁吁地道："这妖……女，施的……是什么……魔法？"他只觉鼻子口腔全涨满了水，很不好受。

李布衣道："那是魔家的'寸地存身法'。"

飞鸟更气，向殷情怯戟指道："这……算什么'水阵'！"

殷情怯心里又好气又好笑，但也相当震惊，"微末的'水阵'是以洪流灭顶，高深的'水阵'以柔水攻心，你又算是什么闯关者？"她口里虽是这样讥刺，但心里也着实惊讶于飞鸟和尚在灌了那么多涧水后，竟能在如此极短的时间内真气便已调复，说话也一气呵成得多了。

就在这时，通向李布衣与殷情怯之间的帆船石上，突轧轧作声，裂成两片，向下沉去。

而在殷情怯脚下所踩的那一片岩石，真像一艘帆船，顺水流去，李布衣目瞳收缩，道："覆舟之计？"

飞鸟眼见岩石已快要被水淹没，心中大慌，急叫道："我不口渴，我不想再喝水……"

李布衣突然自包袱里掏出一个锦囊，锦囊的皮质十分特别，但绣上一层极好看的图案，锦囊突起一浑圆的什物，李布衣把锦囊取出来的时候，脸上充满了珍爱、不舍、缅怀之色。

他终于把锦囊的丝缎收口一放，里面倒出一物，迅即落入水中，飞鸟眼快，也只不过瞥见一颗橙大的珠子，咕地没入水里，但忽觉身上一阵凉浸浸的，眼睛有些刺痛，忙用手拂拭，竟在眼眶里抹出一些薄薄的碎冰。

飞鸟大奇，不禁问道："这是什么？"

李布衣的眼睛全未离开过珠子掉落的地方，"'雪魂珠'。"

飞鸟一愣，"米纤的'雪魂珠'？"米纤外号就叫"雪魂珠"，在江湖上倒无人不识、无人不晓的，他当然不知道李布衣和米纤那一段情。

这时候，水势随着岩石的沉落，已及脚踝，飞鸟只觉这涧水十分冰寒刺骨，苦着脸道："想不到飞鸟飞不成，成了水鸟，还要变冰鸟。"

李布衣道："鸟是飞不成，但冰是做成了。"

飞鸟定晴一看，大吃一惊，原来这涧水忽然都不汹涌，柔静了下来，上面竟结了一层薄薄的冰。

李布衣道："你轻功行不行？"

飞鸟仍是给这奇景吓呆了，"什么行不行？"

李布衣道："米姑娘的'雪魂珠'，治水辟火，还克邪降魔，我们收了珠，只有片刻时间，冰就要融了。"

飞鸟抖擞精神，道："我的轻功？没问题。"

李布衣一笑，甩手间锦囊一收，嗖地明珠夹带耀目华彩，吞入囊里，寒意一盛间，已重收回锦囊。

李布衣叱道："走！"

两人跳着水面上的薄冰借力，飞跃急掠，纵过数十丈，在寒涛、伏流上飞驰，薄冰也时有碎裂涣散处，所以下足非常小心，这时地势忽然一陷，四面土堰堤丘，但十分枯干，滴水全无，地面已出现又深又阔的龟裂痕迹。

飞鸟走到末了，冰已融解，"格"的一声，他下脚重了，踩碎薄冰，一足陷入涧水里，全身就要下沉，李布衣闻声出手，闪电间已把他偌大的身子抛飞出去，自己也紧跟着提气急纵，飘然落在干地上，回头望去，薄冰已全融化为水，微微细响着碎冰的声响，很是好听，奇的是涧水盈而不溢，并不向土堰下流去，满满地盈注成一道透明的水墙，煞是好看。

飞鸟结舌地道："那……那妖女会使邪术，幸好……这到了安全地。"

李布衣突然伏耳于地，听了半晌，脸色一变，疾道："这里也非可留之地。"

飞鸟诧然问："为什么?"

李布衣道："这里地势低，水势不可能不往下流，只要她把上游沙囊毁去，水疾冲下，以激水之疾，避高而趋下，避实而击虚，我们难有活命之路。"说着正要退走，飞鸟却好整以暇。

这回轮到李布衣奇道："你想做只淹死的鸟?"

飞鸟悠然道："我才不怕，你有雪魂珠，水都成了冰，哪里淹得死人。"

李布衣跺足道："现在我们不是在水上，而是在水下，就算水结成冰，那么我们在水底只有变成了冰鱼。"

飞鸟这才恍然大悟，一拍光头，"是啊!"正要走时，水声澎湃，高浪如山，暴雨密雪般迎头罩落，转瞬间，堰下的凹地已被洪水填满!

堰上有一个女子，水珠溅在她身上，她仰着雪白脖子，来承受水意轻蒙。

她脸上的表情，似是笑，也像在哭。

在水声哗然中，她喃喃自语："又两条性命……又两条性命……"

忽听背后一人沉声道："'又'是什么意思? 白青衣是不是已经被你杀了?"

殷情怯人在风中，突然像冻结了一般，她没有立即回头，只问了一句，"你是怎么出来的?"

背后的李布衣道："凹地上有深阔的裂纹，这裂纹直通往高地内层……当然，我也用了一点'土遁法'。"

殷情怯一笑道："我忘了，土止水，你不是用遁法，而是用五行相生相克来破阵。"

说到这里，她霍然回身。

李布衣大喝："出手！"喝声甫起，殷情怯双袖暴长一丈，如水挥出，飞鸟双手一震，如惊虹电掣，两道板斧闪耀两道白电急光，凭空切断双袖，同时间，李布衣如雁贴地而掠，疾如电飞，青竹竿已向殷情怯攻了一招。

殷情怯倏然掠起，半空身子一扭，水蛇一般疾投入水里，激起的白浪隐带血色，而李布衣立在堰上，杖尖也有血迹。

飞鸟犹有余悸地道："她死了没有？"

李布衣道："她命不该绝。"只有他心里才知道，刚才那一刺，在出手的时候已震动了他的伏伤，脚力也有所不足，所以这一刺之速度、力道已大打折扣，否则殷情怯绝逃不掉。

但他心里隐隐有一个声音在自问：若他这一击真能把殷情怯杀死，他会不会真的狠下心，去杀死一个女子？

——除非她先杀了白青衣……

他没有再想下去：他知道目前最紧急的是先闯金、木二阵，如果白青衣已遭不测，那么这种不测决不能重演。


枯木在木阵中，在木制飞鸟、黄蜂、蛰虫的攻击之下，本来就难以幸免于难。

何况农叉乌也已经出了手。

农叉乌的兵器是一根木杵，长达九尺九，枯木的武器只是半尺不到的玉簪，但农叉乌却不能把枯木攻倒。

农叉木虽然占尽上风，但每到危急，遇木鸟猛袭或木虫蛰噬之际，枯木总是先一步在天灵盖一拍，然后硬掌一击，总能安然无事。

枯木虽败，但不倒，更不能置他于死地。

他一面奋战，一面冷沉地道："农叉乌，杀我可没那么容易。"

枯木冷然道："我迟早会把你的树木一把火烧光。"

农叉乌阴笑道："烧！烧呀，你不烧，我自己来烧。"

只见他袖中一点星火飞蹿而出，沾着树身，立即蔓延，顷刻形成万木齐焚，烈焰冲天，酿致大火。

只见火焰熊熊中，万木齐吟，飞灰浓烟，和着焚枝燃木，不断塌下，时传毕剥爆发之声，枯木神色中已没先前镇定如恒，额上汗珠不断淌下。

农叉乌怪笑道："怎么？你本性属木，而今我反以火焚木，先毁'木阵'，可烧着你的本命元神了吧？"

枯木怒道："你……你这不是'木阵'！"

农叉乌嘿声道："谁说'木阵'不能有火，木成火正是相生，我以火制木，是我的聪明，你的愚笨。"

枯木叱道："你——"忽被木鸟啄向肩膊，他急反拍天灵盖，但全无效用，肩膊被扯下一大块肉，鲜血淋漓。

一时之间，那些木蜂、木虫，全飞袭向枯木道人，农叉乌也全力反扑，却在这时，着火的巨木纷纷坍倒，只见一金盔甲人伏滚火头上，所过之处，火势大受阻塞。

农叉乌怒叱道："柳无烟，你要反了！"

柳无烟在盔甲里沉声道："金能削木灭火，你还是降了吧。"

农叉乌气得脸色都绿了，手一挥，木鸟木虫都向柳无烟袭去，但柳无烟在层层盔甲护罩之下，这些攻击对他而言，根本不生效用，反而一一被他击毁。

　　农叉乌突然向枯木虚击几招，人影一闪，闪入一株带火的茂叶巨木之中，蓦然之间，火势大盛，火舌向柳无烟卷来，只听树里农叉乌道："火可熔金，我先熔了你这个叛徒！"

　　柳无烟虽有金甲护身，但在火势熔焚之中，既难呼吸，而盔甲渐热，出手也困难了起来。

　　忽见一柄如寒玉浸泉般的剑影，破木而入，登时把火焰压挫，一个如同寒玉般清艳的女子，在木影火摇中闪入，一剑刺入巨木。

　　只听树内惨哼一声，一人捂胸踉跄闪出，枯木玉簪一挥，农叉乌急闪得快，但右脸鲜血长流，一目已被挑出，柳无烟急长身拦在农叉乌之前，道："两位住手，请赏我薄面，不要杀他。"

　　枯木颓然住手，道："我命是你救的，你说不杀，便不杀。"

　　农叉乌掩脸低吼道："我道你为啥转了性，原来是为了女色……"他看到叶梦色和柳无烟一齐出来，便作如此推断。"我早知道你这小子吃碗面，翻碗底，不是什么东西，但宫主还是派了你守'金阵'，你到来个阵前倒戈……"

　　柳无烟怒喝道："住口！"显然因为十分愤怒，这一声暴喝，震得铠甲铿然回响。

　　却在这时，地上忽裂了一个洞，柳无烟隆然而倒，掉了进去。

# 第捌回 五行破五遁

　　柳无烟刚掉下土里，奋力想以金坚之力破土层跃出，不料土地四合，紧紧压住了柳无烟，只冒出一个盔甲的头来。柳无烟向叶梦色大叫道……

柳无烟刚掉下土里,奋力想以金坚之力破土层跃出,不料土地四合,紧紧压住了柳无烟,只冒出一个盔甲的头来。

柳无烟向叶梦色大叫道:"何道里来了,快走!"

枯木四顾道:"他在哪里?"

叶梦色断然道:"我不走。"持剑前来,柳无烟暴喝道:"你们不是他的对手,快走!"

只听地底里传来几下干咳,隐隐有个声音道:"柳无烟,你果真是重色轻友。"

"砰"的一声,自地底里弹出一人,泥土自他身上簌簌而下,柳无烟拼力挣扎,要震开土层,那人突抛出一物,也没怎样使力,那物件"嗖"地向柳无烟露出地面来的铠盔迅速射去,宛似被一股大力吸去似的,枯木用玉簪一扫,"叮"的一声,那什物去势不休,仍投向柳无烟,"咔"地粘在盔甲上。

那什物附在甲上,柳无烟登时全身犹如被八爪鱼的吸盘吸住一般,再也动弹不得。枯木定睛一看,原来那是一具顿牟,所谓"顿牟掇芥,磁石引针",柳无烟此刻全身铁甲为之所吸,哪里还能做寸移。

这边叶梦色已与何道里交起手来。

何道里扔出顿牟后,一直激烈咳呛着,但却从容应付叶梦色的攻击。

枯木本来不拟参加闯"五遁阵",其主要原因便是畏忌这个何道里,但而今也管不了那么多了,挥舞玉簪吆喝:"我跟你拼了!"

何道里忽用手一指,道:"跟你拼命的什物还多哩!"

枯木一看,脸如死灰,目瞪口呆。

原来在万树着火焚焰之旁的土地上，烟雾蒸腾，热焰幢幢，然而在腾雾耀彩之中，只见宫室、台观、城堞、车马、冠盖飞驰而至，而且尚有千百十人，全都黑肤红睛，白布披头，手执弯刀，威猛高壮，铜发铁器，向他冲杀而来。

莫说这一干什物凶神恶煞，莫可抵御，单凭这种声势，枯木自度武功再高十倍，也同样生不了作用。

就在此时，他双足"涌泉穴"突然一痛。

他发现时已迟，只见土里伸出两只淡银色的手指。

枯木的自击天灵盖的武功，可刀枪不入，气功不侵，但足底"涌泉穴"为其罩门，如今失神于眼前，底下竟为何道里所趁。

叶梦色本来全力对付何道里，眼前一闪，何道里身形往下沉去，叶梦色横剑抱持，以防何道里来袭，不料枯木已中暗算伏地。

何道里破土而起，咳着笑道："只剩下你一人，还是乖乖束手就擒吧。"

忽听背后有人道："何道里，若我不发声就出手，你必然输得不服。"

何道里目光闪动，道："李布衣是背后暗算的宵小之徒么？"

他反身过去，就看到身上仍满是泥污的李布衣，道："你脱困得好快。"

李布衣道："你复原得也不慢。"


这时大局已非常分明，李布衣闯过"土阵"，但何道里仍能作战，"火阵"年不饶已无作战能力，"水阵"闯关者白青衣与守关者殷情怯，相继失踪，"木阵"枯木和农叉乌俱受伤，"金阵"

柳无烟倒戈，但亦被围，现下是何道里独自对抗李布衣、飞鸟和叶梦色等人。

以武力、道行论，飞鸟和叶梦色自然难以取胜何道里。

李布衣却能。

不过，叶梦色、飞鸟、枯木和柳无烟都不知道李布衣身上还患着伤，而他身上的伤是极不适宜动武，甚至可以说是不能动武的。

叶梦色一见到李布衣自火焰中走出来，就怔住了，千头万绪，也不知在想什么，但一直有一个意念很明确，那就是：如果刚才她死成了，那就永远见不到李布衣了。李布衣已经来了，可是只要自己死了，就见不到李布衣了，就再也见不到李布衣了。

李布衣见着叶梦色，心就安了。

但他没有多想，也没有多看叶梦色。

他全神沉浸在这一战之中。

这一战无疑是决定道高还是魔长的一战。

何道里似一下子看穿他心中所思，"这一战，你若败了，白道就要垂头丧气三年，如果胜了，半月之后，还要在飞来峰来一场金印之战，所以，你不可以输，我可以败。"

李布衣淡淡笑道："你是想增强我心头负担，让你可以从容地使'五遁阵法'，而我却不能专心施展五行破法？"

何道里重咳了几声，道："五遁么？我早已使出来了。"他用手一指。

李布衣望向枯木刚才望去的地方，只见千军万马，黑海飞云，犹如凶魂厉魄，展布开来，李布衣却看得眼也不瞬，道："这是海市蜃楼，是光线经过蒙气折射所致，今日所见，大概跟欧阳文忠出使河朔，经过高唐县，驿舍中所见略同吧。"

他淡淡地道："这只是虚幻映象的蛟屋，既不能助你，也无法伤我。"

李布衣笑笑又道："你利用阳光折射来制人心，确不仅精通'土阵'而已，火遁也一样高明，佩服、佩服。"

何道里忽然一掌击在土上，轰然声中，地上裂了一个酒杯大小的洞，李布衣知道这个洞口早已掘通，只是上面还结着实土，现今何道里一掌击破，不知此击是何用意？

却见土洞裂开不过转瞬时间，"哗"的一声，自地上冒出一股清澈的水泉，直喷至半空，再斜斜无力地撒洒开来。

飞鸟一见惊道："石油……"

李布衣道："不是——"他知道那只是地底一股无毒的温泉，在地壳冥气的压力下，一旦开了穴口，立即涌喷，尚未开口道破，只见一道七色虹桥，愈渐明显，奇彩流辉，彩气缤纷，霞光潋滟，而这七道颜色又各自纵腾缠绕，化成彩凤飞龙一般，只不过盏茶光景，只见彩虹上下飞舞，左右起伏，目迷七色，金光祥霞，令李布衣、叶梦色、飞鸟、枯木、柳无烟皆为之眩，神为之夺，意为之乱，心为之迷。

现刻他们眼中所见之美色，为平生未见之景，所谓"赤橙黄绿青蓝紫，谁持彩练当空舞"，何况七色互转，流辉闪彩，飞舞往来，又化作鱼龙曼衍，千形百态，彩姿异艳，夺丽无俦，顿呈奇观。

枯木和柳无烟却受制于人，恨不得投身入那幻丽的色彩里，但也苦于无法行动；叶梦色和飞鸟则已先后举步，心中在想：这样一个美丽仙境，纵为它而生为它而死也不枉此生了！

其实李布衣也是这种想法，不过他心里同时还萌生了一个警告的意念：那是何道里摆布的诡计。

他想闭上眼睛，但眼皮却不听使唤，那七色幻彩何其之美，绝景幻异，旋灭旋生，李布衣实在无法闭上眼睛。

但是他却做了一件事，他对喷泉口旁的一截木干发了一掌。

木干震起，滚塞住喷泉口，喷泉口水力甚壮，依然把木干冲击托起三尺余高，但水气已不似先前弥漫天空。

登时那道芒彩千寻、祥光万道的彩虹消失不见。

叶梦色和飞鸟如大梦初醒。

"砰"地一震，李布衣背后已着了何道里一击。

原来何道里借夕照之光，背日喷泉，造成虹霓，即是以"回墙"作用造五色，这也是东瀛五术中"日遁"之法——即日、月、火、木、金、土中之"日遁"——但因忍者不分昼夜，一般只称五遁，此以水、火同使，用色迷众人，再施杀手，但李布衣危机瞬息之际堵塞泉口，破了水势，便等于解决了目迷于色之险。

但是何道里亦已欺近李布衣，一掌击出，李布衣一破阵即闪躲，依然被掌风扫中，咯出一口血，突然发觉，原本四肢强持之力完全消散。

何道里喘息笑道："你四肢伤势本重，大概是用了什么药物把它镇住，我这一掌，虽然打不死你，但足可叫你打回原状，旧伤复发，无法作战，只有等死了！"

飞鸟和叶梦色纷纷怒喝，攻向何道里。

李布衣汗涔涔下，紧皱眉头，在勘察地形。

等到他双眉重新舒展开来，不过是片刻工夫，飞鸟和叶梦色已险象环生，李布衣因伤痛而颤抖的手，拾起地上枯木遗下的长殳，长长地、深深地吸了一口气，"嘿"的一声，长殳刺出，"波"地一响，刺入一处土中，然后喝道："何道里。"

何道里应声回身。

李布衣忽用力一抽，拔出长殳，霎时间，何道里只见溺泉喷溅，心里暗叫不好，只见光霞由淡而现，彩烟笼罩，雅丽万方，光华缤纷，汇为奇景，何道里竟无法掉首不看。

转眼间紫雾出霞，彩气氤氲，霞飞电舞，上烛云衢、下临遍地、光幢绝色，何道里、叶梦色、飞鸟三人都被这芒霞、光罗迷住了。

原来这种水、火合并炫目吸神之法，只是唐代张致和写的《玄真子》一书里"背日喷水，水成虹霓之状"的一种活用而已，所谓"背日喷水"，即是喷水和光线进行方向相同，才能见虹霓。孙彦先有谓："虹乃雨中日影也，日照雨则有之。"

先时何道里向阳而立，喷泉顺阳光进行方向而射，背阳光之李布衣、叶梦色、飞鸟等眩惑于虹，但何道里却因阳光直折而看不见，因而可以制人。

之后他猱身向前，击倒李布衣，方向已然倒错，但他以为大患已伏，并不为意，不料李布衣对堪舆风水之学甚熟，地底既有热流，喷口必不止一处，故此觅着一处向阳所在，刺破泉穴，泉激喷半空，因风雨前的夕照和青玎谷地理环境，林火余映的关系，造成霞光闪变、幻丽万端，引住何道里的视线，同时间，"噗"的一声，地底温泉因多了一道出气口，压力顿消，水力立减，先前的那一处何道里震穿的穴口，木干落下，塞在泉口。

这一来，李布衣用了同样的方法，以水、火并施，金、木、土同行，反制住何道里。

只是叶梦色和飞鸟与何道里始终在同一方向，令李布衣受伤之余，无把握之前不敢出手。

合当何道里这次命不该绝，自地底之热泉喷溅中，有几滴落在何道里脸上。

何道里陡觉疼痛，陡然一省。

李布衣知时机稍纵即逝，立尽全力纵去，长殳刺出。

何道里一省之时，乍见长殳已近前，他一双发出淡银色如同金属的手，及时一合，挟住长殳。

李布衣此时四肢难以运力，久持之下，李布衣绝非何道里之敌，但李布衣始终向阳而立，占着有利之地势，何道里神志始终为五色所炫，亦已无法运聚全力以抗。

正在此时，残阳如血，突然之间，地壳震动，万木齐摇，李布衣、何道里二人为之怔住，不过是片刻之间，地动山晃，土为之裂，银泉迸溅，虹彩顿灭，泉水各分数十穴隙喷出，此激彼撞，排荡回旋，流走如龙，在半空交织飞舞。

这一来，日掩芒移，反而不见了彩虹，只见天空云飞飙闪，照声爆散，一记比一记响，宛似地底山壑里，炸起一个又一个大霹雳，而天时狂风卷雪，急浪漩花，电光时见，如火耀天，乌云布然，插天如角，大木尽拔，悉卷入云，加上雷声、电光、花火、地动、山摇、岳移、土裂、石崩，令李布衣和何道里不由自觉都放下长殳，失声叫道："地震！"

这刹那间，两人只觉风云色变的天地之威，才是无对无匹的，什么五行、五遁，与之一比，实在连施展的余地也没有。

大魅山青玎谷本来就是火山常爆之地，所以才有金、木、水、火、土的奇异地形，而地底热泉奔流不息，这时地浆熔岩，适时涌出，地壳移动，如浪滚涛分，扬沙拔木，天鸣地叱，海啸山崩，四面八方一齐袭来，真是日月无光，天地变色。

只闻震天价响的霹雷重叠往复，星山火海声势猛烈令人震怖，这各大武林高手都匍匐地下，只觉耳鸣心悸，目眩神昏，莫可抵御，都自度必亡。

这时一颗带火雷石轰隆滚落，虽没压着任何人，但声势惊人，飞鸟连跌带爬，奔向枯木，相拥一起，而地面裂开，反使得柳无烟得以复出，不过他金甲仍为磁石所制，难以移动，他一直看着叶梦色，一直喊着几句话，但在万物呻吟迅雷轰隆声中，他喊的是什么，谁也没有听到。

叶梦色在这山摇地陷之时，仍是站着，她两道明澈的眼眸，望向李布衣。

那一道彩虹幻象，仍留在她的心里，忽然间，彩霓消失，换作是风啸海吼，她看见了李布衣。

她正要想说些什么，可是狂风骇浪，掀天覆地地掩盖了她的声音，这时，林里的大火大部分被风刮断吹灭，其中一截木炭，带着火焰飞撞向叶梦色背后。

叶梦色却没有警觉。

柳无烟和李布衣同时惊觉，一齐大呼，可是声音被呼啸切断，柳无烟被磁石所制，无法上前，李布衣不顾一切，在地上一路滚了过去。

这一阵翻滚，总算是顺风就势，撞在叶梦色双腿上，叶梦色本就在走石飞沙、林木断裂中站不甚稳，这一撞之下，叶梦色便跌倒于地。

　　她刚一摔下，着火木炭嗖地闪过，钉落在泥地上，直没半尺，木炭上的火头仍是闪烁着焰影幢幢。

　　这时折木飞沙，凌空散坠，仿佛山陷天崩，不少带着火头的断木、裂石，纷纷飞坠，叶梦色惊叫一声，李布衣一手环护她肩臂，身子伏在她身上，免她被星火流金所伤。

　　洪涛骇浪般的震荡依然进行，无数木石自两人身上、身侧飞过，也有些打在身上，李布衣在想，天意难测，天威难犯，大家生死存亡，在山崩地裂的情形下，唯有各安天命了……

　　忽听叶梦色道："大哥，没想到……我们要死了。"

　　李布衣微吃一惊，按理说，在这大霹雷夹着百万金鼓之声自云霄地底齐鸣之际，叶梦色低微的语音是不可能听闻的，微一寻思，发觉自己左耳正贴近叶梦色唇边，她的乌发柔柔，全拂在他的脸上，叶梦色是在他耳边说话的。

　　李布衣忙想退开，但知叶梦色害怕，不敢离开她，便想温言安慰几句，不料叶梦色又说："大哥……跟你一起死，我很快活，我很快活。"她语音在飘急风旋之中虽然低微，但安详如亘。

【第叁部】

反噬杀手

# 第壹回 过关衣

　　李布衣怔了一怔，只听叶梦色梦呓似的道："大哥，你看……这像不像红紫山下的夜晚？"李布衣顺着她清亮的明眸望去，只见几截燃木……

李布衣怔了一怔，只听叶梦色梦呓似的道："大哥，你看……这像不像红紫山下的夜晚？"

李布衣顺着她清亮的明眸望去，只见几截燃木，被风吹得火舌忽隐忽现，炭焦处也暗红一阵，金亮一阵，远近断柯裂石，宛似宇宙洪荒，李布衣不由得想起荒山之夜，两人对篝火弹唱，虽然当其时荒山寂寂，全不似而今风卷云飞，但由于伏首平视，眼前所见，恍惚间有置身当日红紫山之感。

叶梦色唱："……思往事，惜流芳，易成伤。拟歌先咽，欲笑还颦，最断人肠。"

李布衣听见这微微细细的歌声，夹在风啸中传来，更为动听，这首歌是荒山之夜，叶梦色曾对他唱过，他击壤相和，一念及此，便想拍地击节，这才省觉所处身之地，是在危殆之中，自己贴近在叶梦色身畔，悚然一省，忙道："小叶，你不要怕……"一时间也不知如何劝慰才好。

叶梦色却欣然一笑说："我哪是怕，我是……"下面的话，因风涌急狂，也湮没了语音，李布衣听不清楚，但这时叶梦色离他极近，这一笑间美不可方物，风急雨翻只增加她一种冷的、艳的、愁思的美！

李布衣在风中听到叶梦色说些什么，可是看见她的明眸，隐蓄幽怨，唇翕动着，李布衣忽然明白了。

他震了一震，心里只有一个意念：不可以的，那是不可以的……他本来陡地想避开去，但是看到叶梦色翠黛含颦，幸福安详的容颜透露一种不胜凄楚的哀幽，李布衣实在不能那么做！

此刻，他的心乱得就像风。

叶梦色只觉大地欲裂，自忖必死，再也矜持不住，双手拥抱李布衣的腰身，哭倒在他的怀中。

李布衣本能地想推开她，但又不忍，正想温言体慰几句，这时天际星光疾闪，一个接一个大霹雷劈了下来，昏沉的地面闪了一道又一道的白光，李布衣刚才低首，第一道电光，看到乌发布散下白皙秀细的玉颈，第二道电光，叶梦色刚好抬起头来，反光照见她白生生艳脸上泪痕未干，第三道电光，照进她的明眸里，李布衣忽然之间，觉得满情密意斩不断，而山移岳接天崩地灭，他再也无法自持，双手紧紧地抱住叶梦色的娇躯，两人都在说着一连串的话，但谁也没听到对方在说什么，只觉得对方的身躯微微颤抖着，却不是为了惧怕天诛地灭，而是忽然间，都那么地不想死，那么希望活在一起。

很久后，大地风雷逐渐平息。

地底熔岩终未能冲破地壳，洪涛骇浪的岩浆重新归入地底，致令河翻海转的地震也化作苍龙止歇。

李布衣和叶梦色仍相拥着，这刹那，没有应该或不应该，没有可以或不可以，没有害怕世故和禁忌。

就在此时，李布衣和叶梦色忽被一声哀号惊醒，两人迅速地离开了对方。

一绺发丝还粘在叶梦色的唇边。

那一声低吼是柳无烟发出来的。

他这一声自盔甲内发出来，充满了绝望、哀伤、愤怒与悲痛。

这一声惊醒了大家。

——我还活着！

——暴风雨，地震已过去了！

——我们没有死！

叶梦色微惊似的匆匆抬眸望了李布衣一眼。

李布衣自腰畔拔出竹杖，霍然回身，就看到何道里。

飞鸟正自地上巍巍颤颤地爬起来，何道里已疾如电掣般对他下了手。

李布衣全力赶去，但因脚伤，待挣扎到时，飞鸟胁下中了何道里一掌，血流了一肚子，他挥舞双斧，劈向何道里，何道里一闪竟然一失足，"咚"的一声，滑落到土堰下的涧水里去了。

飞鸟倒没想到自己可以两记板斧把何道里迫下河涧，在欢喜间，旁里人影一闪，正要出斧，但已给人一脚勾跌，直坠水涧。

原先掉下涧里的当然不是何道里，那只是一根木头而已。

不过，这块骗到飞鸟的木头同时也救了飞鸟，飞鸟不谙水性，但却紧紧抓住了这截木头。

何道里打下了飞鸟，李布衣已至。

他们拼斗，只有三招。

在大地震之后，两人谁也没有再用五行法或"五遁阵"对付对方。

因为他们都觉得，这一点"法力"，在天威之下，显得太渺小，太不足道了。

他们同时都没有勇气再用。

他们对搏了三招，胜负立判。

第一招，李布衣刺中何道里。

何道里血溅，但李布衣手脚无劲，出招不灵便，无法重创对方，所以在何道里第二招还击中，李布衣手中的竹杖便为其所夺。

第三招，李布衣被打跌地上。

这时何道里手上的银光大盛，一出手就震飞掠来的叶梦色，眉心尽赤，双颊火红，目中杀意大盛，一掌就向李布衣劈了下去。

李布衣避无可避，只得双掌一托，硬接那一掌。

若换作平时，李布衣的内力绝对不在何道里之下，但而今苦于臂筋受创，无法聚力，登时只觉得双掌中犹有两柄刀子，一直锥割入心肺里去。

何道里咳着、笑着，双眼布满血丝，另一只手，又发出银浸浸的光芒，加在李布衣双掌上。

这一刻间，李布衣只觉对方内力如狂涛暴涌，不下如刀割裂人体，苦撑之下，身上竟冒起袅袅白烟。

何道里这种武功叫"元磁神刀"，是以丙丁真火炼就反五行真金，用阴磁御掌刀，无坚不摧，可折百金。这下间他要把李布衣以淬厉无匹的刀意击杀。

两人这时站得极近，已到生死存亡的关头，何道里脸色突然一变，本来赤色的变成黑色，本来红色的变成灰色，一时间，他脸上尽是乌黑一片。

"元磁神刀"之力急遽锐减。

何道里双目睁得眦眦欲裂，陡声道："你的衣服……"陡松了一只手，捏住自己的咽喉，这时他喉头正发出一种喑哑难听的古怪声音，连目光也呆滞起来，状貌十分可怖。

这时，李布衣身上的白烟，愈来愈浓，何道里连另外一只手也放了，反抓住自己的咽喉，舌头伸出了长长的一截，不住地淌着血。

李布衣艰辛地挣扎起来，叶梦色忙搀扶着他，李布衣吃力地把身上草蓑脱去，撩起一大撮泥土，盖在冒烟的蓑衣上，白烟才告稍淡，渐又由淡而隐。

但何道里舌已肿胀，变成灰色，五官都溢出了鲜血。

叶梦色骇然道："怎么会这……样的呢？"

李布衣运气调息，道："原来……'医神医'赖药儿在我入阵之前，赠我这件草服，一定要我披上……看来他是算准我能破'五遁阵'，却未必能在何道里掌下超生，他又知道何道里患'飞尸'病，这是一种肺脏出血的病症，便用蒸晒的药草编织成此衣，一旦遇着真元诱发之反五行丙火的'元磁神刀'，便等于煎迫出药味，平常人吸着倒没什么，但何道里已病入膏肓，一旦症候被诱发，便只有……"他以土灭草衣烟气，为的是保住何道里一条性命，但而今看来，何道里全身抽筋，目光涣散，眼白尽灰，眼看难以活命了。

赖药儿赠衣李布衣，目的确如其所测，何道里的"飞尸症"日益严重，咳出血、呼吸难，一半是因为耗尽体内庚金真火炼就"元磁神刀"，以致肾血气亏，罹患肺炎，已至末期，赖药儿用了十四种药草，只要对方一施掌力，草药便被蒸发，何道里体内潜伏之病症必一发不可收拾。

其实这药应该在何道里第一次使用"元磁神刀"时便已诱发，何致于生死一发间才发挥作用？原来李布衣曾身陷浮沙之中，草衣尽湿，所以何道里数用"元磁神刀"都不能诱发药力，直至后来，药衣已被狂飙烈焰烘干，何道里又欺李布衣无法聚力，逼近以掌力毁其心魄，才蒸发药力，终致何道里死命。

这些转折，何道里当然意想不到，李布衣先时也没想到，只觉赖药儿阵前赠衣甚有机心，但亦不知何解，就赖药儿本身，也没想到药力几乎不能发作，枉送了李布衣一条性命，不过，到头来，死于非命的仍是何道里。

这难道是冥冥天意，自有安排？

李布衣长吁了一口气，道："过关了。"

叶梦色嫣然一笑。她刚才把脸埋入李布衣身上，玉颊上沾了些草衣上的泥块，她自己不觉，看去更美得清艳凄迷。

李布衣怔了一怔，呆了一呆，想到刚才天地变色时的相偎相依，心里千头万绪，不知如何是好，他所思所念，心底缠恻的，一直都是米纤，米纤之前，他也曾喜欢过女子，但如不是没有好结果，就是未曾表达、相忘天涯，米纤一直是他系念至深的。

只是在天崩地裂的刹那，他竟紧紧相拥着一直当她是妹妹、女儿的叶梦色，心里被狂热的爱念所溢满，甚至无视于生死。

一旦天翻地覆的惊变过去后，李布衣痴了一阵，不知道何以解释那种忽去忽来的情感而充满了内疚。

可是叶梦色看来像是浑忘了刚才的事，道："李大哥，你去解柳大侠身上的禁制之物。"说着，她过去搀扶飞鸟和尚和枯木道人，只有极细心的人才会发现她美丽的唇边，正展着一丝微美丽的弧度，洋溢着神秘的幸福。

李布衣过去，以竹竿扳掉柳无烟金甲上的顿牟。

柳无烟耸然而立，在盔铠里仍可以感受到他以一双受伤野兽的怒目，焚烧似的瞪着李布衣。

李布衣不明所以，道："柳兄，这次若没有你仗义相助……"

柳无烟低沉地咆哮了一声，大步走向叶梦色，就这样对着她，瞪视了一会儿。

飞鸟忍不住道："你要怎样？"

柳无烟没有答他，叶梦色却感觉到那看不见的眼神里有更多说不尽的意思，她仿佛捉得着，但又分辨不出，柳无烟这时已阔步而去，每一步地面都震动一下。

叶梦色叫道："柳大侠——"

柳无烟魁梧的身躯并没有回头，只是沉浊地道："我不是大侠。"

叶梦色急道："可是……你救了我们。"

柳无烟沉重地道："我只是要救你。"

叶梦色道："可是……你是我的朋友……"

柳无烟没有再说话，但呼吸突然急促起来，叶梦色道："你这样走，'天欲宫'必定不放过你……你是我们的朋友，不如跟我们一起走吧。"

柳无烟声音微颤着，似很激动，"你……你真的当我是朋友？"

叶梦色道："这句话，我们不是老早就说过了么？"

柳无烟道："我……"

叶梦色向李布衣道："李大哥，你帮我劝柳无烟大侠留下来吧。"

柳无烟忽然道："我，我不能跟你们一道。"说罢，飞步奔去，如大鼓重击一般，在他的身影消失后，仍可听到他沉重的步伐声响。

李布衣微喟道："这个人，似有很多难言之隐……"

叶梦色一笑道："人人都有很多苦衷。"

李布衣、叶梦色、飞鸟和尚、枯木道人相互搀扶，走出了米冢小径，一弯红月升了上来，只见山谷里，满目疮痍，断树残枝，石碎土掀，原先留在此地看热闹的武林人物，早在地震之前，狼奔豕逃，走得一个不剩，其中相践踏致死或掉落壑谷者，不知凡几，谷中只剩下五个蒲团，四个人。

一个是少林惊梦大师，看来他梦犹未醒，脸上、眉上、发上、衣上，沾满了碎石、泥尘，似是在大地震之时被岩土击中，但他依然如同朽木，又似睡了千年的老树，全无所觉，众人近前，亦连眼皮也没睁翻半下。

李布衣却对他长揖及地。

没有惊梦大师舍耗功力传给他的一指，只怕他早在第一阵时已丧在何道里手中了。第二个留着的人是武当天激上人。

天激上人样子看来，很是激动，石屑、尘土也是沾满了他衣衫，他脸上、臂上各有几处伤痕，衣袍也有数处被划破，他显出等得已不甚耐烦的样子，而天劫余悸仍或多或少残留在他的神色中。

他一见到四人出，才有松了一口气的样子。

第三个蒲团是空的。

绿林领袖樊大先生，早在地震之前，不知去向。

第四、第五张蒲团上端坐的是"刀柄会"的张雪眠和"天欲宫"的俞振兰。

张雪眠脸上现出了喜色："你们来了。"

张雪眠的辈分，在"飞鱼塘"里是"死人"，比叶梦色、飞鸟、枯木都高出了许多，三人按照礼数向他行礼。

俞振兰淡淡地道："你们赢了。"

他紧接又道："不过，半个月后，飞来峰金印之战，你们若也胜利了，才是真胜。"

飞鸟道:"我们一定会胜。"

俞振兰一笑,离开蒲团,道:"我去看看我们活着的还剩几人。"走罢飘然向米冢小径而去。

张雪眠道:"四位辛苦了。白兄他……"

李布衣道:"白兄只怕已……"

张雪眠叹了口气,道:"他的遗体在阵里么?"

飞鸟道:"还没有发现他尸首,倒不一定死了。"

张雪眠道:"无论如何,找白兄是我分内的事……庄主和四位辛苦了,有请四位返'飞鱼塘'庆功,并且共商金印之战大计。"

李布衣只觉无限疲乏,道:"我伤未愈,答应过医神医,这事过后先回到天祥。"

叶梦色也道:"家兄被暗算重创,现在医神医处治疗,我须先探他才赴'飞鱼塘'。"

飞鸟道:"我也去。"

枯木冷冷地道:"什么东西都有你的份儿!"

飞鸟白了他一眼,道:"你不去就你不要去好了,我可要去。"

枯木没好气地道:"我是怕赖神医以为我们要找他治伤,我才不要求他。"

飞鸟哈哈笑了一声道:"这一点小伤,算得了什么?昔日我在'试剑山庄之役',大伤九十二,小伤六十三,也二三几天就不药而愈了么?到时候他认定我们求他的医治,我们硬不求,气得他吹胡子、瞪眼睛,不也好看?"

叶梦色笑啐道:"赖神医哪有胡子。"

飞鸟改口道:"那么吹白发也是一样。"

枯木冷冷地道："昔年'试剑山庄之役'，你不过伤了七处，都是皮外之伤，你痛得妈妈叫，伤处还长了脓疮，治了两个半月才好，你胡吹什么牛皮！"

飞鸟被人揭了疮疤，怒道："就是吹你这张棺材脸皮！"

张雪眠见两人恶言相骂，忙道："四位身上都带伤，何况叶少侠还在天祥，先去找赖神医一趟，也是好的。"

飞鸟道："我就想去找那文抄公、文抄婆闹一闹，我看他两公婆跟我倒挺对调儿的，而且又是老相识，你不敢去，就不要吵！"他这句话是冲着枯木说的。

枯木道："好，去就去，我怕你么？到时候，去到天祥，谁给赖药儿医治的，谁就自打嘴巴三百下！"

飞鸟也光火了，"好，谁——"

张雪眠见二人火气大，忙赔笑道："听说赖神医一不治江湖中人，二不治小伤……两位身上这些伤，凭二位高深功力，不消一二天当能复元，想必赖神医也不会治。"

李布衣亦岔开话题问："是了，赖神医和那两位与我同来的朋友，到哪儿去了？"

# 第贰回 红色的月亮

　　只听一人笑道："李大哥，我们还在这儿哩。"李布衣转头望去，只见谷口一块大岩石旁，出现了三个人，便是浓眉大眼一副跃跃欲试的傅晚飞……

只听一人笑道:"李大哥,我们还在这儿哩。"

李布衣转头望去,只见谷口一块大岩石旁,出现了三个人,便是浓眉大眼一副跃跃欲试的傅晚飞,娇美可喜的鄢阿凤,还有谨厚平实的张布衣(邹辞)。

三人也是衣衫破碎多处,脸额上都沾着烟伤、泥尘,张布衣有些不好意思地笑道:"地震的时候,我掉下地隙去了,被岩石夹着腰身,幸亏他二人协力替我掘松了岩层,解了危。"

李布衣望向有点狼狈的三人,道:"地震的时候,为什么你们不先离开?"

三人你望我、我望你,望来望去,似都不解李布衣何有此一问,还是傅晚飞先反问:"我们为什么要离开?"

鄢阿凤道:"你们还在阵里啊。"

李布衣双眼有些湿润,道:"可是,这一干来看热闹的武林人,早就逃个光了。"

张布衣笑道:"我们不同,我们不是来看热闹的。"

傅晚飞伸伸舌头,道:"他们四位做公证的人都不走,我们怎能走哇。"其实五位公证人,毕竟也溜了一人。"还有……那一位姓项的胖公子……是他夫人先找着他,似发生了事情,急急忙忙去了,倒走在地震之前。"

鄢阿凤怕李布衣误会,忙道:"爹爹他在你一进阵的时候,抛下一句话:'他赢定了,叫他回天祥治伤。'就走了,可也不是地震之后才走的……"

李布衣笑道:"我知道。以他的脾气,若是早知有地震,打死也不会走,只怕还要加入闯阵哩。"

鄢阿凤笑道:"李大哥真好。"

只见她唇如朱润，耳似瑶轮，目若曙星，实在娇美绝伦，在娇美之中，又带一种活泼可亲的青春，叶梦色看着可爱，但她素来都不善表达心中喜欢，走上前去，笑问："我们都跟你返天祥好不好？"

鄢阿凤一喜欢，竟雀跃三尺，上前握着叶梦色的手说："好姐姐，你们要是能一道来，天祥就不冷冷清清了，爹爹一高兴，说不定就不罚我啦。"原来她偷偷地跟傅晚飞出来，赖神医没说什么，但她总是心里记着，怕回去后要罚，巴不得大伙儿都给她请到天祥去，赖药儿总不好在众人面前发作，时日一过，事就忘了。

叶梦色见鄢阿凤那么欣喜，便不忍拂逆其意，附和道："好，我们都一道儿去。"

张雪眠本来想部分人留下，赶赴"飞鱼塘"的，听叶梦色这一说，他正待说几句以公事为要的话，但见叶梦色跟鄢阿凤站在一起，有一种凌寒独秀、暗香流影、清绝人间、媚波莹活的艳姿，跟鄢阿凤如朝霞和雪，娇容可亲全然不同，不知怎的，他的身份高出叶梦色许多，武功、阅历自也非凡，却说不出反驳的话，反而无自觉地说了几句，"是，是，好，好。"然后省起似的才补充道，"天祥事情一了，就请快回'飞鱼塘'来。"

鄢阿凤恨不得有一大群人来天祥热闹热闹，便抓着叶梦色，喜说："那还等什么……"这时月亮照见叶梦色的轮廓楚楚，柔荑纤纤，不禁看得痴了，"姐姐，你好美……"

叶梦色红了脸，笑着在她脸上拧了拧，嗔道："小东西，你才好看。"

众人拜别惊梦大师、天激上人、张雪眠，惊梦大师依然瞑目端坐，全不理会，天激上人说了几句勉励的话，而张雪眠送他们一行七人出得谷口，便回去料理"五遁阵"后事不提。

七人兼程下大魅山，见山路坎坷，岩壑突起，知是地壳变动所致，便选另一条山道下山，这一道山路，倒还没被地震所毁，十余里后，已达山脚，地势平坦，又七八里之后，视野为之开阔，一弯暗红的月亮，高挂天边，有一种世间都倒塌过了然后重来的感觉，鄢阿凤不禁开心地向傅晚飞道："你看月亮！"

傅晚飞用手一指，大叫："哎，红色的月亮！"

鄢阿凤用手"啪"地打了他手背一下，啐骂道："不可以用手指月亮。"

傅晚飞用左手搓揉右手手背，讪讪然地道："为什么不能用手指？月亮又不会……打人。"

鄢阿凤笑骂道："谁敢指月亮姐姐，就——"

傅晚飞道："就怎么样？"

鄢阿凤道："变成个猪八戒！"

傅晚飞用双手抓住脸皮往左右一扯，装个猪头猪脑的样子道："现在像不像？"

鄢阿凤忍不住笑得花枝乱颤，"你本来就是。"

傅晚飞道："那你就是蜘蛛精。"他笑着加了一句，"唐三藏西天取经的故事里都是蜘蛛精勾引猪八戒。"

鄢阿凤凤目一瞪，啐道："你说什么？谁勾引你啦？"

傅晚飞装了个鬼脸道："我没说你勾引我，是你说的。"

鄢阿凤笑着飞打他道："死猴子！死马骝！嘴里沾了蜜的大马猴！"

傅晚飞最喜欢就是胡闹胡诌，心里又疼鄢阿凤，心里逗得直乐，"又说我是猪八戒，怎么一转眼变成了马骝精！"

鄢阿凤道："我不管！都是丑八怪！看你，一脸是泥，不是丑八怪是什么！"

两人边走边笑骂，李布衣、张布衣通气识趣，故意走慢一些，飞鸟倒听得乐乎乐乎的，不过就是没他插口的份儿，否则准插上一脚，枯木板着一张死人脸，总是有理没理的。傅晚飞笑着指向前面走着的叶梦色，道："叶姐脸上也有泥巴，你这不是也骂她丑八怪！"

鄢阿凤一出手击下去，傅晚飞这次早有准备，缩手极快，但鄢阿凤出手疾逾电掣，仍然击中了他的手背，这次出手极重，"啪"的一声闷响，傅晚飞"哎唷"一声，张开大口对被击的手背呵气，喜怒地道："我又不是指月亮，你也打人！"看样子是要跟鄢阿凤理论清楚。

鄢阿凤仍在生气，道："不许你指叶姐姐，月亮和叶姐姐都不许指，谁指，我就——"

傅晚飞不甘示弱，"怎样？"

鄢阿凤又扬起了葱葱玉指，气红了脸，"我就打他——"

叶梦色听得心里感动，怕他俩真的骂凶了不好收拾，便过去柔声道："好妹子，男子粗手粗脚，指天骂地，犯不着跟他们认真。"

飞鸟正闲着找不到话题搭上，而今听到叶梦色骂到男子，可找到了天大理由似的，赶忙启衅道："你说男子粗手粗脚，女子又——"

忽听张布衣道："你们看。"

原来前面一处旷地，沿路两边都平坦宽阔，景色也佳，但左面有一幢房寮，屋顶架得很低，木质很新，有几个脚夫，在店前聊天，有的正在打盹，门口摆着几顶竹轿，一看便知道是雇租"滑竿"的驿站。

这种"滑竿"通常是两根长竹，顶着一张竹椅，客人就坐在椅上，脚夫一前一后，把竹竿放肩上，快则日可行百里，便上上、下山也不难，不像大轿诸多限制。

在山间道边，这类雇租"滑竿"的店头时或可见，多在日间做生意，晚上比较少见，但也并不稀奇。

张布衣这一说，众人皆会意，傅晚飞一路跟鄥阿凤谈笑风生，心想：坐滑竿可没那么好玩，忙道："我不坐，走着谈着不是更好吗？"

鄥阿凤呼道："你啊！谁给你坐。"说着白了他一眼。

傅晚飞给这一提点，马上明白了过来，枯木、飞鸟伤得都不轻，李布衣伤得尤重，这一路走来，颠簸处显得吃力，震动伤口，只怕更难复元，不如叫脚夫抬着走，更好一些。

傅晚飞伸了伸舌头，忙不迭地道："要的，要的，要三顶。"

这时众人已经走近驿店，那店里的脚夫约有七八人，纷纷招徕生意，"客官，来，来，来，坐我们的滑竿，省得走路辛苦！"

"客官身娇肉贵，这山道路凹凸不平，不如让小人们代劳，岂不是好！"

"各位客官，进来喝杯茶润喉再说！不租滑竿也不要紧，过门是客嘛，客官经过，蓬荜生辉啦！"李布衣微笑地向张布衣、傅晚飞说了几句话，傅晚飞拍拍心口道："好，看看价钱再说。"

张布衣微笑道："可真会招呼人。"

枯木冷冷地道："会兜揽生意！"

飞鸟听到喝茶，伸出粗舌舔了舔干唇，大声道："来来来，先沏来七碗茶解渴再说！"

脚夫们让出位子，服侍七人坐下，飞鸟见店门上了木栅，便道："里面没位子么？"

一个脚夫赔笑道："晚上少客人经过，便没开店，还是外面凉快些。"

飞鸟笑骂道："咄，没开店又会兜生意！"脚夫们赔笑不迭。

叶梦色问："诸位老哥，可抬不抬去天祥的？"

脚夫们稍犹疑了一下，七嘴八舌地道："抬，抬，不知要多少顶滑竿？"

这时七碗清茶，已端了上桌子，众人不是激战了一天，也疲于赶路，恨不得一口喝完，叶梦色捧了茶碗，一面问道："一顶算多少钱？"正要往喉里灌进去，忽听李布衣沉声道："喝不得，若喝下去，人命就不值钱了。"

飞鸟、枯木、叶梦色、鄢阿凤都端起碗，还没喝下第一口，便听到李布衣这一句话，张布衣、傅晚飞本来早就要喝了，但先扶李布衣坐下，反而连碗都未沾着。

只听"轰隆"连声，木板倒塌，二十余人分作三排，各伏、蹲、站七人一队，弯弓搭箭、一发三矢，亮闪闪的箭镞，对准诸侠，只待一声令下，箭矢便将众人射成箭猬。其他的"脚夫"，纷纷拔出兵刃，包围众人。

在这三排内厂侍卫之后，轮轴"咕噜"轧地之声传来，一个少年推着一个坐在轮椅上的术士，缓缓滑了出来。

少年正是土豆子姚到，坐在轮椅上的人自然就是"算命杀手"鲁布衣。

鲁布衣满脸笑容，土豆子仍是一副坚忍壮烈的表情。

张布衣道："原来是鲁兄调动大班人马来了。"

鲁布衣笑道："却还是教李神相识穿了，却不知李兄如何看出来的？是不是'脚夫'露出了口风？"

李布衣淡淡地道："这倒没有，只是这店子开错了方向。"

鲁布衣不明白，"哦？"

李布衣笑道："你看那月亮。"

鲁布衣抬眼一看，只见月亮十分幽异恓惶，道："地震过后，月色自然有些不同——这与店子何关？"

李布衣提醒地道："但这栋店子，是向着月光的，也就是说，在白天的时候，也向着太阳，以角度来论，这店子十分宽敞，故此，从早上到下午，都是阳光直射的。"

他笑了笑接道："试问这种招徕顾客歇脚、供游客休息租滑竿的店面，又怎么会连这个情形都不顾虑到？大概你是北方人罢？南方天热房顶高，北方御寒房顶低，这店子屋顶起得很不应时季。何况……"

他指了指对面空地，"那儿地方更宽阔，景色展望也佳，如果真要在这儿开店做生意，没理由不选对面而选此处，再说，这儿也不是官地，能开得起这种店面的自不愁买不着地，除非……"

鲁布衣笑接道："除非是我这种例外，既开白店，也开黑店！"

他呵呵笑道："白店赚钱，黑店杀人，我开黑店，先杀了人，再拿钱。"

张布衣冷笑道:"你以为就凭你带来的几张弓、几支箭、几个人,就可以对付得了李布衣、飞鸟、枯木、叶梦色吗?"

鲁布衣正色道:"对付不了。"

他啧啧叹道:"可惜,可惜。"

张布衣愠问:"可惜什么?"

鲁布衣道:"我现在只需对付李布衣和你。"

张布衣道:"他们都没有喝茶。"

鲁布衣道:"不错,我在寿眉里下了'湘妃怨',他们没喝,可惜他们还是拿起了茶碗……"

飞鸟怒叱:"你!""乒"的一声,茶碗摔得个破碎。

鲁布衣神色自若地道:"我在茶碗上也涂了'三阳软骨琼浆',这几位能支持到现在,也算名不虚传了。"

"乒、乒"二声,叶梦色和枯木的茶碗也都摔破,两人身子都摇晃起来。

鲁布衣又咕咕地道:"可惜哪,可惜。"

傅晚飞冷笑:"用不着假惺惺!"

鲁布衣笑道:"我不是为他们惋惜,而是替你们惋惜,沾着'三阳软骨琼浆'的人,渗入血脉,从肌肤到血液、五脏,都是甜的,只四肢酥麻无力,只要把你们弃置荒山,蚂蟥、蝼蚁、蜂蝶都会从你们五官挤进去,甜死了,可舒服多了。"

傅晚飞骂道:"还有我在,你少想得逞!"

鲁布衣嘿了一声道:"你算是什么?现在又不是在吊桥上,你至多只能算是个箭靶罢了!"

张布衣挺身道:"可是你少算了我。"

鲁布衣眯着眼睛笑道:"你?你什么都不能算……"

他拍了一下手掌，店后走出三个内厂高手，三柄朴刀架在痛哭流涕的三个颈上：一女人，两个孩子。

张布衣脸色倏然大变，失声欲呼，脸肌像一条蚕虫似的蠕动起来，双拳紧握着，像强忍愤怒痛苦。

鲁布衣回望了一眼，倏然笑道："这次只请了你老婆、子女来，我看，也就够了。"

张布衣厉声道："姓鲁的！这是你和我的事，讲点江湖义气！"

鲁布衣脸色一沉道："我是官，你也是捕役，现在是上司对下属的处置，论什么江湖义气！"

# 第叁回

# 眉山秀

　　张布衣汗涔涔滚落，惨然道："这……这毕竟是你和我的事……你要杀要剐，我无怨怼，你放了我家人就是。"鲁布衣嘿嘿笑道……

张布衣汗涔涔滚落，惨然道："这……这毕竟是你和我的事……你要杀要剐，我无怨怼，你放了我家人就是。"

鲁布衣嘿嘿笑道："哪，哪，哪，我刚才不是少算你一个吗？现在就只剩李布衣了。"

李布衣突道："有一次，一只兀鹰要啄吃一头老虎的尸体，却没有吃着，你猜为什么？"

鲁布衣眯着眼睛，身上每一寸肌肉都在防范着李布衣会猝然出手，问："为什么？"

李布衣笑了，眼睛亮晶晶："因为老虎根本还没死啊。"

他这句话一说完，突然之间，叶梦色寒玉似的剑，飞鸟电光似的斧，枯木霹雳似的长殳，一齐在空中闪耀，只见青虹电舞，银练横具，转眼间，弓折，弦断，箭落，用刀架在张布衣三个家小颈上的内厂高手，已倒在血泊中。

叶梦色冷峻地道："降者不杀。"

他们在电光石火间，制住了先机，破箭阵而救了三人，鲁布衣没料这三大高手，全未中毒，注意力全集中在李布衣、张布衣身上，待惊觉时大势已去，否则，纵叶梦色和枯木飞鸟未曾中毒，他们伤势未愈，也未必能一击得手，毫无损伤。

鲁布衣的笑脸马上绷紧了，双手也搭在扶手上，李布衣道："我也替你可惜。"

鲁布衣心下飞快盘算，却问："可惜什么？"

李布衣道："你杀人胁持的计划，不是不好，而是总有漏洞。"

鲁布衣故作镇定道："我到现在还没有想出来。"

张布衣这时走到家人身前，眼中充满歉疚和激动，李布衣问:"不知你想的是什么?"

鲁布衣道:"我想不出有什么人能中了'三阳软骨琼浆'而不倒。"

枯木冷冷地道:"那你可以不用想了。"

叶梦色笑道:"我们根本就没有沾着茶碗。"她笑托起桌上茶壶,只见她玉指如春葱一般,但指尖离壶身尚有一分半厘,壶身宛如手持,稳稳托住,若不仔细分辨,则易被瞒过。"我们用内力托住茶碗,那又怎能毒倒我们?"

飞鸟拍肚皮大笑道:"哈!哈!再说,那区区小毒,也毒不倒我飞鸟!"

枯木冷然道:"你多喝点蜂蜜拉肚子,多啃几条辣椒也舌头生疮,毒不倒,才怪呢!"

飞鸟怒道:"你吃里扒外!"

枯木小眼一翻,"谁吃你的!"

飞鸟大怒,"你少拆我的台!"

鲁布衣道:"杀!"

飞鸟以为是枯木说话,便一句顶了回去,"杀你个头——"忽见内厂箭手,"脚夫"全都红着眼睛,掩杀过来。

李布衣怒道:"你别把别人性命来轻贱——"话未说完,鲁布衣已催动轮椅,疾冲出去!

鲁布衣趁叶梦色、枯木、飞鸟忙于应敌之时,只求逃命,眼看就要冲出店门,忽人影一闪,拦在店前,腋下红伞伞尖"叮"地露出一截尖刃,当胸刺到!

鲁布衣轮椅去势何等之快,张布衣这一刺,无疑是等于两下接合,迅疾无俦,鲁布衣怪叫一声,一时间,轮椅中不知射出了多少暗器，呼啸飞旋着激射向张布衣。

暗器射势甚疾，张布衣心知自己伞尖未刺入鲁布衣胸膛，只怕身上已钉了三四十件各类各式的暗器，当下伞势一顿，陡张开伞，伞骨疾旋，护着身子，将袭来暗器四下荡开。

这下大家出手都是极快，鲁布衣轮椅去势依然，眼看要撞上张布衣旋转急伞上，霍然之间，鲁布衣双袖打出数十颗橄榄形的暗器，不是射向张布衣，而是射向在一旁张布衣的一家三口。

张布衣听声辨影，怒吼声中，长身而起，红伞半空兜截，硬生生把鲁布衣射出的橄榄形暗器全兜入伞里。

可是此时两人相距极近，高手当前，张布衣又怎能舍身掠上，不理鲁布衣这等大敌？张布衣身形甫掠，因胸伤未愈，破绽顿现，鲁布衣一低首，后领飞出一柄银刀，"噗"地正中张布衣心窝，直没入柄。

张布衣也没哼出半声，"砰"地倒地而逝，他手上想发出的铃铛，也"丁零零"地自手中滚落地上。

李布衣大喝一声，"截住他！"

鲁布衣一击得手，椅背又射出一蓬橄榄镖，直打李布衣脸门。

李布衣百忙中用袖一遮，力贯于衣，袖坚如铁，暗器尽被反震落地，但李布衣因手足伤痛，行动大打折扣，这一阻碍，眼看鲁布衣已催椅车飞驰而去。

却不料刚出得门，婀娜的身形一闪，娇叱一声，"啪"地鲁布衣脸上被刮了一记耳光，直把他掴得金星直冒。

鲁布衣定眼一看，只见一个美娇娘气呼呼地站在身前，便是鄢阿凤，鲁布衣一直不知鄢阿凤有如此身手，所以全没把她放在眼里，而今一出手即叫自己吃了亏，鲁布衣心里直叫苦：怎么在这关头引来了这个煞星！

鄢阿凤气得两颊出现了红云，"卑鄙！"

鲁布衣佯作昏眩，忽一出手，双手直推鄢阿凤胸前。

鄢阿凤几时见过如许无赖的打法，吓了一大跳，退了一步，一反手，"啪"地又掴了鲁布衣一巴掌，这一巴掌把他掴得飞出椅外。

鲁布衣的手本就比鄢阿凤长，明明看见鄢阿凤退了一步，正要乘机逃逸之际，不知怎的，鄢阿凤一出掌，还是打中了自己，还打得飞离了椅子，直跌出去。

鲁布衣一身暗器，多在轮椅之中，而今离了椅，直比鱼缺了水，脑中乱哄哄的，抱着双腿大声呻吟了起来。

鄢阿凤本来不想对一个残废的人下此重手，但见他出手卑鄙无耻，才下手不容情，而今见鲁布衣跌得七荤八素，抱腿哀吟，见他双腿自膝之下空荡荡的，心中不忍，趋前道："你怎么了？"

李布衣大喝道："不可——"

话未说完，鲁布衣双掌又陡地击出！

这下鄢阿凤退闪不及，但她武功已至收发随心之境界，心头稍着警示，双掌一抬，"啪啪"跟鲁布衣对了两掌。

不料鲁布衣双手袖间，"啸、啸"射出两枚橄榄镖，射向鄢阿凤双胁。

李布衣在发声示警的同时，已抓桌上两支筷子在手，"嗤、嗤"二声，后发先至，筷子射中橄榄镖，橄榄镖再"哧、哧"斜斜激飞出去，夺夺嵌入柱中。

可是鲁布衣的暗器，尚不只此。

他一双断腿，腿断处嵌着两根木头，木端骤然射出两叶细薄的银刀，闪电一般射向鄢阿凤。

傅晚飞这时已经扑至。

以他的武功，闪身过去接下双刀自是不能，所以他唯一能做的，便是虎地飞扑而下，迎面抱住鄢阿凤，脸贴脸、唇贴唇、身贴身地压跌下去，以他壮硕的身躯，来挡这两柄夺命银刀！

这些变化，都不过是交错收发瞬息之间事，而危机之间何啻一发之微。

在这片刻光景，叶梦色、枯木、飞鸟已把出手的内厂高手全制住了，有的杀了，有的封了穴道。

但等他们想抽身回救时，局面已经来不及了，李布衣也同样鞭长莫及。

如果不是还有一个人，傅晚飞就死定了。

这个人就是浓眉少年土豆子。

土豆子早已拾起铃铛捡起了红伞。

他的铃铛及时发出，以一砸二，震飞了机括里发出来的银刀。

鲁布衣猛然回首，又惊又怒，但土豆子就在他惊怒方起之际，伞尖利刃全送入他鲁布衣的口里。

然后土豆子以一种冷漠得近乎没有感情，坚忍得几乎失去表情的姿态屹立着，问："我是不是救了你们的人？"

他是问李布衣。

李布衣点头。

这时，鲁布衣还未断气，他拼力挣起了脖子，张大了口，只咯着血，却发不出声来，一手抓住土豆子的腿，五指深深地嵌进肌里，另一只手指颤抖着指向土豆子，似有很多话要说，不过鲜血已溢满了他的咽喉。

土豆子仍是没有什么表情，也没有痛楚，他只是举起了脚，往地上还留一口气的师父的胸膛上踩下去，又问李布衣，"我有没有伤害你们任何一人？"

李布衣摇头。

接着，他听到土豆子用力旋踏着脚跟在鲁布衣胸骨上发出清脆碎裂的声音。

不只李布衣听到，其余在场人人都听到，那可怖的骨骼折裂声，发自鲁布衣的胸骨，虽然人人都想杀鲁布衣而甘心，但此刻俱生了不忍之意。

土豆子脸无表情地道："我还替你们杀了你们要杀的人。"

李布衣望着土豆子那近乎憨直的脸，竟有些不寒而栗，道："你要怎样？"

士豆子淡淡地道："三件事，我都不要报答，只要你们答应一句话。"

李布衣静下来，他知道土豆子会说下去。

土豆子果然说下去，"放我走。"

李布衣一字一句地道："你杀你师父，就为了你自己的性命？"

土豆子冷冷地道："我不杀他，难道能在你们合击之下逃得了？"

他那冷淡的目光宛不似人间的眼睛，淡淡地道："既然他已失败，又杀了人，难免一死，不如由我来杀了他，来换我不死。"

飞鸟这儿则抑不住吼道："你——"

土豆子口截了一句话，"你们想反悔，赶尽杀绝？"

枯木也气灰了鼻子，"像你这种人，杀了又怎样——"

李布衣忽道："你走吧。"

他叹了一口气接道："我们没有理由杀他的。"

土豆子看也没看地上死去的鲁布衣一眼，谢也没谢，反身就走出去。

李布衣忽扬声道："慢着。"

土豆子像突被点了穴似的定住，然后缓缓地道："现在后悔，还来得及杀人灭口。"

李布衣淡淡笑道："我们要放你，便一定放，你不必用激将计，你年纪太轻，太工心计．只怕难免反遭所累……"

土豆子等他语气稍稍一顿，即道："我听到了，还有什么？"

李布衣暗叹了一口气，道："我想问你，你叫什么名字？"

土豆子似没料他有这一问，顿了一顿，才道："在天祥普渡吊桥前，我不是答过了吗？"

李布衣平心静气地道："那是小飞问的。我没听清楚，你再答一次。"

土豆子顿了半晌，轻轻地道："姚到。"说完了就跨步走，刚好踢着了地上的铃铛，在路面格琅格琅地滚过去，在暗红的月色下也清脆、也幽异。

李布衣望着土豆子的背影远去，心中百感交集，喃喃地道："这人的名字在日后的江湖上，一定会响起来。"

但是土豆子姚到的作风使他情怀大受激荡，一个人不择手段凡对他有利之事皆全力以赴，无疑是较易取得成功，过于重情守义的往往难以跨越自己造成障碍，不过，要是日后武林里的年轻一代，都像土豆子，弑师跨尸，扬长而去，江湖还成什么江湖……

李布衣思潮澎湃，一时无法回复，耳中只听哀泣之声，张布衣的妻儿都在他遗体旁哭倒，心头就更压有千斤重担，举不起、挥不去，忽听有人细细唤他一声，原来是叶梦色。

叶梦色说："李大哥，张家妻小，已不宜再返大同，不如先跟我们赴天祥，再回'飞鱼塘'定居，你看好吗？"

李布衣心里感激叶梦色心细，想唤傅晚飞帮忙劝慰张家嫂子，却见傅晚飞和鄢阿凤各站一边，一个捏着指骨，一个搓揉衣角，都不敢相望，脸儿都红得像天边的月亮，李布衣想起傅晚飞刚才情急中救鄢阿凤的情景，心情这才舒朗一些，眼光瞥处，只见叶梦色的明眸也看着他们两人，嘴角微微有些笑意，秀眉却像远山般微微蹙着，也不知是快乐，抑或是轻愁。

稿于一九八二年八月八日立秋。

我写《天威》和《赖药儿》这两本书，是因为最近（写作期间，大约是一九八一至一九八三年）在阅读上，对中国古代发明与医理感到兴趣，在进一步的接触中，对这些大发明家与医学大师的人格、精神、智慧、成就，感到无比的敬仰。

早在公元前五〇七年，发明家鲁班就能用竹做成一只鸟，"成而飞之，三日不下"，造成"木马车"，由木人驾驭，"机关备具"，能够在路上走动自如。他发明木工用来求直角用的曲尺，直到今天仍为木工运用。战国时代的水利专家李冰，"引水以灌田，分洪以减灾"造成了迄今在世界水利技术也引为奇术的都江堰，把成都平原灌溉为沃野千里的富庶之地。张衡在一千八百年前已经找出了太阳运行的规律，提出赤道、黄道、南北极的说法，制造出第一个预先测出地震的"候风地动仪"。到了一千五百多年前，南北朝的祖冲之，不但发明了指南车，还运用了物理学上的原理，制造了一辆不需要人力、风力、水力就能自己开动的车子。他的"千里船"更能在长江里一天行驶百余里，他算出圆周率应该在3.1415926与3.1415927之间，这精密的数字，在西方要在公元一五七三年才演算出来。战国初期的《墨经》，不但在法学、哲学、经济学等社会科学上有极大的贡献，而且还包含了物理学、几何学、生物学的成就，在逻辑学、数学、物理学甚至在原子结构、力学、光学上的理论也同样杰出。其更甚者还有《易经》。火药是中国发明的，乃众所周知，但在明朝末年，茅元仪所著的"武备志"上所载的"神火飞鸦"，发动原理跟现在喷气式飞机完全相同，而"飞空击贼震天雷"，简直就是一个飞弹的雏形，这些发明都远较西欧为早，却不是人人都知道的了。我读到这许多前贤的心血、智慧、毅力的卓识，感觉到千百年后的我拿一支笔在武侠的空幻美景里制造神化，是件舍本逐末的事情，汗颜之余，便不顾惜自己的学力，把这些令人心折心动的素材，运用到小说《天威》里。

至于医学方面，中国的医学家有着更大的成就。扁鹊原来不叫扁鹊，叫秦越人，"扁鹊"本来是当时对良医的尊称，到了后来，扁鹊这名词完全成了他的代号，可见人们对他的尊敬。他有一次，路经虢国，把已经被太医判定死亡的王太子从"尸蹶"（中风）中救活过来；古籍里有两句话说扁鹊"饮人以上池之水，尽见五脏"，意思是说：扁鹊诊断病症，到了好像看见病患者的五脏一样，不但能知道所患的疾症，并且肯定疾症是什么，患在哪里。

后来的张仲景，还不止于此，他能在王粲二十岁时诊断出他二十年后因麻风症毙命，他所著的《伤寒论》是中国第一部论述外感热性病的专书，其中包括三百九十七法，一百一十三方，在世界同期的古代医学家中，没有一人的成就足以和张仲景比拟。

到了大约公元一四一年后的华佗，剖腹视脾，割除腐质，再行缝合，令病人内服药物，不到一百天，病人完全康复。有个只剩下一口气的推车工人因他以"麻沸汤"使病人失去知觉，开刀割除肠子的溃疡部分，只调养了二十多天，病人就可以照旧推车了。

在各个朝代里，中国医学界依然独占鳌头，像明代的李时珍，他所著一百几十万字的巨著《本草纲目》——累积了中国用药治病的知识与经验，以他长期艰苦奋斗的精神、理论本于实践的治学态势，研究和编著的科学方法，对前人错误的批评与更正，获得无比辉煌的成就，当时世界上没有一部医药书籍能相比拟，对中国医学和世界科学贡献极巨。其余像活过百岁尚能在山涧里步履如飞的"药王"孙思邈；"看贫不看富"为民族气节宁死不当官的傅青主，以及带一口棺材随身而行去给乾隆皇帝医病的徐大桩，已经是武侠小说里活生生的人物。至于以验尸的判断能力在到任八个月内便清理了近百宗悬案和屈打成招的命案、救援了百多个蒙冤被陷的死囚、惩治了无数贪污蒙蔽枉法横行的官吏的宋慈，简直连武侠人物，也远不及其神了。

放着这样的精彩人物不写，实在是件难过的事情，所以我写了"赖药儿"。

我写"布衣神相"，运用了一点相学上的常识，有些朋友和读者喜欢叫我也为他们相一相，我想那是他们的赏爱，我只是个写小说的，有太多在相学上有研究的前辈比我更适合看相论命。我写"四大名捕""女神捕"的故事，"七大寇""白衣方振眉"的故事，同样不是因为当过警察或盗贼才撰写。我执笔写有关科学、医学、相学的素材，着重点还是在小说，趣味中心仍是在表现手法、人物刻画、情节发展上，而不是要作学术文献。正如历史小说不是要写历史，而是借历史的背景或人物来写好小说。这样，对于这些博大精深的学问而仅有普通常识的我，可以自我开解地精神愉快地写下去。

其实武侠小说作为一种较为通俗而娱乐性较高的文学，不一定要有"严肃的命题"、"伟大的人物"才能写好。"布衣神相"故事里未必篇篇都是以李布衣为主角，有的时候，他反而成了一个衬托，有的时候，甚至是以本领比他低的朋友作为主要人物，更有时候，一部书里没有一个特定的主要人物，而是群体的"演出"。武侠小说里打不死的个人英雄已太多，"布衣神相"在已经出版及已经发表的数集里，武力有时反而不如智力（包括学识）重要，所以武功较低的次要人物，也常有"大展拳脚"的机会。不过，当然的，李布衣还是贯串这每一部书的重要人物。

校于一九九七年十二月，整个国家、地区，都有窝居住处，兄弟朋友，依然满门，红粉知己，仍然盈座。一九八二年十月七日其时正值赴台不准入境，回马不便长留，居港无法长久，被逼不断流浪迁移，平生只好助人、肯负责，遭此流落放逐，可堪洒然一笑上路。时值风华，虎虎生风，能悠然出世，又能浩然入世，回顾当时草莽少年的，有感而不慨。

修订于二〇〇四年十二月中。

天下书盟网站邀请明年三月于温州举行"奇侠温瑞安雁荡山论剑"（协办单位：新浪网／网易文化／搜狐／黄金书屋／腾讯／红袖添香／《网友世界》杂志／六分半堂）。

天威

·赖药儿

【第壹部】

仁心仁术

## 第壹回

## 卖娘

## 救祖

"医神医"赖药儿带着傅晚飞和唐果,到了江苏句容一带的须脚城。赖药儿是为采几种极珍罕的草药一路寻来的,唐果是个十来岁的孩子……

　　"医神医"赖药儿带着傅晚飞和唐果，到了江苏句容一带的须脚城。

　　赖药儿是为采几种极珍罕的草药一路寻来的，唐果是个十来岁的孩子，机警精灵，一向都是由他随师远行，照料起居饮食。

　　傅晚飞则是给李布衣"赶"了过来的：李布衣仍在天祥养伤，他要傅晚飞趁这段期间跟赖药儿学点"济世救民"的本领。

　　赖药儿、傅晚飞和唐果这一路来到须脚城，正是午牌时分，时近仲秋，天气凉爽，行人往来熙攘，一派繁忙气象。

　　忽见城楼下，有一个衣服破烂、满面泥污的孩子，双手里拿着两支竹竿，竿上横晾着一面白布，白布上歪歪斜斜写着几个字："卖娘救祖。"

　　傅晚飞和唐果脸上都闪过一片狐疑之色：卖儿救父倒还听说过，这孩子却卖亲娘？亲娘是怎么个卖法？卖了亲娘又何以救祖？这倒是闻所未闻的事。

　　赖药儿一声不吭地走过去，只见那孩子比唐果年纪还小一点，泥污的脸上五官却长得十分清秀，鼻孔挂着两行鼻涕。

　　唐果"啊"了一声，道："他是青龙帮的。"

　　傅晚飞常常搞不懂这刁钻的伙伴说话的意思，便问："什么青龙帮的？"

　　唐果指指自己的鼻子，"呼"的一声把两条自鼻孔垂挂下来的"青龙"又吸了回去，"我就是青龙帮的帮主。""青龙"指的就是他擤不完、拧不掉的"鼻涕"。

　　傅晚飞登时不再理他，俯身问那小孩，"小兄弟，你叫什么名字？"

　　那小孩子可怜兮兮地抬起头，两只乌灵灵的眼珠眨了眨，却摇了摇头。

傅晚飞又问:"你家住在哪里?"

小孩还是摇头。

傅晚飞简直没有办法,只好问:"是谁叫你这样做的?"

小孩子眨了眨眼睛,好似听不懂他说什么。

唐果用拇指往左鼻翼部位一捏,"唆"地把右边"青龙"全吸了进去,走过去,没好气地向那小孩子喝道:"叫你爹爹来见我!"

小孩震了一震,嗫嚅道:"我爹……早死了。"

唐果没等他哭出来,又老气横秋地道:"刘老板我昨天还见到他,他欠我四文钱,怎会死了!"

小孩子慌张地道:"我爹姓闵……不是姓刘……"

唐果立即截道:"哦,我认得你,你就是那个闵……叫闵财福的……"

小孩忙分辩道:"我不是闵财福。我叫闵小牛。"

唐果转向傅晚飞,用一根大拇指在右边鼻孔上一捏。"呼"地又把左鼻孔的"青龙"吸了回去,摆出一副看到一个蠢材练写了十天"一"字还不会写一样的神情对傅晚飞说:"他叫闵小牛,你还要问什么?我替你问,包管有问必答。"

傅晚飞年纪也不大,二十出头,浓眉大眼,除了壮得像头牛外,他向来都以为自己聪明得像头狐狸。

可是在这个比他还小五六岁的大孩子唐果面前,他感觉到自己所做的事好像海龟在沙滩偷偷地埋好了刚生下来的卵,却是全给人看在眼里一般笨拙。

赖药儿这时走了过来,他极高,所以蹲了下来,但蹲下来还比站着的小孩闵小牛高上两个头。

赖药儿柔声低沉地问："闵小牛?"

闵小牛有些畏缩地眨了眨眼睛。

赖药儿温和地道："为什么你要卖掉妈妈?"没料到赖药儿一问这句话，闵小牛的眼泪，就往脸上淌，使得泥污的小脸，淌出两道干净的白痕。

赖药儿立刻就说："我要买你妈妈，快带我去。"

闵小牛收起竹竿就走，赖药儿、傅晚飞、唐果跟着闵小牛瘦小伶仃的身影，转过许多街、许多巷，转入了一处布满污秽、破漏龌龊的贫民窟。

这贫民聚居之所，破烂不堪，有的仅是几块破木板遮挡着便算是"屋子"；有的只有几堆干草，从草堆的裂缝望去可以看见谁家姑娘在洗澡；屋角巷尾零星坐着些蓬头垢脸、双眼发呆的人；屋里屋外倒是挂满了奇形怪状的东西，大都是从街头巷尾拾回来，在这贫民家里仍大有用途；打骂孩子声音不断传了出来，四周弥漫着一股霉味，贫民住的地方，是有钱人蹲在茅坑里也想象不出的情形。

傅晚飞不小心踩了一脚大便，他"哇"了一声。

赖药儿的眉心一皱，正想开口，那小孩突然停了下来。

他停在一间木板屋前。

这间木板屋在这贫民窟里，算是较"完整"的一家。至少没有什么缝隙可以看到屋子里面的情形，不过，那茅草铺的"屋顶"，早已被风吹得七零八落，只怕比一张席子盖在上面的用处还要少。

木板门上贴着一张红纸，红纸上歪歪斜斜写着"五十文"三个字，闵小牛也在此时伸出了手掌。

赖药儿怔了怔，立刻就明白"卖娘"是怎么一回事。

他立刻掏出一角碎银，放在小孩子手心里，这小孩子仿佛没有见过真银，侧了头在看，赖药儿道："这里不止十个五十文钱了。"

然后对唐果与傅晚飞说："你们在此等一等。"

唐果大声说是，傅晚飞却不明白。

赖药儿转身推木门，不料门是要向外拉的，这一拉开，便撞到对面那家木屋的墙上，发出"砰"的一响，两屋之隔，至多仅容一人，狭仄情形可想而知。

傅晚飞搔搔头问："我们为什么不跟赖神医进去？"

唐果叉着腰，斜瞪着他好一会儿，才问："你是人还是裤子？"

如果唐果问他"是人还是猪"或其他动物，傅晚飞情知对方旨在讽刺自己，一定不会相答，但如今唐果这一问来得古怪，傅晚飞只好答："当然不是裤子。"

唐果一副老奸巨猾的样子道："通常这种地方这样子的情形，连身上穿的裤子也不能带进去，你是人，又怎么能跟着进去！"

傅晚飞还是不明白，所以吓了一跳道："难道里面的人不是人？"

"就因为是人，"唐果叹了一口气道，"是女人。"

傅晚飞这才开始有些明白了。


赖药儿拉开门，走了进去，鼻子皱了皱，因为他嗅到一股怪异的味道。

一个长发披肩的女人，穿着白色宽松的袍子，背向他，听到开门的声音，仿佛受惊似的震了震。

赖药儿忽然觉得好静。

其实在这贫民窟附近，狗吠、猫叫、孩子哭、破甑烂罐在敲得登咚响，绝对不会有"静"的感觉。

可是赖药儿一见那女子，便有"柔静"的感觉。

也许是屋里的光线并不充足吧，当赖药儿的眼光落在那女子藏在宽松的袍子里柔美的曲线时，视线一直没有转移。

只听那女子极力用一种冷漠的语音道："钱给了？"

赖药儿不作声，走前去，默默地脱下鞋子，那女子忽道："这里还不及你鞋底干净。"

赖药儿望着那女子黑绒丝缎一般的乌发，心中有一股难以压抑的冲动，奇怪的是连这冲动的感觉都是"柔静"的。

"你为什么要这样做？"

那女子似乎又微微一震，半晌才道："我不能这样做，又能做什么？"

贫穷能使人变节，能令志士变市侩、好人变奸恶、君子变小人、烈女变荡妇。赖药儿叹了一口气，"你不像。"

女子幽幽道："又有谁一生下来就像了？"

赖药儿道："外面是你的孩子？"

女子点了点头，赖药儿看见她柔美的侧面，瓜子脸，长长的睫毛。

赖药儿又道："你卖身救父？"

女子低声道："不，救我公公。"

赖药儿盘膝而坐，长长舒了一口气，"哦，是公公？"

女子的肩膊像两座雪丘，滑腻柔和，道："你……你还等什么?"

赖药儿徐徐跪起，却没有上前。女子忽颤声道："你……你嫌我不美么?"说完这句话，她就幽幽转过身来，赖药儿登时顿住了呼吸。

这女子已经是妇人了，但是妇人都没有她充满处子般的纯美，同时少女也没有她那成熟的风韵，她嘴角带着一股仿似讽嘲但却是少女含嗔的笑意，这使她看来更慧黠可人，令人一想起她的"职业"，会打从心里惋惜起来。

赖药儿觉得心口一疼，他用手捂住了胸口。

女子也微噎一声，她被赖药儿年轻英俊的脸容吸引，同时也被他满头白眉白发镇住。

"你究竟……多少年纪?"

赖药儿脸上痛苦神色一闪而没道："未老白头。"

女子缺乏血色的唇轻启，"你不……喜欢我?"

赖药儿的眼光从开始到现在都没有从这女子身上离开过，他没有回答女子的问题，他只是上前一步，用双手轻轻搭在女子的玉肩上，轻得就像在触摸一瓣脆弱的花朵一般。

但就在他双手触摸到她双肩衣上的时候，女子微微一抖，发出一声轻吟，这弱不胜衣的感觉让赖药儿双手顿住，他的嘴凑近她玉坠一般的耳边，轻轻问了一句，"隔板后那两人是不是你的亲戚朋友?"

女子的身子蓦然间绷紧了，本能地摇了摇头。

同时间，隔板骤然破了、碎了，四分五裂，一个人双手八剑，另一人一手拿着六件兵器，在刹那间向他下了十二道杀手。

一个人怎能双手八剑?

那是因为他在每一道指缝间夹了一把银光熠熠的薄剑，双手一齐旋舞开来，快得发出尖锐的风声，就像手里绽放着两朵银花一般。

另一个人一手拿着六件兵器，那是因为他拿的是一支丈余长杵，杵端分开六个分叉，镶着：判官笔、阎王挝、天王铜、蛇形剑、破甲锥、蜈蚣钩等六样兵器，可怕的是他一招使出，六件兵器一齐发出最大的威力，他一连使了七招杀手，攻向赖药儿。

赖药儿才一站起来，又盘膝坐了下去。

他站起来的时候十分高大，满头白发，状甚威严，但他甫站起便又舒然坐下，温和地向那女子说："不碍事了。"他的眼神仍没有离开过女子。

"砰、砰"二声，那两个杀手破板而出，原来就在站起来的刹那间，赖药儿一对袖子陡地卷出，飞击中他们的身子，他们半声未哼便已倒飞而去，破壁而出。

那女子又垂下了睫毛，轻微地颤动着，像清晨的露水滴在牵牛花上一般，是美的颤动，奇异的是她似笑非笑的嗔腮仍有一种令人心醉的慧黠。

赖药儿道："那是'鬼医人'诸葛半里的手下，他们怎会在这里？"

女子忽一咬嘴唇，突从怀里抽出小剑，闪电一般往赖药儿心窝刺去。

赖药儿似料不到女子会有此举，不及闪躲，他的袖子极长，陡然一收，横胸一格，女子觉得自己的怀剑仍是直刺了进去。

在这刹那间，女子也不知道这一剑有没有刺中赖药儿。

傅晚飞在木屋外面等得很尴尬，他搔头抓腮，走去走来，终于忍不住道："赖神医他……他真的就在里面……"

唐果一副爱理不理的样子，不去睬他，反而好像侧耳细听着什么东西。

傅晚飞忍不住大声道："不管他是谁，这孩子的妈是因贫为娼，他怎么——"

唐果从木栅上忽地跳了下来，用手指在鼻梁上一捺，把两条青龙又同时吸了进去，道："你以为爹是什么人？"

傅晚飞道："他——"

唐果道："爹从来不好色、不好酒、不赌钱，他决不会为了……那个嘛才进屋里去的。"

傅晚飞看着这个"小大人"，凸着眼珠子问："那他是为了什么？"

唐果道："我不知道。"

他的眼睛里充满着少年人的崇佩："但我知道他一定为了某些事——"

话未说完，"砰砰"二声，二人倒飞了出来，阳光在他们手上漾起一蓬银光。

唐果兴奋地大叫道："爹送两个大礼给我们。"叫着飞身跃去，一拳打在刚跌在地上双手八剑的大汉左颊上。

那大汉正跌得荦七素八，不及抵抗，已挨了一拳，唐果拳头虽小，但拳劲非同小可，大汉挨了一拳，更加金星直冒，"啊呀"一声坐倒，唐果也不理会，七拳八拳如密雨般擂了下去，一面呼道："你不打么？"

傅晚飞急道："我不知道他们是谁，怎么打？"

唐果气道："这两人手上兵器，你不认得么？"

傅晚飞一怔，道："不认得。"只见那一手六把兵器的大汉已挣扎站起。

唐果这时已把双手八剑的大汉打得晕厥过去，跳过来傍着傅晚飞而站，道："总之两个都是恶人，我们扳倒他之后，再跟你说。"

傅晚飞道："不行。他刚摔倒，我这去打他，岂不乘人之危？"

唐果顿足道："哎呀你这呆子——"话未说完，"呼"的一声，夹着"嗖嗖嗖嗖嗖嗖"之响，一招六件兵器，三件攻向唐果，三件攻向傅晚飞。

傅晚飞倏地拔出钢刀，奋力挡开，刀势一卷，反攻过去。

唐果却足尖在木栏上借力一点，翻了出去，双手一扳，身子忽地荡出，落在对面木板屋前，笑道："喂，傅哥哥，我已放倒了一个，这个留给你，不干我的事。"

傅晚飞怒道："你这——"对方的六道兵器已发出极其凌厉的攻势，傅晚飞登时被逼得手忙脚乱。

唐果笑道："你才应付一个，我独力应付四个哩。"说着双脚、双手齐齐打出，击在木板上。

这下可谓莫名其妙，不知所谓之至。

只有极其细心而视力又极好的人可以觉察得到：这木板墙上有四个小孔。

本来，贫民窟的木板屋有孔缝，当然不是出奇的事，奇的只是这四个小孔里都露了一截妖蓝色的箭镞。

这四点箭镞，只有箭尖处露出了比米粒大的一小截。

唐果这四下，刚好就拍在这四支箭镞上。

在木板屋内的四名大汉，两箭瞄准傅晚飞，两箭瞄准唐果，一触即发之时，突然间，四箭倒飞疾射，箭尾重重撞在四人胸上。

这四个人猝不及防，一个吐血，一个晕倒，一个被撞断了两条肋骨，一个被箭尾嵌入胸部，痛得跪地不起。

唐果一脚踢倒木板，笑骂道："你们四个兔崽子，设想得倒妙，只要引我爹一开对面那木屋的门，便会撞得你们这板屋'砰'的一声……"

唐果一脚踢倒木板，笑骂道："你们四个兔崽子，设想得倒妙，只要引我爹一开对面那木屋的门，便会撞得你们这板屋'砰'的一声，你们只要等第二声响，便知道爹爹出来，就想从箭孔暗算爹爹，可惜小爷我的鼻子比狗管用，你们箭上喂的毒药味太浓，而小爷的耳朵又比兔子还灵，一听便知道有四只小老鼠躲着啦。"

傅晚飞一刀拼六件兵器，他江湖格斗经验十分有限，又不知对方是谁，出手留有余地，这一来，在对方凌厉攻势下，更加左支右绌。

唐果摇头叹道："我已做掉五个，这个无论如何，都归你解决。"

傅晚飞道："我……"却给对方一轮急攻，逼得下面的话说不下去。

唐果倏然道："江湖中，有黑道白道，白道以'刀柄会'为首。'刀柄会'又以'飞鱼塘'为主。黑道上最无恶不作、势力浩大的，便是'天欲宫'，你总知道吧？"

傅晚飞哪里分得出心神来应他。

唐果径自说下去："武林中，有三大名医，一个是我爹爹，一个已经失踪，剩下一个便是'鬼医人'诸葛半里。"

唐果问："诸葛半里的故事你听说过吧？"

傅晚飞哪能答他。

唐果自顾自地说下去："鬼医医人，不是救人，而是害人，要人付出极高的代价，才肯出手医治，尤其是武功高强的武林人来求医，他便先要对方做下十恶不赦的事，治好之后，要挟对方为他继续做那伤天害理的事，否则便把丑事公之于世，令其身败名裂，这样的鬼医，亏他还有面子跟我爹并称。"

唐果自说自话："鬼医又好为人师，收了一大班无赖流氓，美名是学医，其实是学害人；我听爹说，鬼医说要教弟子认识产妇、胎儿，于是这干流氓自作聪明，四处抓了不知多少无辜孕妇，剖腹取胎；鬼医又说要研究人体心、肝、五脏，于是那一干丧心病狂的东西，又把武林中侠烈之士抓来，活生生解剖分割，据说五脏都挖出来后，人还没死绝，手指还会动哩。"

唐果滔滔不绝，再说下去，"这个一手拿六件兵器的家伙，叫作'六面叱咤'火屠屠，那被我放倒的一手八剑的王八，叫'八方风雨'敬不惊，都是鬼医门徒，那四个暗箭伤人的，就叫'桐城四神箭'干氏兄弟，这些人，都是鬼医手下。"

唐果终于说到了结语，"这班家伙，作恶多端，怕给武林中人群起而攻，鬼医便挟技投奔'天欲宫'，所以更有恃无恐，无恶不作，这火屠屠和敬不惊，还替阉党做那抄家的事，他们自己扬言，在屠杀'叛党'之时，还做过比赛，一个杀了一百零五人，一个杀了一百零六人，后来，是这个火屠屠，一脚踩死了一个三个月大的婴孩，终于赢了这场——"

唐果突然说不下去了。

因为火屠屠已经死了。

火屠屠是"突然间"被斩成两截的。

他本来一直占尽上风，可是傅晚飞打着打着，忽然红了眼。

红了眼以后的傅晚飞，简直不要命了。

他已经不要命了，所以每一刀尽是拼命。

"飞鱼刀法"本在江湖上就极有地位，飞鱼山庄庄主沈星南是白道武林一大天柱，傅晚飞虽是他最不成材的徒弟，但是武功在江湖上已有一定的分量，何况傅晚飞近日还得李布衣"猫蝶杖法"的真传。

火屠屠杀别人的时候，心情非常愉快，可是他现今第一次领悟到被人屠杀的滋味。

傅晚飞简直是个疯子。

当他眼睛发红的时候，衣衫开始也染红。

那是火屠屠飞溅的血。

所以唐果已没有必要说下去了。

傅晚飞杀了火屠屠，反过身去，挺刀奔向正在渐渐苏醒的敬不惊。

唐果吃了一惊，忙问："你要干什么？"

傅晚飞拼红了眼，"这种人哪还能留在世上！"

唐果从未见过傅晚飞如此，悚然道："他，他，他已晕了，不必……不必杀他……"

傅晚飞戟指怒骂："这种当人不是人的东西，留他干什么！留着，他就会感恩改过么？今天要是放了他，让他活着再害多少人才遭报应？枉你知道那么多，却不会当诛立诛，为民除害，学功夫来干什么！"

唐果结结巴巴地道："我只……只会打人……不会杀人……"

傅晚飞怒道："不会杀么？我杀给你看！"手起刀落，把正挣扎欲起的敬不惊一刀两段，一面余怒未消，"我也不会杀人，但对这种禽兽，我杀三十个当是十五双！"

唐果只看得悚然。他断未想到告诉傅晚飞那些，会激起他那么大的杀性。

傅晚飞又持刀冲入木屋中，四处去找"桐城四箭手"，那四人早已吓得夹尾直逃，不知藏匿到哪里去了。

傅晚飞犹恨声道："不要给我碰着，不要给我见着……"

他喃喃自语道："没想到会有这种事，同样是人，那么残忍……"他哪里想到，其实这世上，有些人比火屠屠、敬不惊等更可怕十倍、残忍百倍、无理千倍，这些人当人不是人，用最卑鄙的手段抢掳奸杀，又用最下流的方式折磨摧残，然后用最无耻的把戏来隐瞒遮掩，这些人，多得数也数不清，只是傅晚飞不知道罢了。


女子在那一刹间也不知道自己有没有刺中赖药儿。

赖药儿望着她，摇摇头道："没有。"

他慢慢舒开袖子，怀剑被他衣袖一层又一层、一折又一折地卷在其中，连袖子也未曾刺破半个洞。

女子脸色一变，失声道："白发俊貌，怀袖收容……你，你是……"

赖药儿和气地道："你要杀我，又焉能不知我是赖药儿?"

女子姣好的脸上也不知是惊是喜，只颤声道："你真……真的是神医赖药儿……"

赖药儿微笑道："世上能冒充得了赖药儿的，还不算多。"

女子欲言又止，"我……"

赖药儿正色道："府上有谁患了鬼痊病?"

女子大吃一惊道："你……你怎么知道?"

赖药儿道："这房间有很浓的药味，一定有病人在此卧病过，药味有紫苑、麦冬、阿胶、川贝、茯苓、五味子、桔梗、炙草的

味道，病人服用此药，多为了治鬼痤病症。"

他顿了顿又道："不过这种病大分为三十六类，细分九十九种；这病人遗留下来的病气，已经非同寻常，不发作则如常，一旦发病，神志全失、寒热交加、昏沉交替，是最严重的一种。"

他望定女子，一字一顿地道："你要及早给他医治。"

女子哭泣道："他……他便是贱妇的家翁……"赖药儿能从药味与病气里分辨出病症，更勾起她的伤心怀抱。

赖药儿道："那病人呢？"

女子咽泣道："交给鬼医了。"

赖药儿道："你求鬼医为你公公治病，鬼医便要你假扮卖身女子，来杀了我？"

女子已经坚强起来，道："那孩子……小牛确是我的孩子。"

赖药儿道："鬼医扣住你公公，就算他不肯医，你也非如他所示杀我不可了？"

女子长长的睫毛垂下来，"但我……我不知道你就是赖神医……"

赖药儿忽问："你公公会不会武功？"

女子低声道："他……他不是武林人，他……待我很好……"

赖药儿道："你为什么不交给我医？"

女子一怔道："可是……江湖上都传你不肯医……"

赖药儿道："你公公又不会武功，我不愁把他治好了之后会作恶害人，为什么不医？"

女子的明眸一下子充满了泪光，可是她紧抿着无血的唇，不让泪儿落下："你……你要什么，我……都给你……"

赖药儿淡淡一笑道："我只要你做一件事。"

女子颤了一颤，赖药儿把一张银票塞入她手心，一字一句清清晰晰地说："我只要你告诉你的孩子，你拿了我五十两银子是替我缝补袖子，如此而已。"

女子忍不住一笑，这一笑，泪珠便簌簌落到袍子上，晶莹而美，那慧黠而轻淡的笑容又浮现上面靥来，"哪有……哪有缝袖子要五十两……那么多的？"

赖药儿望着她，正色道："因为他娘的手艺，天下无双，本来值得五十两金子以上，但算便宜给我，只收五十两银子。"

女子含泪的眸子微微瞟了他一眼，忽又忧愁了起来，"可是……公公还落在鬼医手上……"

赖药儿问道："鬼医在哪里？"

女子道："在古亭山萝丝富贵小庄。"

赖药儿脸色有些沉重，"好，我去会会诸葛半里——"

忽向女子笑道："'玉芙蓉'姑娘，还不肯让我知道你尊姓芳名吗？"

女子红了脸，垂下了头，绯红之色直透上鹅卵一般匀滑而细长的脖子，"原来你早知道我是谁了……"

她长长的睫毛眨了眨，道："我就是'玉芙蓉'嫣夜来。"


武林中出名的女子很多，她们大都有文才出众或武艺超群的丈夫，通常都比她们本身更有名。

相反的有名的丈夫不一定会有个出名的老婆。

"玉芙蓉"嫣夜来可以说是一个例外。

嫣夜来是个女飞贼，当然是劫富济贫同时也济自己的贫那种好的女贼。

嫣夜来的丈夫闵良却一点武功也不会。

闵良也没有文名。

他只会做陶器。

闵良的父亲闵济辉是个一流的烧制陶器好手，闵良的手艺颇有骎骎然青出于蓝，犹胜于蓝之势。

闵氏父子都没有名，那是因为他们精心制造的陶器都给一些名闻京府的大陶器家以贱价买去，变成了他们的成品。

闵氏父子也并不想那么出名，他们只想好好地活着，好好地烧制一些陶器精品就够了。

闵老爹是个好人，他把自己的好德性也如制陶手艺一般遗传给他的独子。

所以闵良也像他爹爹一样穷困。

闵老爹是个好人，平生做过不少好事，其中一件就是在嫣夜来母亲贫病交迫时收留了她，所以嫣夜来的母亲也顺理成章地把自己的女儿许给闵老爹的儿子。

那时候嫣夜来不过十岁。

嫣夜来是在十一岁的时候，才遇上女剑侠方兰君，教了她三年武艺。

这三年使得嫣夜来变成了武林中出色的女剑手，直至她嫁入闵家前，嫣夜来凭着她淬厉又潇洒的剑法，很少吃过大亏。

不过，她除了报恩之外，也是真心喜欢闵良的。

闵良是个好人，更是个好丈夫。

她自从在二十三岁下嫁闵良后，便没有再动过剑，这武林中外号"玉芙蓉"的女飞贼，便悄然退出了江湖，洗衣下厨，侍奉公公和丈夫。

她觉得很幸福，因为公公既疼惜她，丈夫也很爱她，他们唯一的要求，就只是不希望她再"抛头露面去做无本买卖"，嫣夜来自然顺从。

他们一家三口，过得也挺愉快。自从生下闵小牛后，一家四口更乐融融。

只恨上天没保佑这一家子，闵良身体羸弱，染上了当时闻风色变的恶疾：鬼痄（即肺结核），病榻缠绵了足足三年，从咳嗽到咯血，终于一命归西，还把病传染到父亲身上。

三年来嫣夜来废寝忘食地照料翁婿，结果还是教病魔夺去了夫婿之命，幸而嫣夜来有武功底子，才没也染上恶疾，她遍寻名医，皆束手无策，怕公公亦步入夫婿后尘，只好动了求武林中惹不得的"鬼医"诸葛半里之念。

诸葛半里扣押住闵济辉闵老爹，医好与否，不得而知，首先要她以"卖身救父"的陷阱来杀掉一个"午牌时分会经过须脚城门的蓝袍白发、年轻英俊的高长个子"。

嫣夜来做梦都没有料到那会是名动江湖的"医神医"赖药儿。

## 第叁回 松鼠是不会骗人的

赖药儿带嫣夜来出来的时候，傅晚飞和唐果都吓了一大跳，他们断未料到从屋子里走出来的女子会那么美，美得连太阳照在她身上，都温柔了起来……

　　赖药儿带嫣夜来出来的时候，傅晚飞和唐果都吓了一大跳，他们断未料到从屋子里走出来的女子会那么美，美得连太阳照在她身上，都温柔了起来，美得连这邋遢的贫民窟，都干净了起来，美得连傅晚飞看了她慧黠的笑意，也都觉得自己聪明起来。

　　他脑中有点胡混混的：沈绛红俏丽可爱、叶梦色清秀艳绝、鄢阿凤爱娇可人、嫣夜来温柔慧黠，他也不知道究竟谁最漂亮，个个都那么美，他都喜欢过，至少都喜欢看，但只有鄢阿凤，使他最近打一个喷嚏、打一个哈欠，睡觉前醒来后，第一件事都会想起她。

　　赖药儿不知道傅晚飞这愣小子又在想些什么，他只是简单地吩咐道："这位是闵夫人，你们叫嫣姐姐。"他补充道，"唐果，你负责照顾闵小牛。"

　　"我？"唐果抗议地叫了起来。

　　"我们这就去。"赖药儿不理会他的反应。

　　"去哪里？"唐果禁不住好奇地问。

　　"到萝丝富贵小庄去。"

　　"去干什么？"这次轮到傅晚飞忍不住问，"萝丝富贵小庄名字虽好听，但在江湖上名声实在不好。"

　　"去找鬼医，算算阎王账。"因为傅晚飞问的话，赖药儿才答：傅晚飞至少还算是"半个"客人。

　　唐果一听到这句话，几乎足足跳了三丈高。

　　"找鬼医算账"是天祥人所有拥戴赖神医多年来的宏愿，一直为"爹爹"赖药儿所阻，而今不知怎的，赖药儿还主动去找鬼医的晦气。

　　唐果觉得自己太幸运了，能"恭逢其盛"，日后回到天祥，可是大大有说头了。他生性本就喜欢闹事，武功得天祥里文抄公、文抄婆、张汉子所传，三人的好斗天性也同时传给了这孩子。

他不知道这趟赴古亭山萝丝富贵小庄找鬼医晦气是不是这位"嫣姐姐"促使的，要是的话，唐果愿意叫她一千一万句"姐姐"。

古亭山。

萝丝富贵小庄。

这个小小山庄真的很"富贵"，那是因为它出产各种各类珍奇罕见的草药。

培植这些药草的人，叫作"妙手回春"余忘我，他种植这些药草为的是济世救人，可是现刻这些药草全要付出极高的代价才能求得。

那是因为萝丝富贵小庄已经换了主人。

现在的主人是"鬼医人"诸葛半里。

这更换的过程很简单：诸葛半里囚禁或者杀了余忘我，占据了他的产业，这些药草便待价而沽，这地方也成了诸葛半里六处居所行宫之一。

这地方无疑已成为近半年来正道中人最不想提起的一个地方，因为那儿住着鬼医和他七八十个人见头痛、鬼见鬼愁的弟子，为了帮忙守护这批药材，"天欲宫"还派了俞振兰屯兵驻守，而且鬼医杀余忘我侵占地盘的事，江湖上也没有人出来主持公道——对明知其非不敢相斥的事，白道中人更不愿提起这颗长在见不得人部位上的恶疮。

赖药儿今天的行动，便是要除掉这颗恶疮。

赖药儿一路上了古亭山,对山路两旁的药材、药草,正眼不望,那是因为他自己天祥木栅里的药物,要比这儿培植的珍贵得多了。

学医跟学其他许多东西一样,首先要天分,接着要有兴趣,然后才是努力、机会与经验。

赖药儿并没有把他医人的方诀传授给唐果,但唐果毫无疑问是一个非常有天分的孩子,他一路上对着于医药一窍不通的傅晚飞炫耀自己在这方面的认识:"哪,那披着黄色柔毛花叶的小乔木,它的果核便叫鸦胆子,它的叶子都是奇数羽状、卵状披针形,花朵成圆锥形,核果长卵形,颜色黑乎乎的,很容易辨别;它的用处可大着哩,能治痢抗疟,还能外敷赘疣、鸡眼,用时去壳取仁,以胶囊或桂圆肉冲食,也可以用馒头皮包裹吞服,不过万万不能将仁敲破,一旦敲破,嘿嘿,苦死了——"

他得意地笑两声,又见另一块蛇纹的石块,忙不迭地道:"快认准了,这便是花蕊石,很容易辨认的,形偏斜多异棱角,对光照之有闪星状的亮光,可好看得很,最合你我练武的人使用,专治瘀血、咯血、呕血、衄血、外伤出血,只要研细煎服便行,是金创药的必备成分。"

说罢转头向赖药儿咧嘴嘻地一笑,"爹爹,我说得对不对啊?"

赖药儿当然不是他生父,只是天祥人不管男女老幼,都对他以"爹爹"尊称。

赖药儿淡淡地道:"花蕊石先要以火烤,再研成细末,宜用阳火焙烘,功效更大。"

转首向轿中的嫣夜来提声道:"闵夫人。"

嫣夜来和闵小牛都坐在轿中，抬轿的是两名从须脚城雇来的脚夫。赖药儿这一呼唤，嫣夜来便拨开轿帘，露出了半张脸儿，问："赖爷吩咐。"

赖药儿道："萝丝富贵小庄到了。"

就在这时，一只小松鼠，自药草畦地上蹿跳过来，到众人左侧不远，忽然不走动了。众人看到，只见松鼠后脚染红了一片，似受了伤。

唐果一直都是老气横秋的。

可是他毕竟只是个孩子。

他一看见小松鼠，眼睛就发着亮光，先说了一句，"可怜。"

又说了一句，"它受伤了。"

再说了一句，"我去看看。"

抛下一句话，"我去替它治伤。"不待赖药儿同意便蹦跳着过去，小松鼠见生人走来，也不逃避，只乖乖蹲着，眼珠乌溜溜的，看似受伤颇重。

唐果小心翼翼地蹑步走过去，想以双手捧起松鼠，童稚气在他脸上弥漫，两颗大门牙特别可爱。

小松鼠的尾巴蓬松而弯弯地勾在后面，夕阳斜晖照在毛丝上，像一洒银光，晶莹夺目。

在轿里的闵小牛看了，忍不住想从轿里溜出来，想摸一摸松鼠那可傲的尾巴才称心，"唐哥哥，等等我。"

赖药儿忽袖袍一卷，稳住了闵小牛，一面沉声喝道："慢着。"

唐果立时顿住。

赖药儿说得很慢，可是非常清晰，"松鼠要是腿部受伤，刚才跳出来的姿势不会这样，现在蹲下去的姿势也不会这样。"

他冷冷地道："所以这血不是它淌的，是别人涂上去的，松鼠没有受伤。"

他顿了一顿接道："松鼠是不会骗人的。"

唐果狐疑地道："可是……"

赖药儿接道："人是会骗人的，松鼠尾部沾有毒粉，你一碰它，它自己尾巴一扬，毒粉就会撒出，既害了你，也送了它的性命，你万万妄动不得。"

唐果几乎要哭出来的声音道："我怎么办？"

赖药儿即道："要保它性命，则以快刀斩断它尾巴，埋入鬼针草地里一尺三分，日久毒自消散，再用我的'大蓟十灰散'涂敷，不会有碍。"

只听一人道："好个赖神医。"

说话的是一个秀才模样的人，背负双手，一脸病气，傅晚飞戟指怒骂道："鬼医，你好卑鄙，竟训练小动物来害人！"

秀才笑了。

"你错了。"赖药儿道，"这等善良的动物，再训练也不会害人。"

"你说对了。"秀才笑道，"我只是把药粉撒在它尾后，训练它一见陌生人就匍匐不动罢了。"

唐果怒道："鬼医，你真不是人！"

秀才笑道："又说错了，鬼医本来就不是人，而我也不是鬼医。"

赖药儿道："他是人。他就是当年我错救活了的'穷酸杀手'茅雨人。"

秀才笑道："十一年前你救了我，我现在想来，你的确救得很错。"

赖药儿道："实在错得很笨。"

茅雨人道："都是你救了我，害得我在这十一年里，不过害死了三四百个人，只是日后到阎王殿里，更多仇家，实在是害苦了我。"

赖药儿惨笑道："害死了三四百人。"

茅雨人笑道："要是能害死你，少害一两百人我也甘心。你是神医，所谓医者父母心，你总不忍心见我害死无辜的人，所以，最好成全我吧，给我害死吧。"

赖药儿冷冷地道："要取我性命，尽管出手。"

茅雨人一笑道："我有自知之明，既暗算你不着，也不会是你对手。"

他斜睨着一对病眼道："我知道你的个性，你生平只救人，未曾杀过一人，只要我不先动你，你可不会杀我。"

傅晚飞喝道："赖神医不杀你，我可杀得了你！"

茅雨人摇手笑道："要是杀了我，谁带你们去见鬼医？"


山路愈来愈陡。看来就算是萝丝富贵小庄的主人，住在这样的山崖上，也不会舒服到哪里去。

夕阳也渐沉渐低。

一行人愈爬愈高。

唐果在轻抚掌中被切断尾巴的松鼠，低声道："小断、小断，你别怕痛，咱们在追太阳，不给太阳公公下山去，你看好不好玩？"原来他已给小松鼠取了个名字叫"小断"。

茅雨人大笑道："你如果真想追太阳，就该从崖上直接跳下去，就可以搂着太阳了。"

他的笑声在荒山中惊起一树黑鸦。

乌鸦呱呱乱叫，飞掠过嫣夜来的头。

赖药儿生怕累及轿夫，早早打发二人回去，嫣夜来是抱着小牛跟在赖药儿身旁走着的。可是突然之间，赖药儿的袖子似瀑布倒冲天而起，霍地拂中正要飞掠嫣夜来头上的黑鸦。

黑鸦"呱"的一声，斜落崖下。

嫣夜来一怔道："怎么……"

赖药儿沉声道："那乌鸦是给人用透明丝线缚住，扯放到我们头上，它翅翼布满毒粉，可不能让它撒下。"

只听山阴暗处一人冷冷地道："好眼力，乌鸦是真乌鸦，却不知如何给瞧破？"

赖药儿道："你以为家里养的狗和山上嗥月的狼叫声会一样的么？一只被控制飞行的乌鸦，翅翼扑打时候的不自然，只要对飞禽走兽曾稍加留心观察的人，都不难察觉。"

那人冷笑道："我倒明知是毒不倒赖药儿，只是想毒倒他身边的人，好在师父面前有个交代，没想到还是不成。"

赖药儿也冷笑道："你几时拜了鬼医为师？"

那人冷然道："自从你救我转活后。"

赖药儿冷笑道："我救得好。"

那人冷冷道："可惜你只是把我人救活，没把我五官表情回复原状，我还是一样恨你一辈子。"

原来这人便是"恶人磨子"沙蛋蛋。七年前，沙蛋蛋因为杀人太毒，手段过于残酷而方法又过于下流，被黑、白二道的六名高手围攻，终于被"离合神光"击中脸门，以致五官失用，仓皇逃脱后，已奄奄一息，适逢赖药儿路过救活，虽保住性命，但五官脸肌，已完全失去表情，肌肉已经僵死。

赖药儿救他的时候，只本着医者父母心的救治，却不知此人就是沙蛋蛋。

沙蛋蛋复元之后，偷偷离开天祥，找那六名高手暗施偷袭，逐个击破，用尽残酷办法，把仇人凌辱折磨致死，还把仇人一家老幼，肢解分尸，这件事令武林人为之发指，沙蛋蛋怕又被人围剿，便投入"天欲宫"，取得靠山，继续胡作非为。

赖药儿也就是因为救错了"恶人磨子"沙蛋蛋、"夜鹰"乌啼鸟、"穷酸杀手"茅雨人这等败类，以致痛下誓言，再也不愿医治武林中人。

赖药儿道："你最好恨得过来杀了我。"

沙蛋蛋道："我杀不了你。"

唐果忽道："鬼医也医不好你死绷绷的眼、耳、口、鼻，为何你又不去杀他。"

沙蛋蛋道："因为我欺善怕恶。"

赖药儿扬声道："在树上那一个，也该出来了。"

只见昏暮中一截树干忽然会"动"了起来，原来那不是树，而是一个人。

这人在暮色里看不清楚，但见他轮廓在昏暗中峥嵘分明，竟如鹰鸷一般。

这人走出来后，就在仄径上来回逡巡地走了几回，并不作声。

赖药儿道："夜鹰？"

那人这才停下，一旦静立不动，又似一截奇异的枯树一般。

赖药儿一向平和清澈的眼睛忽然发出厉烈的光芒，"乌啼鸟，你别装蒜了，你化了灰我都认得你！"

唐果跳起来道："他，他就是夜鹰！"

"夜鹰"乌啼鸟可能是赖药儿救活的人中最无耻的一个，六年前，他假以悔过饮泣打动赖药儿出手相救，一旦康复，窥赖药儿和天祥高手不在的当儿，强奸了一位天祥女子，还杀掉两个企图阻止的农民，天祥中高手张一人奋勇抵抗，打跑了他，但也壮烈牺牲。

天祥人无不恨这"夜鹰"乌啼鸟入骨。

赖药儿也从此才真正下了决心，绝不替武林中人治病。

乌啼鸟微一欠身，道："想找鬼医，跟我来吧。"领先而行，沙蛋蛋和茅雨人却留在后头，看来是要押后监视。

傅晚飞握紧拳头道："来就来，怕了么？"唐果羚羊般弹跳着，紧蹑乌啼鸟背后，似生怕给他溜了。

赖药儿忽然将长袖如水流般撒去。

袖子在半空卷住唐果。

唐果不明所以，却听赖药儿道："绕道过去。"

然后转身向乌啼鸟沉声道："你在鞋底撒下'灭绝迎风粉'，故意踩在地上，只要一有人走过带起风势，毒粉自然扬起，沾着皮肤即入毛孔，你自己却先服下解药，这等害人伎俩，是诸葛半里教了的了？"

只听山上自黑夜里传来一人哑声笑道："不错，除了我，谁还能想出那么精彩的毒人办法？"

# 第肆回 鬼医人

　　在昏灰的暮色里望去，山腰上有一列城墙。城墙破败斑驳，一路蜿蜒而上，不知是哪个朝代遗留下来的古迹。赭红色的残霞乱飞，把这个古城点缀得更加沧桑。

在昏灰的暮色里望去，山腰上有一列城墙。城墙破败斑驳，一路蜿蜒而上，不知是哪个朝代遗留下来的古迹。

赭红色的残霞乱飞，把这个古城点缀得更加沧桑。

城头上，有一个人，侧面向着众人，可是因为天色太昏暗而看不清楚他的面目，只有鼻梁上映着斜阳残照，令人生起一种凭吊古人的感觉。

赖药儿劈口就问："你去过天祥？"

鬼医反问："你怎么知道？"

赖药儿道："我赴须脚城寻药，只有天祥的父老兄弟知道。"

鬼医道："他们告诉我的。"

赖药儿冷笑道："他们决不会告诉你的。"

鬼医道："我是让其中一个人吃了一点苦头，他才告诉我的。"

赖药儿怒道："人呢？"

鬼医笑道："你不必担心，他还在。"他拍拍手，就有两个人扶着一个黑衣人出来。

与其说这个人是被"扶"出来，不如说是被"背"出来，因为这个人看去已被折磨得不成人形，左手骨骼，全被捏碎，指头俱被利针刺入，尤其中指，被利针正捅了进去，穿骨逆上，直达臂肘，双脚也是软垂于地，看去似没了骨骼。

赖药儿一看，便知道是天祥木栅里的谷秀夫，这人武功不错，九年前因伤遁入天祥，为赖药儿所救，看来在这等酷刑下倒不由他不说。

谷秀夫一见赖药儿，登时泪涕交零，哭道："爹爹，我……我对不起你……"

赖药儿过去抱住谷秀夫，拍着他右臂肩膊慰道："你没有对不起我，说了我的去处，也不怎么，是我连累了你。"

把残伤的谷秀夫小心地交给唐果搀扶，眼中的怒火像森林里焚烧的红花，迫视鬼医诸葛半里，"你趁我不在，掩杀天祥木栅里，枉你与我齐名天下！"

鬼医居然笑道："我是以为你在，才到天祥暗袭，没料撞在李布衣、枯木、飞鸟、叶梦色、文抄公、文抄婆、张汉子、鄢阿凤等人手上，害得我损兵折将。"

李布衣等正在天祥养伤，文抄公等又是天祥的一流高手，看来这次鬼医击空，着实讨不了什么好。

果然他道："我有八十九个徒儿前去，死的、擒的、变节的，有八十一人，我们只抓了这个倒霉家伙回来，总算探到了你的去处。"

他颇为惋惜地说："我们身上难免沾了点邪气，暗算你怕不容易成功，这个闵寡妇'玉芙蓉'送上门来求医，我想利用她来杀你，就算杀不着，你好管闲事，也必找上庄来，省得我要下山找你。"

赖药儿冷冷地道："找我做什么？"

鬼医道："宫主的公子爷病了，要你看看。"

赖药儿冷笑道："你治不好么？"

鬼医脸上闪过一丝尴尬之色，可是他即道："这病不易治，集你我二人之力，或许可治。"

赖药儿道："你治不了，怕宫主治罪，找我顶罪？"

鬼医道："这倒不是，而是副宫主多年来一直钦佩赖兄，一再在宫主面前推崇你。"

赖药儿冷哼道："救哥舒天，是我生平最错的一次。"

鬼医道："可惜的是，你还要多错一次。"

赖药儿道："日前'勾漏三妖'潜入天祥木栅里，一定要我去'天欲宫'一趟，你知道结果如何？"

鬼医笑道："听说就像他们名字一样：横冲、直撞、逃走！"（"勾漏三妖"恒冲、席壮、陶早欲逼赖药儿救活"天欲宫"宫主之子，后被打得滚地葫芦一般，详见拙著"布衣神相"之《天威》）

赖药儿道："勾漏三妖跟你在'天欲宫'里，看来是不同派系吧？"一个较大的组织里，不管是什么性质的，总难免有分派系、明争暗斗，黑道第一大重镇"天欲宫"更不例外。

鬼医笑道："这个当然，我是'天欲宫'里'艾系'的，他们是'哥舒门'的，根本是两回事。"

赖药儿淡淡地道："你也不必高兴得太早。"

鬼医道："哦？"转过脸来，众人这才看清楚这人长相也没什么特别，最令人注目的是脸、额、颊上深深的皱纹，像折成一团的衣服一样，笑起来一脸邪相，像一肚子都是坏水、满脑子都是害人的计划。

赖药儿道："你也一样无法叫我去'天欲宫'。"

鬼医挑起一边眉毛笑嘻嘻地道："这句话，若果一见到我就说，或许我还会信，可是现在——"

赖药儿截道："现在也一样，你在谷秀夫身上撒布的'无心毒'，已给我破解了。你看我像中了毒吗？"

鬼医震了一震，半晌才道："你……你是怎么看出来的？这可连……连那家伙也不知道被我下了毒啊！"

赖药儿道："'无心粉'无色无味，我自然闻不出来，看不出来，可是我在药堆里浸淫了那么多年，总可以'感觉'得出来。"

鬼医冷笑道："你要不去，可以，先替我治好三个人。"

赖药儿怔了一怔，忽然大笑。

他笑声中只见鬼医身上青袍起了一阵震动，就似密雨打在水面上所引起的波动一般。

鬼医的一张皱纹脸，也涨得赤红。

待赖药儿笑完了之后，又过半晌，鬼医才道："三声笑断肠，果然厉害。"

赖药儿淡淡地道："不过也笑不断阁下的肠，连一根头发都没有笑断。"

鬼医咳了一声，又咳了一声，用手抚了一抚颔下的鼠髯，道："厉害的是，'三声笑断肠'的内力，你是当众笑，却只有我感受到。"

赖药儿微微一笑，却不答话。

鬼医道："可惜你笑尽归笑，'天欲宫'你若不去，就得替我治好三个人。"

赖药儿反问："我为什么要替你治好三个人？"

鬼医又奸又鬼地笑起来，道："因为不是替我治，而是替你自己治。"

只见他一拍手掌，立时有四个大汉押了三个神色木然、不知生死的人上来，傅晚飞和唐果一看，便认得那四名大汉正是"桐城四箭手"，而那被扣押了的三个人，衣衫褴褛，是农工商装扮，却不认得。

赖药儿注目向那三个"活死人"，过一会儿才道："我不认识他们。"

鬼医诸葛半里道："我知道你不认识他们。他们是我在攻打天祥途中抓来的，试了一试我最近发明的新手段，他们染的是人造的奇难杂症，你若能治得好，'天欲宫'就不必去了。"

赖药儿白发苍苍，随风微扬，"你是考较我来了。"

鬼医所有的皱纹又折叠了起来，笑得既奸又滑，"考较不敢当，只是你我齐名，总要增进了解一番……何况，嫣女侠的家翁尚在我处，你要救他，先得看看治不治得好这三人。"

赖药儿略一沉思，道："好，我看看。"他说罢这句话的时候，在城墙上的风，陡然急了起来，除了西天际一点咯血似的残红外，天地昏沉一片。

鬼医一扬手，四鬼子各点起了四盏极大的孔明灯，凄白的烛光，照得人人脸色微微发寒，照得赖药儿的白发更银白如霜。

赖药儿仔细察看第一个病人，只见他脸色紫涨，瘦骨伶仃，皮肤下隐透着一种麻紫色，紧闭双目，全身在发着颤抖。

赖药儿的手指很快地在他身上要穴上推拿了一遍，那人仍是一样发着抖，连眼睛都没有睁开过来。

鬼医笑的时候皱纹似海波一般掀翻开来，"可诊断出来他所患何症？"

赖药儿道："他没有病。"

鬼医"哦"了一声，道："他像没有病的样子么？"

赖药儿道："我拿过他的穴位，他的足太阳膀胱经受阻，而起自于内眦。"他说着用手掀开病者的眼帘，指出眼皮内侧和眉头上方两处红点，"你在此处下针，在'攒竹穴'上刺入六分，在'睛明穴'里针身捻转，这二穴取位不能逾四分，亦不可捻转针身，你这两下，等于截断了督脉交汇于巅顶的流注。"

鬼医见赖药儿能在片刻间找出病症与病源，更从此推断出他血针伤穴的手法，令诸葛半里内心大为震讶。

赖药儿说着摸出一枚金针，伸入灯笼在烛焰上一抹，然后迅快在病者眼下"承泣"、眼侧"瞳子"、眉上"丝竹空"取穴，不一会儿病人颤栗尽去，眼睛自明。

鬼医闷哼道："好！你再看看这个病人。"

这第二个病人脸色青白，已是出气多、入气少。

赖药儿观察一会儿，翻开他眼皮，听他心跳，再验他汗与唾液，忽陷入了沉思。

在沉思中他的头发更显苍苍，鬼医看了很高兴地笑道："这人身体也没什么不妥，就是无法呼吸，肺喉也没有什么病患，但却吸不进空气，你再想下去，只怕他已经窒息了，你想出治疗之法也没有用啦。"

赖药儿突然抬头，几绺银发，垂挂在他脸上。

然而他眼睛却熠熠生光、炯炯有神。

他的手在病人下颚一捏，病人就张开了口，他对病人呼出微弱的气息闻了一闻，遂回头向鬼医怫然道："你好卑鄙。"

伸手到病人"迎香"、"水沟"、"素"穴上一扣，"突"的一声，一颗乌黑带赤的珠子，自病人鼻孔里滚掉下来，落在赖药儿手心。

赖药儿一看珠子，愠道："你用'四赤''止息草''辛辣子''无羞草'炼制成此丹丸，封在他鼻内，当然只能呼而难于吸了。难怪我验不出毒，也诊不出病，原来他无病无患，也没有中毒，只是给药物封住了呼吸！"

鬼医冷笑道："好！我取针在细微处，给你找出来了，我在体内用药物禁制，你也一样能找出根源；那你再看看第三个，有本事再找出他何病何症受什么钳制！"

第三个病人气色红润，似什么病也没有，但目光发赤，全身早瘫痪了。

谁知赖药儿什么也没有看，一把脉，即道："你肠胃破了，无可救药了。"

那病人吃了一惊，戟指鬼医颤声道："他……他说的是……真的？"

鬼医恼怒起来："真的又怎样？"

病人目光散发，红若朱缨，"你说我们三人装病，难倒姓赖的……你却先后用针刺、丹丸，使阿伟、阿龙失去知觉……我不肯，你就对我说，绝不会用手段对我……"

鬼医冷笑道："我只是叫你吃得饱饱胀胀的，从高处跳下来而已。"

赖药儿叹道："所以他肠胃破裂，诊治太迟，难以救治了。"

病人狂怒道："你……你好毒，害……害我性……命……"发狠冲前，要杀鬼医，冲到一半，呕血不止，萎然仆倒，血咯了一地。

赖药儿拨了拨银发，道："这就是替你卖命者的下场吗？"

鬼医不回答他，径自道："三人病源，都给你识破，可是，你可以走，却不能要回闵老儿。"

赖药儿怒道："诸葛半里，你守不守信？"

鬼医好整以暇地道："赖神医，你先别气恼，是你不守信在先，怨不得我。"

唐果忍不住抢道："我爹爹哪里不守信了!"

鬼医道："他不是说过不替有武功的人治病么?"

赖药儿道："我不替武林人治病的,"他补充一句,"除非我欠了他的情。"

唐果大声道："爹爹可不欠你的情。"

鬼医脸上皱纹又海般漾泾起来:"他是没有欠我的情,不过,他说过的话,也没有守信约,我又何必守信。"

赖药儿道："我说过的话一向算数。"

鬼医道："可惜这次没有算数。"

他紧接着道："你刚才救了两人,这两人根本不是什么寻常百姓,而是武林中人,一个是'天欲宫'青龙堂香主'西昆仑一剑'黄逸展和我的结义十九弟'北印单钩'廖新文。"他的皱纹都曲折起来地笑道,"你已毁了约,我不能把闵老头给你。"

嫣夜来气得变了色,叱道:"你说这三人是攻打天祥途中抓来的,而今又说他们会武功,枉你还是武林中成名人物,说话不算!"

鬼医眯着眼冷笑道:"第一,我诸葛半里向来说话不算话,但我可没有像赖大侠一样处处自诩一言九鼎也似的。"

"第二,"他皮笑肉不笑地道,"我刚才只说他们三人乃半途抓来,可没说他们不会武功,不算出尔反尔,是你们没听清楚。"

"第三,"他说到了主题,"赖神医如果一定要救治闵老头,也不是不可以,只要喝我三杯酒。"

赖药儿即问:"三杯酒?"

鬼医笑道:"三杯我制的酒。酒里当然有毒,你能喝,就喝下去,喝之前可以先服敷任何你认为能破解之药物,当然,那三杯酒的毒并非沾唇即腐肤烂舌的那种，它只能引发你体内三种病症，不过一发不可收拾，你若不敢喝，认输算了，闵老头是不能给你的。"

　　赖药儿道："我先看看那三杯酒。"

　　嫣夜来惊道："赖神医，你不能喝，你不要喝。"

　　傅晚飞也变色道："喝不得的。"

　　赖药儿道："我先看看，又没真的喝了……喝不得我自然不喝。"

　　唐果大声道："如果爹爹一定要喝，先赏我们一人一杯。"他想和傅晚飞一人各一杯，来减轻赖药儿的毒力。

　　鬼医咭咭笑道："我这三杯酒，两位小朋友只怕拿着杯子，已经咽了气，可再不能这般豪情了！"

　　赖药儿忽大声道："拿来！"

# 第伍回 三杯酒

众人均是一怔。半晌，鬼医又堆起了笑脸和皱纹，竖起大拇指道："好！赖神医果然有种！"挥手令茅雨人、沙蛋蛋、乌啼乌把三杯毒酒端来。

众人均是一怔。

半晌，鬼医又堆起了笑脸和皱纹，竖起大拇指道："好！赖神医果然有种！"挥手令茅雨人、沙蛋蛋、乌啼鸟把三杯毒酒端来。

傅晚飞忍不住阻止道："赖神医，我们要救闵老爹，也不一定要喝那三杯毒酒啊！"

嫣夜来也不说话，水流一般瞬间已近茅雨人身前，一掌击出，茅雨人吃了一惊，侧身一闪，一拳反击，不料嫣夜来只是虚晃一招，一伸手，已抓住酒杯。

她抓住酒杯，却夺不过来。

茅雨人的眉心突然赤红一片，他掌托于杯底，嫣夜来五指纤纤抓住杯身，那杯里的酒突然间沸腾了、冒出烟来。

赖药儿突然一闪身，已夹在两人之间。

两人之间本来是酒杯，可是此刻杯子早已到了赖药儿手上。

嫣夜来只觉自己肩膊给一股极之柔和但又无以匹对的力道微微一震，五指一松，杯子已落在赖药儿手上，她又惊又急，掠了过去，五指疾抓了出去，一面叫道："你不要喝——"

她因为情急，这一抓已用全力。

正在这时，茅雨人双手骤然多了两柄蝴蝶刀，急刺了出去。

赖药儿双手不动，双袖却似急风鼓袖般打了出去！

茅雨人的刀，刺入赖药儿双袖里。

刹那间，茅雨人感觉到自己的双手，仿佛凭空消失了，那处境就像一根羽毛在飓风里根本无法依凭一般。

他怪叫，全力抽回双手。

他双手是收回来了，但双刀成为两张扭曲得不成形状的这时候茅雨人惊恐之余只有一个想法：他刚才好像把手伸进了鲨口。

他只庆幸刚才伸进去的不是自己的头！

赖药儿一招惊退了茅雨人，再回来闪躲嫣夜来的一抓，却已是迟了一些。

他本来至少有十种方法可以击退嫣夜来的，但他却不想那么做。

所以他在突然之间，整个身子，扑倒了下去。

他扑倒是向左侧的，却在左边肩膊触地尚有半尺，硬生生顿住，全身力量依寄在左脚脚侧上，却能维持不倒，右手仍托着酒杯。

他这一闪虽快，但嫣夜来那一抓也非同小可，疾如飞星，"唰"地在赖药儿右脸上留下三道血痕。

嫣夜来惊呼一声，用牙齿咬着自己的指头，她绝未想到贸然出招夺杯却伤了赖药儿。

赖药儿忽地又似打秋千一般荡了回来，站得十分从容，温和地道："你们不要阻止我。"

嫣夜来差点哭了出来，她情怀激动，只说了一个字，"你……"

赖药儿笑笑道："我喝这三杯酒，不是因为鬼医的威胁，我要救闵老先生，凭我一对袖子，不一定要喝这三杯酒……诸葛半里，你说是不是？"

诸葛半里沉默半晌，终于道："是。"

赖药儿又道："我知道这三杯是毒酒……不过，要是今日换作了你，你也会试尝这三杯毒酒吧？"

诸葛半里这次过了良久，似思虑什么极重大的问题一般，鬓边微微渗出了汗珠，终于咬牙道："是！"

赖药儿向嫣夜来、傅晚飞及唐果和气地说："所以，这是我们做药师的通病：神农尝百草，考察药物，自所难免，何况，这三杯酒，是三剂奇方，我若分辨不出，破解不得，心中也难安，他日若是遇上有人患这种病症，又怎么治？"

他说着把杯中酒一干而尽。

诸葛半里目光似针一般地望着他，说了一句，"好！"

赖药儿又接了乌啼鸟手上的酒，道："我嗅出你这三杯特制的药酒成分，刚才那一杯，喝下去，十天内会为'骨蒸痨'所困而殁。现在这一杯嘛……"

他说着又喝个干净，诸葛半里脸上、眼中已变成崇拜、敬慕的神色，大声喝道："好！"

赖药儿神色不变地说了下去，"这杯药酒却是植疟毒于体内，"他手上已接过第三杯酒，道，"这杯却是麻风毒药。"又是一口干尽，这时，连乌啼鸟、沙蛋蛋、茅雨人等也直了眼睛，傅晚飞和唐果都禁不住大叫了一声，"好！"

赖药儿的几绺白发，又垂挂在脸上，这才让人感觉出，原来他颊上微微有汗。

他迅速在自己身上点了七八处穴道，连吞数粒药丸，又运功调息一阵，诸葛半里等只是目不转睛地紧盯着他，也没趁此出手。

过得半盏茶时光，赖药儿天灵盖上白烟袅袅冒出。

乌啼鸟、茅雨人、沙蛋蛋三人互觑一眼，忽然各亮出兵刃，猱身倏前！

嫣夜来、唐果、傅晚飞弧形散开，拦住三人，却无法再阻挡另一处空缺鬼医诸葛半里的攻击。

不料诸葛半里倏地一声沉喝："退下!"

茅雨人、乌啼鸟、沙蛋蛋一时怔住，不知该退下好，还是出手好。

茅雨人道："师父——"

忽听赖药儿舒了一口气，道："好厉害的毒!"却见他全身都湿透了，宛似刚下过一场迅雨。

唐果喜叫道："爹爹你没事吧?"

赖药儿道："这三种毒素，也不易收集，总算今天叫我亲验了。"

诸葛半里脸上一阵青、一阵白，只喃喃地重复道："你怎么……"

赖药儿道："凭我个人验毒能力，也拒抗不了这三种毒力同时发作，以我功力及药丸解救，断也不能在一时三刻间这三种恶疾并发下治愈……"

诸葛半里更是不解，"可是你……"

赖药儿道："我已解不了。但是，你的手下乌啼鸟，他怕毒我不死，在疟毒的酒中，又撒下了红信，这一来，信石砒霜截疟，反而破解了这杯毒酒。"

诸葛半里怒瞪了乌啼鸟一眼，乌啼鸟垂下了头，不知如何是好。

赖药儿道："另外两杯酒，一杯为'骨蒸痨'之毒，一杯乃'麻风'之毒，但'骨蒸痨'之毒含有大风子、白蒺藜和白花蛇等毒物，刚好可以克制大部分的'麻风之毒'，而我的'霜红发丹'足可治'痨毒'，所以，我只须把这几种毒的质调和，让它们互相克制，顺调入经，转回出脉，便可以瓦解毒力了。"

诸葛半里脸如死灰，汗如而下，嗫嗫道："我……该死……怎么我没想出来……"

赖药儿淡淡地道："你不是想不出来，而是你从没有想过以身试毒，一个药师若不能把人疾当作己患，这样又怎会切身体验到这数种药物的互调相克之处？"

诸葛半里这才恍悟，整个人呆如木鸡。

赖药儿道："你要我喝三杯酒，我已喝了，闵老先生可交出来了吧？"

诸葛半里脸上的狡诈之色全成了惶恐，如梦初醒，慌惶地道："是，是——"向"桐城四箭手"一挥手，"四箭手"中二人往墙内隐去，墙上灯影为之一暗，诸葛半里又半吞半吐地问："天下有没有不能治的病？"

赖药儿反问："世人谁能不死的？"

诸葛半里脸上突现懊丧之色，"若病不能治，学医为何？"

赖药儿道："世上有一疾病，即有一疗法，有一药治，不过，疾患未必全可治，但学医可以替人除病救命。"

诸葛半里眼睛一亮，忽又一暗，道："论医理，我总不如你。"

赖药儿道："那是因为你学医为害人，为医己，我学医为救人，不为己。"

诸葛半里听了如受雷击，喃喃自语，脸色时喜时悲，又手舞足蹈，忽又呆呆出神。

却见烛光挑起，自黑暗中走来，二人押着一名老者走近，其中四箭手之一叫道："师父——"诸葛半里却不相应。

嫣夜来不管那许多，身子轻巧地掠了出去，二箭手不知放人还是不放，忽见剑光一闪，两人急急后退，嫣夜来已扶闵老爹回到阵中，噗地跪下，哽咽道："公公，媳妇不孝，累你老人家受苦了……"

不料却在这时，"闵老爹"骤然出手。

这下出手极快，嫣夜来的退身也极快。

嫣夜来在惊变中，双膝跪地，却流水一般向后滑了三尺。

那人一击不中，手中多了一截木杵，约莫三尺长杵尖急刺嫣夜来！

嫣夜来应变可谓极快，足踝发力，一仰而向后翻去，眼看杵尖刺空，但杵尾突又暴长三尺，追刺而出。

嫣夜来这时已来得及出剑。

她剑身一掣，格住杵尖。

没料杵尖又暴长三尺，终于点戳在她咽喉上，雪白的粉颈，在白灯笼映照下，立即现出一点触目惊心的血。

出手的人一手持杵，一手掀开了木制的面具。

那是一个脸色惨绿，看去像一截枯枝，却少了一目的汉子，由于他身上衣衫都是闵老爹的，逆光而自黑暗里行出来，就算不戴面具，嫣夜来在情急之下也无法认出他不是闵老爹。

这下变生肘腋，宛似电逝星飞，赖药儿正要出手相救，但乌、沙、茅三人都对他出了招，待他以双袖破解之后，嫣夜来已然受制于人。

傅晚飞和唐果也要相助，但"桐城四箭手"的冷箭使他们顿了一顿。

这顿了一顿，时间虽是极短，但要再救嫣夜来，已然不可能了。

赖药儿脸色大变，叱道："诸葛半里，你讲不讲信义！"

诸葛半里也恍似这才惊觉，叱道："农叉乌，把人放了！"

农叉乌阴阴一笑，道："诸葛，我可真算服了你了，这明明是遂你心愿，你却装得比吃炭屎还光明磊落。"

赖药儿怫然道："你——"

农叉乌把杵一挺，嫣夜来玉颈上的血珠更加鲜明，"你别乱动！"

赖药儿登时像一口大钉子从头钉入土里去了。他长吸一口气，问："你要怎样？"

农叉乌道："我们'天欲宫'要你去医少宫主，如果你一定不去，便杀了，免留着祸害。"

傅晚飞突大声叫："农叉乌！"

农叉乌一怔，别过头去瞪了他一眼，见是个精悍小伙子，心里有气："你是什么东西，敢直呼大爷名字！"

傅晚飞道："我认得你，你是在青玎谷'五遁阵'中主持'木阵'的农叉乌，你输了那一仗，想在这里讨点功回去，好不受罚是不是！"

傅晚飞这一句可说中了农叉乌的心事，农叉乌愠怒道："放屁！那一仗，我没有输，是柳无烟窝里反，加上叶梦色、枯木三人战我一个，我才以退为进，这是战略上的转进。"

傅晚飞闭起了一只眼睛道："哦，先放下一只眼睛留守，另外一只眼睛退走，这真是分身有术，佩服佩服！"

农叉乌怒不可遏，这可是他痛心疾首的奇耻大辱，正待发作，傅晚飞忽道："对不起。"

农叉乌倒没料到傅晚飞会忽然道歉，呆了一呆，脱口问："对不起什么？"

傅晚飞一脸歉意地说："我叫错你的大名了？"

农叉乌一时无法明白，"什么？"

傅晚飞道："世界上有一种鸟，飞也飞不高，叫也叫得难听，它到哪里，哪里的人便认为不祥，提棍子赶走它，不许它叫，这种鸟，便叫作乌鸦。"

农叉乌仍不知道这浓眉大眼的小子在说什么。

傅晚飞还是把话说下去，"这种鸟，在东北一带，又叫农叉，意思是农人看到就要叉死它，就是农叉鸟。你的大名应多加一画，叫作农叉鸟。"说完又向农叉乌眨了眨左眼。

农叉乌这才听懂傅晚飞嘲揶他，一时恨极，正待破口大骂，蓦然之间，"噗噗噗噗"四声连响，灯火全黑。

一时之间，农叉乌的眼帘仍隐约映着那四盏灯光，但眼前已什么都看不到，他心中暗道：不好！百忙中长杆疾刺了出去。

不料这一刺，却给一物卷住，农叉乌急忙使力抽回木杆，但木杆似被象鼻吸住似的，全收不回来。

农叉乌此惊非同小可，乍地发出一声厉啸，长杆一折为二，右手杆虽未收回，但左杆已攻了出去。

只是左杆又似被一条极具柔力的水龙吸住一般，动弹不得。

这时，灯火忽又亮了起来。

农叉乌这才看清楚，他的双杆是被那高大白发的赖药儿一双蓝袖卷住，嫣夜来早已跟赖药儿易位而处，唐果一直握着小拳头，守在她身边，而傅晚飞也护着闵小牛，金刀大马地跟沙、茅、乌三人对峙。

原来适才傅晚飞用语言相激，吸引农叉乌的注意力，乘他激动之余，唐果早已手扣四枚"铁松果"，以唐家暗器手法，射灭四烛，赖药儿在农叉乌一怔间抢救了嫣夜来，制住敌人双杵，局势大变。

但这灯光重亮，却不是诸侠心中所料及的。

灯亮了，比四盏大火笼还亮。

那是两排四十余盏的红色圆灯笼，在一声低沉的号令后，一起点燃，同时挑起，利落得像高手拔剑。

这四十多人同时行动，却几乎是全无声息地逼近。

四十二人分成两排，中间让出一条甬道。

甬道上有一顶古轿，轿前垂帘，轿角有四盏红灯笼。

——轿里的是什么人？

农叉乌却一见这顶轿子，神色大喜，本来惊惧的脸色，变得比有菩萨来搭救更为镇定。

傅晚飞忽道："我知道了。"

唐果立即问："知道什么？"

傅晚飞道："我知道轿子里是谁了。"

唐果马上知机地问："是谁？"

傅晚飞道："新娘。"

唐果故意问："新娘？"

傅晚飞笑嘻嘻地道："你看，这轿子画龙绣凤的，又穿金璎珞银流苏，加上红灯笼花布帘的，不是娘儿，难道是人妖？"其实，他从这些人额上所系的红巾上书"天欲宫"三字，便知道来的是何方神圣，而从那一声低沉的号令中，已知道轿中的是个男子。

不过无论来的是谁，傅晚飞都决定骂了再说。

果然他骂了这句话，四十二个额系红巾、身着二十四排密扣黑衣鲨皮劲装的汉子，脸上一齐变色。

连农叉乌也变了脸色。

谁知傅晚飞却忽地对他说起话来："告诉你，东北人叫乌鸦还是乌鸦、黑鸦儿的，不叫农叉乌，刚才我骗你的。"

农叉乌一时间连鼻子都气歪了。

傅晚飞不在乎。

傅晚飞是个聪明、机警、重义气、喜交朋友的年轻人，但经验、武功、学问都不足，人有时也过于老实、硬直了些，只是他自从被心魔追杀，脱离了"飞鱼塘"而跟随李布衣之后，无时无刻不与"天欲宫"做生死存亡的斗争，所以对付起"天欲宫"的人，他的老实也不太老实起来，而且更硬、更直，又机智利落。

有些人因为心地善良，礼让谦和，所以看来比较鲁钝木讷，如果有人敢欺负上他们，那么才深刻地体会到"看走眼"的后果。

# 第陆回

# 火轿

轿子里的人道："赖神医，我既已来了，你就走一趟'天欲宫'吧。"赖药儿的一双袖子，倏然一收，农叉乌连跌出几步，才把稳脚步，只见赖药儿一个纵步……

轿子里的人道："赖神医，我既已来了，你就走一趟'天欲宫'吧。"

赖药儿的一双袖子，倏然一收，农叉乌连跌出几步，才把稳脚步，只见赖药儿一个纵步，有意无意地拦在傅晚飞身前，淡淡地道："你是谁？你来了我为什么就一定要去？"

轿中人道："因为我来了。"

赖药儿冷笑道："我倒要看看你是怎样带得了我走！"全神贯注那顶古怪已极的轿子！

突然之间，长空飞起一条长索，起自残垣内，霎时间已套住闵小牛，闵小牛哭叫半声，傅晚飞大叫一声，双手及时提住飞索。

飞索奇异地一抖，连化数圈，已然索紧傅晚飞双手，长空抽拔而起。

唐果飞蹿过去，拖住傅晚飞双腿。

不料飞索又是一抖，竟又卷出两个索圈，套住唐果双手，同时间，闵小牛、傅晚飞、唐果被扯得凌空而起。

嫣夜来飞飘而起，怀剑飞掠，疾斩飞索。

只见红影一闪，来人突如其来，已到了嫣夜来身前。

嫣夜来乍见眼前多了一个眉如剑、目光如水、唇绯红，但脸色极其苍白的青年，震了一震，那人也似震了一震，不过这电光石火的照面之间，那人已把嫣夜来手上怀剑夺了过来。

但是这时赖药儿已经到了。

他的右手袖子卷了出去。

红衣青年右手一抖，飞索卷起三人，左手的剑陡地发出丈余剑气，切向袖风。

精锐厉烈的剑气遇上了蓝色的袍袖。

袍袖像蛇舌吸蝇一般，看似毫不着力，只是剑芒一遇上袖子，厉芒立敛，短剑已到了赖药儿袖中，同时"嗤"地袖口也被划破了一道口子。

红衣青年怪啸一声，破空而起，像一头红鹤在烛火中冲天长唳。

赖药儿一招夺下短剑，也似怔了一怔，左手袍袖又待发出，忽听红衣青年长空喝道："你最好不要出手。"

他一共说了七个字。

他说完这七个字之后，人已回到了四十二劲装高手之后，轿子之前，而闵小牛、傅晚飞、唐果三人已被同一条韧索捆住，在地上动弹不得。

赖药儿的左袖子并没有发出去。

就算没有红衣青年那一声断喝，他也不会发出这一击。

就因为他看清楚了局面。

那四十二名劲装大汉，在这刹那间全解了挑灯笼的器具，左手仍用拇、食二指执着灯笼的吊绳，但另一只手，却已举至鬓边，做投物的姿态。

本来串着灯笼的杆子，居然是矛！

四十二根在红烛光中闪晃着紫芒的长矛，只待一声令下，全都向一人投来。

不是向赖药儿，而是向嫣夜来！

赖药儿知道自己这一袖若发出去，也许可以救得了傅、闵、唐，但嫣夜来必死无疑。

他以一只袖子，不一定能接下四十二根有毒的长矛！

嫣夜来一颗心，有大半急于要救闵小牛，这四十二柄隐伏极大杀招的长矛，嫣夜来断断避不过去。

赖药儿本来像吃饱风的帆一般的鼓胀的袖子，忽又垂松下来。

嫣夜来叫道："小牛！"就想不顾一切冲去相救，赖药儿轻轻在她肩膊一按，凝声道："不可以。"

嫣夜来也立刻发现自己的急切莽动反而造成赖药儿的负累，立即静了下来。

赖药儿长吸一口气，背负双手，微微挺胸，鬓上的银发又拂扬了起来："好功夫。"

红衣青年仿佛一直在看着嫣夜来，这时才把目光收回来，潇洒地笑道："赖神医只要再攻出第二袖，我就吃不了兜着走了。"

赖药儿淡淡地道："可惜我连多出半袖也不可能。"

红衣青年故意咋舌道："要是算不准这一点，我也就不敢出手了。"

赖药儿道："一条飞索一招卷走三人，除了'天欲宫''红衣使者'俞振兰外，恐怕再也没有第二个人了。"

红衣青年微微笑道："在下跟神医那天在大魅山青玎谷也朝过相，只是神医贵人事忙，不记得有在下这个小角色了。"当日大魅山青玎谷里，"天欲宫"摆下"五遁阵"要"飞鱼塘"高手去闯关，李布衣负伤赶赴出手相援，而赖药儿也追到阵前赠衣，结果李布衣以这一件"过关衣"击败"天欲宫"重要智囊高手何道里，当时，阵前五大公证人，"天欲宫"的代表便是这位"红衣巡使"俞振兰，此人年纪虽轻，但在天崩地裂大地震之后，依然固守岗位而不退，败而不退，极有风度。（详见《天威》一书）

要知道黑道总舵"天欲宫"除宫主项飞梦及副宫主哥舒天

外，便是以军师艾干略、智囊何道里、鬼医诸葛半里、总管风怀愁、大将军裴二、小宫主项晚真及琴、棋、诗、书、画、酒、色、财、气的"九大鬼"群治式的"幕僚集团"主领，另由"十二都天神煞"和"五方巡使"执行，一主内务、一掌外事，互不干涉，而"白虎"、"朱雀"、"青龙"三堂负责各分堂事宜，至于坛主、香主、旗主、舵主那只是"天欲宫"微末的角色。

后来智囊何道里死于"五遁阵"内，"十二都天神煞"中的"剑痴""剑迷"也被揭破身份，死于落神岭（请参阅拙作《杀人的心跳》）。另一护法王蛋被格杀于大同府衙（见《叶梦色》），而殷情怯在"五遁阵"被攻破时负伤失踪、柳无烟倒戈相向、农叉乌和年不饶伤而不死。

"五方巡使"在"天欲宫"中，实在是非常重要的角色，要不然，在闯"五遁阵"的时候，"天欲宫"也不会派"红衣巡使"俞振兰来作见证。

然而俞振兰却非常年轻。

赖药儿看着这个眼前的年轻人，苦笑道："难得你已学会'移音遁形'的内力，人躲在墙垛后，声音却自轿内响起。"

俞振兰笑道："轿子里实在没有人。"

赖药儿道："有时候充充样子要比真才实学更难对付。"

俞振兰道："不是这样，我这不学无术、学无所长的人，又如何敢在神医面前出手？"

赖药儿苦笑："看来我只好跟你去一趟了。"

俞振兰即刻笑道："对了，去一趟，什么都好办了。"没想到他才说完这句话，骤变陡生！

俞振兰是面向着赖药儿的。

两人相隔，足有三丈余远，中间相隔有两排四十二名执矛挑灯的劲装大汉。

赖药儿只要稍有异动，俞振兰随时可以杀掉唐果、闵小牛、傅晚飞的。

赖药儿武功再高，也绝做不到在俞振兰未及下手前救走三人。

因为俞振兰的武功也极高。

所以赖药儿并没有出手。

俞振兰也一直盯着赖药儿，只要赖药儿一动手，他就立即出手。

——杀了再说。

他这次的任务，副宫主的旨意是把赖药儿请回"天欲宫"，可是军师艾千略吩咐下来的意思仿佛也知道要赖药儿来并不易，所以也下了绝杀令。

俞振兰当然希望能取得首功，但在情形不太有利的情形下，俞振兰宁可杀人。

——死人总比活人让人放心。

可是赖药儿明明没有动。

突然之间，一根长竹竿，闪电般穿过二十一盏红灯笼，跟着在一挑之间，二十一盏着火焚烧的灯笼不偏不倚飞向另外二十一名汉子。

那二十一名汉子下意识地便用手上长矛一格，这只不过是眨眼间的事，着火灯笼一齐飞舞，那一根穿过二十一盏灯笼的竹竿，已射到俞振兰的身前。

俞振兰及时一偏，"噗"地竹竿穿过俞振兰衣袂，直射入轿中，把俞振兰衣袂钉在木轿上，竹竿兀自震动。

俞振兰知道来了高手。

可是他那一偏，离傅晚飞等已经比较远。

同时间，赖药儿双袖也撒了出去。

赖药儿的双袖卷起了极巨的狂飙，这一股旋风，使得四十二口灯笼一齐燃烧，烈焰似火龙一般扑向俞振兰。

俞振兰忽觉跟前火光大盛，热气扑脸，大叫一声，砰地倒撞入轿中！

火焰卷到了轿上，立时燃烧起来，变成一顶火轿，火光将轿影投在古城墙上，影子似会跳动一般。

另外一个影子，走近轿前，在逼人火光中这人影流露着一种洒脱的沧桑。

那四十二人一下子阵脚大乱，见俞振兰投入轿中，而火焰又笼罩了轿子，不敢再战，呼哨一声，退得竟比来时还疾。

赖药儿却道："你来了。"

那人抚着三绺短髯，笑道："我欠你一件衣服，天涯海角，都得还回给你。"

只听傅晚飞喜而叫道："李大哥！"

来的正是神相李布衣。


这场局面，如果没有李布衣的突然出现，情形会对赖药儿极端不利。

李布衣一出来就以一根竹竿破了俞振兰的优势与阵势，把俞振兰逼入轿中，赖药儿则以袖风焚轿。

那一顶轿子，仍在古城墙前炽炽烈烈地焚烧着，倒不像烧着一顶轿子，而是烧着一头前古的怪兽什么似的。

赖药儿倏抢身掠向焚烧中的轿子。

李布衣道:"什么事?"

赖药儿答:"救火。"袖子就要卷出。

李布衣叹道:"难怪人说神医赖药儿,生平只救人,不杀一人,真是一点也没夸张。"他顿了一顿道,"那轿中本来另外藏了个人。"

赖药儿立刻止步,道:"哦?"

李布衣道:"年不饶在里面。他精于'火遁法',俞振兰退入轿中,是伏好了退路,此刻他早已溜走,这火,只烧了一顶空轿。"

赖药儿鼻子一皱,忽道:"只怕轿子不全是空的。"

他这句话一说,李布衣也变了脸色。

他闪电般掠了过去,执住竹竿,用力一抡,整座带烈火的轿子竟给他抡了起来。

李布衣吐气扬声,"呼"地竟把轿子凌空甩了出去,竹竿仍在他手中,那顶火轿越过古城墙之际,陡然之间,轰地一响,那团烈火顿时炸成白芒耀眼,热浪逼人,无数碎片、木块和波及城墙的飞石、尘土激射飞溅,李布衣早已伏倒于地,赖药儿水袖曳出,左覆嫣夜来,右覆傅、唐、闵等三人贴地紧伏。

这猛烈的爆炸和强光,一闪即灭,但所引爆的碎石、飞木,好一会儿才告止息。

嫣夜来道:"轿里……有炸药……"却发觉自己声音有些变了。

李布衣拨去身上、头上的尘沙,恨恨地道:"年不饶那小子逃遁之前还放了炸药,幸亏赖神医闻出了火药和硫磺的味道……"只见原来轿子所处泥地上有一个大洞，恰好被原先轿子所遮；想来年不饶和俞振兰便是由土借火遁去。

这时，古城墙炸得垣崩土裂，那一干"桐城四箭手"、沙蛋蛋、乌啼鸟、茅雨人、农叉乌等早已在俞振兰退却的时候，遁走一空，只剩下一个鬼医诸葛半里，被尘沙碎石打罩得满头满脸，却依然神色木然地站在那边。

李布衣奇道："你为什么不走？"

鬼医道："我跟赖神医打赌，治好三个人，他治好了；我跟他立约，喝下三杯毒酒，他也喝了。"

李布衣道："难道你在这里还准备请他吃三碗毒饭。"

鬼医道："不是。我要他做的，他全做到了，我答应要放的人，却还没放。"

李布衣颇为意外地道："哦？"

鬼医苦笑道："我平生无恶不作，但对方守信，我也守信约。"

李布衣回首向赖药儿笑道："没想到他……"却见赖药儿一手搂住嫣夜来，在黑暗中虽瞧不清楚，但李布衣目力极好，依然可以看得出赖药儿正在亲吻嫣夜来的玉颈，一时间，李布衣不知气好，还是怒好，登时怔住了。

鬼医却淡淡地道："他不是在做苟且的事，而是在救人。"

傅晚飞、唐果目力都不如李布衣，反倒没看到什么，只知赖药儿和嫣夜来离得极近，闵小牛更是什么都看不清楚了。

只听鬼医又说："适才农叉乌的木杵，杵尖有毒，赖药儿听嫣女侠声音变了，马上察觉，要啜吮出毒血来。"

其实赖药儿倒不是在嫣夜来说话的时候发现，而是轿子被李布衣挑飞在半空爆炸的时候，强光一闪，赖药儿瞥见嫣夜来白玉似的颈上，伤口的一滴珠血已呈紫色，知道伤口有毒，而未能及早治理，情况甚危，当下不顾礼俗，救人为先，只说一声"得罪了"，便凑唇过去，把剧毒吸吮出来。

嫣夜来一开始不知赖药儿此举是何用意，便待抗拒，但挣扎得两下，却软弱了下来，心里羞愤欲死，只想：他怎么可以在此时此境……随后才乍然省悟，赖药儿是在为自己吸吮毒血。

这片刻间，嫣夜来只觉脑中混混沌沌的，也不知是因为毒性发作，还是赖药儿沉厚而干净的鼻息。她眼中莹莹溢泪。

不过在黑暗里，谁也不知她流泪。

【第贰部】

# 未老先衰

第壹回

# 吕凤子

赖药儿替她吸了一大口毒血，吐了出来，又吮了一口，再吐出来，吐得第三口，忽然鼻际闻到一股幽兰似的芳香，猛发觉自己手上所沾的是软若无骨……

赖药儿替她吸了一大口毒血，吐了出来，又吮了一口，再吐出来，吐得第三口，忽然鼻际闻到一股幽兰似的芳香，猛发觉自己手上所沾的是软若无骨、令人色香心动的胴体，心头一热，一口毒血，差点没往喉里吞。

他连忙缩离了身子，把毒血吐掉，说："因为怕毒性发作……"他生平光明磊落，既不杀生，亦无淫行，向不怕人误会，但此刻不知怎的，一开口便想解释，却愈解释愈不自然起来。

黑暗里只见嫣夜来婉约的轮廓微微垂着首，发髻微乱，却没有答话。

赖药儿还想说些什么，忽觉心里一阵刺痛，他连忙运功调息，十指指甲却神奇般渐长了起来，但是这种变化别人没有发觉，他自己也不曾感觉到。

李布衣愣了一愣，此刻总该说一些话，引开旁人对赖药儿的注意，便道："你知道我是怎么来的么？"

鬼医的皱纹又褶又深，对他的话题仿佛不感兴趣，可是傅晚飞倒追问下去，"是啊，你不是还在养伤吗？"

李布衣笑道："人给扎得螃蟹似的，嘴还开个不停。"竹竿一伸，比手指还灵巧，瞬即将傅晚飞、闵小牛、唐果三人身上韧索解除。

唐果一面舒筋活络，一面仍不忘问道："对呀，李叔叔是怎么晓得咱们在这儿呢？"

李布衣用竹竿在唐果头上轻轻拍了拍，笑骂道："难怪赖神医一定要带你和小飞一起，你们两人这舌头比白无常还长，一路上唠叨个不停，便不愁寂寞。"

他笑笑又道："鬼医率人去攻打天祥，没讨着便宜，仓皇豕逃，我想他偷鸡不着蚀把米，还是会找上赖神医的，便一路跟了过来，恰逢今夜该当有事……"

唐果道："你的伤……"

李布衣傲然笑道："我的伤要是好全了，今晚俞振兰还走得了么？"

傅晚飞拍手道："原来李大哥说话也那么爽快直接的！"

李布衣笑啐道："你是在骂我从前说话不坦白爽快是不是？"

傅晚飞愣了一愣，搔搔头皮道："哎，你不说，我倒没注意。"

李布衣佯作生气道："我那是谦虚有礼、有容乃大，你懂什么？"

傅晚飞嘻嘻笑道："管它有容乃大，还是你这样好玩一点。"

李布衣故意瞪起了眼，吹胡子道："你这小赖皮——"

忽听赖药儿道："李神相，请诸葛半里先把闵老爹放出来吧。"

李布衣笑道："早放出来了。文抄公和文抄婆镇守天祥，梦色和枯木道人绕道枯木崖，要抢救沈绛红……"

傅晚飞马上紧张了起来，"怎么？沈师妹她……"

李布衣叹道："听说她没有摔死，却遭遇到很大的困境，沈星南沈庄主正在召众图谋迎救。"

傅晚飞听了情怀激荡，登时激动得脸色发紫，李布衣道："你放心，'飞鱼塘'高手云集第九峰，你去了，也没多大用处……"傅晚飞仍然作声不得，李布衣心知傅晚飞重情，心中微叹，也不再劝。（沈绛红被击落第九峰一段，请参阅"布衣神相"之《杀人的心跳》）

忽听一人呵呵笑道："你说来说去，就说漏了一个大和尚我。"

只见一人光头袒肚，在残垣上健步如飞，瞬即近前，正是飞鸟和尚，他腋下挟了一人，本身又臃肿过人，但施展起轻功来却似全无负累。

李布衣伸手一晃，唰地亮了一支火折子，问："闵老先生的腿骨……"

飞鸟和尚笑道："早接好了，我用云南'接骨草'敷上，不会有问题的。"云南"接骨草"是一种奇药，发现的人息于林间，见被斫断如蛇虫、蜈蚣，衔了一片叶子在断口处，不久伤断处竟然愈合接驳，因此名之"接骨草"。

嫣夜来这时可看清楚了，一惊而起，道："公公……"关注之情，溢于言表。

那老头儿不住点头，安慰道："我没有事……多得这位大师和那位大侠……相救……"

忽然噎了声，像强忍痛楚。

鬼医怒叱道："蠢材！你把小腿骨驳反了！"

飞鸟怒道："你骂谁蠢材？"

鬼医冷笑道："我没骂谁！谁连骨都不会接就是蠢材！"

飞鸟挺胸叉腰瞪目，这几个"动作"算是一气呵成，只是他肚子比胸膛凸出太多，这一挺胸，变作挺腹，"谁说我接错！骨对着臼，臼对着骼，咔嚓一声，不就接上了？"

鬼医气得脸上皱纹都抖动了起来，冷笑道："拿你的头接接看。"不去理他，径自走向闵老爹处，似要替他驳骨，飞鸟把身一拦，肚子几乎顶着鬼医身子，一副挑战似的口吻道："你想干什么？"

鬼医冷冷地道："给你看看什么才叫驳骨。"

飞鸟牛目圆睁，"笑话，我没驳错，你是想去害人！"

赖药儿忽插口道："你是接错了骨节。"他顿了一顿道，"驳骨之术看来简单，外表不易看出来，但有稍微错失则影响患者甚大！"

飞鸟哇的一声，一拍光头道："你、你也这样说，"他强忍一口气道，"好，你替我疗过伤，我不跟你吵，我让你。"这样说着，自己便伟大了起来，"我飞鸟大仁大义，谁对我有些微之恩，我也不惜牺牲自己，成全他人，明明有理，假装理屈，唉，唉！"

鬼医向闵老爹指了指，对赖药儿投以询求的眼色。

赖药儿缓缓地点了点头。

鬼医诸葛半里徐步走向闵老爹。

嫣夜来霍地立起，怒叱："你又要怎样？"鬼医顿住脚步。

赖药儿道："让他去。他也是个好医师。"

鬼医向赖药儿深注一眼，微一欠身，说了一个字，"谢。"

闵老爹对鬼医似乎甚为畏惧，但鬼医的出手如电，他的五只手指各捏住闵老爹腿上一处穴道，闵老爹"呀"地叫道："痛啊，好痛啊——"鬼医一退丈余，垂手而立。

嫣夜来急急挡在闵老爹前面，戟指鬼医道："你，你做什么——"又凑近闵老爹耳际，问，"公公，你怎么了？哪里痛？要不要紧？"

闵老爹双手直摇，一迭声道："我怕、怕痛，这腿骨，还是，还是由它吧，不必接驳了……"

赖药儿忽道："腿骨已经接好了。"

闵老爹一怔，摸摸自己小腿，果然一点都不疼，而且转动自如了。

赖药儿淡淡地道："诸葛兄，果然神手无误，出手如电。"

鬼医忽然干涩地向赖药儿叫了一声，"赖兄。"蓦地向赖药儿跪了下来。

这下不但大家都吃了一惊，连赖药儿也绝没想到。

赖药儿震动地伸手扶道："诸葛兄，有事请说，快勿如此。"

鬼医涩声道："小弟服了赖兄。"

赖药儿扶道："大家都是学医，有什么服不服的，诸葛兄对调剂药物、洗罨、经脉、滋阴极有见地，我也很心仪。"

鬼医苦笑反问："学医乃是为除疾祛病，你可曾听过调配毒药害人的药师也值得佩服。"

赖药儿道："诸葛兄对医药也有贡献，解决了不少疑难杂症，别太自谦。"

鬼医道："刚才，那三个患者你一下子就诊断出病源，我做不到；另外三杯毒酒，我半杯也喝不下，但你却轻易化解。"

赖药儿苦笑道："也不轻易。"

鬼医道："我这下相跪，也不瞒赖兄，实在是有事相求。"

赖药儿道："诸葛兄不妨把事情说出来，只要不违原则，当量力而为。"

鬼医道："当然是要借重赖兄的医术，去救一个人。"

赖药儿即道："诸葛兄既然坦诚相告，我也不想借故推诿，只是，诸葛兄的为人，弟甚不苟同，诸葛兄的朋友，我更不想救，也不愿救。"

他沉吟了一下，又道："何况，我已许下诺言，除非欠人深恩，否则，会武的人我是不救的；而且……"他笑笑又补充道，"连诸葛兄也束手的病我也毫无把握可治。"

　　鬼医一脸羞惭之色，道："我之所以行恶江湖，全无医德，都是这人遭遇令我改变学医初衷的，若赖兄能治好她，要我自绝谢罪也无怨言，若能给予我反躬自省、将功赎罪的机会，我也愿凭我一点浅薄医术，好好为世人做点事。"语音十分诚恳。

　　赖药儿闻之动容，毕竟以"鬼医人"诸葛半里的医术才华，若肯改邪归正，那真是可以活人无数、善莫大焉。

　　赖药儿不禁道："诸葛兄若肯弃暗投明、悬壶济世，那自是最好不过……却不知诸葛兄要救的是什么人？竟对诸葛兄有这么大的影响力？他患的又是什么病？"

　　鬼医满脸愁容地说："赖神医，别的人，你可以不救，但是这个人，你一定非救不可。"

　　赖药儿的兴趣倒是大增，"未知……"

　　鬼医脸上浮现悲痛之色，"便是家慈。"

　　赖药儿问："令堂大人是……"

　　鬼医道："吕凤子。"

　　赖药儿一听，为之震动，与李布衣对望一眼，异口同声道："黄泉路塌、奈何桥断、十皇殿前传金牌——'死人复活'吕凤子吕仙姑？"


　　原来武林中现存三大名医，一个是正派的"医神医"赖药儿，一个是邪派的"鬼医人"诸葛半里，另一个，也是江湖视之为生观音，武林称之为活菩萨，民间奉之为再世华佗的"死人复活"吕凤子。

　　吕凤子出道，算起来要比赖药儿与诸葛半里都早上几十年，因为她医术着实高明，已到了出神入化的地步，所以人们给了她很多绰号，刚才李布衣和赖药儿同时道出的"黄泉路塌、奈何桥断、十皇殿前传金牌"等，全是民间给吕凤子取的外号。

可是吕凤子在二十二年前，突然销声匿迹，谁也没有再看到她出现过。

那时候，诸葛半里才刚刚在医学上有了点名声，谁也没有想到，诸葛半里居然和当年名动医坛的吕凤子，是母子关系！

赖药儿怔了一怔，道："没想到……我在医理上，尤其解毒、蒸、洗、熨、烙以至推拿、打积、行气、消水、引涎、豁痰等法，都受吕老前辈影响匪浅，她老人家今还健在，实在是太好了。"

李布衣也道："吕老前辈兼研易理，我在望气、打卦上，也在吕老前辈手著《枢灵医案》中得到启发，没想到……"

鬼医苦笑道："没想到作恶多端，毫无医德的诸葛，竟是吕仙医之后。"

李布衣也坦然道："这点令在下好生不解。"

鬼医现出了悲愤之色，恨声道："你们可知家母为何沉疴不起，病榻缠绵二十二年么？"

他厉声道："那是因为她仁心仁术，甘冒大不韪，救了三个不该救的人，这三个所谓侠义中人、国家栋梁，一个打了她一掌，一个用毒镖伤了她，一个迫她服下剧毒，这三种任何一样，都比刚才那三杯酒加起来还毒！"

他满眼都是不平的愤恨，"你说，做一个侠骨仁心的医师，下场竟是如此，我能不能服气？她甘不甘心？"

傅晚飞虽然年少，不知道吕凤子的名头，但此刻也气愤填膺，大声怒问："三个忘恩负义的王八是谁？"

鬼医惨笑道："三个我们都惹不起的人。"

傅晚飞直着嗓子怒道："有什么惹得起、惹不起！谁做了恶事，谁就该尝尝报应！"

鬼医双眼眯了起来，盯住他道："三人里其中一人，便是你师父沈星南，你又能怎样？"

傅晚飞脑袋宛似给人狠狠地踢了一脚，大声道："我……我不信！我不信！"

鬼医愤激地道："你信不信，与我何关！只是家母一病二十二年后，心智衰退，日渐愈甚，至近几年已濒油尽灯枯，我遍尝各法，采尽名药，仍束手无策。可惜家母一生医人，但患重伤不能自疗，病榻二十二年，宛似废人，近几天病情恶化，奄奄一息……造成她如此的，其中便有沈星南那老匹夫的背后一掌！"

赖药儿道："令堂既然病危，我们快别说这些了，带我们探看再从详计议。"

鬼医大喜忙道："凭我医术，仍药石罔效，今日与神医一会，深知医术远在我之上，有你出手，家母复元可望。"

赖药儿不以为然道："也不如此乐观。"

鬼医忽道："如我没有看错，赖兄未老白头，敢情是患着未老先衰先天病疾？"

赖药儿神色稍为一变，当即恢复，道："诸葛兄目光如神，不过区区小疾，不足挂齿！"

鬼医道："不过我倒知道赖兄这些年来正四处寻访一些极其罕见的药物……若赖兄肯为家母垂顾诊治，弟有一神药相赠……"

赖药儿截道："我替令堂看病，全因我对吕前辈一向钦服，以尽后学之力而已，若是贪图药物，那诸葛兄未免错看在下了。"

鬼医却道："赖兄七出天祥，足遍九州岛十四省，远赴边疆，历时九载，为的是搜集七种药材，现已收集到了四种了吧？另外三种，其一是'龙睛沙参'，我却有一株，珍藏已久，愿赠赖兄，以报赖兄出手之恩，及不弃之情，决无他意，请赖兄不要误会。"

鬼医道出"龙睛沙参"的时候，不但赖药儿为之动容，就是连唐果也忍不住叫道："原来你有龙睛沙参！"欢喜之情，溢于言表。

众人却不知"龙睛沙参"是什么，推想大概是极为珍罕之药材吧。

# 第贰回

## 七大恨

　　谁知赖药儿容色虽动，但仍坚决地道："我医人非求有报，诸葛兄不必强弟所难，接纳厚礼！"唐果急道："爹爹，你别的可以不受，这……"

谁知赖药儿容色虽动,但仍坚决地道:"我医人非求有报,诸葛兄不必强弟所难,接纳厚礼!"

唐果急道:"爹爹,你别的可以不受,这……这叫踏破铁鞋无觅处,得来全不费功夫,你怎么可以……不要呢?"

赖药儿向鬼医沉声道:"你怎么知道我要收集那七种药物呢?"

鬼医道:"春秋战国时期,有一位名医,叫作扁鹊,他的医术高明,据说可把死人医活,排斥巫神,救死扶伤,一经诊断,犹似能透视五脏,邯郸、咸阳活人无算,著有《难经》,创有望、闻、问、切的诊断法,民间奉为'药王'。"

赖药儿道:"我们这些医理皮毛,比起药王,恰如沧海一粟,实是惭愧。"

鬼医道:"后来扁鹊到了秦国,被当时太医令李醯所忌,派出高手暗杀扁鹊,当时那凶徒还夺走了扁鹊刚完成的一条方子,后来为了争夺这一条据说可以'起死回生'的方子,不知死了多少人。但经历了数百年,这一条方子才得以公开,原来是用世上绝难寻获的七种性质不同的奇珍罕药配制,不但药物绝难找到,方子主治的仅是一种怪病,而且无此病者根本不能服用,跟'死能复生,寿比南山'毫无瓜葛,所以江湖中人都失望而去。"

赖药儿冷冷地道:"你告诉我这些干什么?"

鬼医道:"这条用七种性质迥异的至珍奇药配制成的方子,就叫作'七大恨'。"

傅晚飞怔了一怔,不禁问道:"怎么救人的方子叫作'七大恨'呢?"

鬼医道:"因为这道方子是用至寒、至阴、至补、至阳、至燥、至湿、至毒的七种药材制成的，而天下间要收集这七种药何其不易，故名'七大恨'。"

鬼医又道："不过，这一种病，天下间患者也总算不多，设想到赖兄医中王道，悉心收集这一批药物，用以济世救人。"

他笑笑又道："我可没有赖兄仁心仁术，对偏方异症，也无深研，不过我对药物也算下过苦功，知道在七年前赖兄自天山采下'独活雪莲'，又在昆仑掘得'万年石打穿'，五年前在滇池里捞获'珊瑚马蹄金'，我见这三种药都给赖兄搜去，心中已明了七分，待得赖兄在两年前又在大苍山取得'飞喜树'，便知道我的猜测准没错儿……目下赖兄只欠的，便是'龙睛沙参'、'燃脂头陀'和太行山的'孟仲季'三种药物了。"

赖药儿仰天喃喃地道："'七大恨'，'七大恨'，可真不易寻……"

鬼医笑道："不然又何以叫'七大恨'？连扁鹊都引以为恨，药物里有些是百年开花一次，有的世间绝无仅有，有的可遇不可求，有的知名而未知是否有其物，有的……赖兄若肯医治家母，我奉赠'龙睛沙参'，至少可消赖兄心怀一恨。"

赖药儿道："既是可遇不可求，且看机缘吧……一切到时再说。"

鬼医道："那么……烦请诸位到萝丝富贵小庄一叙。"

赖药儿、李布衣、嫣夜来、傅晚飞、唐果、飞鸟和尚等人在萝丝富贵小庄见到大吃一惊的人，倒不是吕凤子，而是余忘我。

——余忘我就是原来萝丝富贵小庄的主人，他同时也是一位被人称为"妙手回春"的名医。

可是江湖上人人都盛传自从"鬼医人"诸葛半里入侵萝丝富贵小庄之后，余忘我被诸葛半里所杀，可是眼前所见，余忘我并没有死。

"我的命是吕神仙救的，我的医学也是吕神仙传我的，吕神仙还救了我全家，但是吕神仙现在病了，我用尽方法，都治不好，这些日子都耽在这里想法子。"又老、又瘦、又秃顶驼背的余忘我这样对他们说，"我实在很蠢，很对不起吕神仙。"

"吕神仙"当然就是吕凤子。

吕凤子正卧病床上。

众人一见到吕凤子，都心里往下沉，几乎沉到了底。

因为吕凤子就像一个死人。

像一个已经死了很久的人。

就算拿刀把她砍成了十七八截，她也不会有任何感觉的死人。

可是赖药儿一见，先是愁，后是喜，最后很高兴地说了三个字："有希望。"


当赖药儿仔细替吕凤子把了脉之后，又加了一句，"但希望并不太高。"

诸葛半里一喜一愁，无法自已，忧急地道："我跟家母把过脉，她脉搏细、软、弱、虚、散、促、弦、紧、沉不定，令我无从对症下药。"

赖药儿脸色凝重，道："其实你若仔细把脉，便发现还有伏、革、实、微、内隐涩、缓、迟、结、代、动诸象，只怕——"

诸葛半里惊道："只怕什么?"

赖药儿没有直接回答他，反问："令堂被暗算受伤之后，是否仍有服药？"

诸葛半里道："是。她虽受重伤，但仍能调配药方，余四叔为她金针渡穴，艾条灸患，她亦能运气调息，但无奈伤势太重，掌力、伤势、毒药一齐发作，到了第三天，她便人事不省，我们用尽药物，也只能保住一息之存……"说到这里，悲不能抑。

赖药儿肃然起敬道："你们做对了。令堂果真当世一代医仙，她受此重创，换作旁人，早死了八九次，但她用药力及医理，几将伤势毒力逼出……只可惜在紧要关头，因精神体力耗尽而不省人事，这一旦失去知觉，毒力便沉滞不去，转入膏肓，你们的药物针灸，总算也能制住毒力不发，只是——"

诸葛半里和余忘我一齐问，"只是什么?!"

赖药儿叹了一声道："只是也将毒力逼上了'百会穴'。"

众人一听，全变了脸色。

要知道"百会穴"乃人生重要穴位，在头顶部分，督脉会聚之所，可容指陷，要是别的穴位倒好办，在"百会穴"简直无从下手。

三人沉吟良久，神色凝重。

唐果、傅晚飞、飞鸟三人见状，也喁喁细语起来。

唐果道："这怎么办哪?"

傅晚飞道："要是我懂得怎么办，我早就是'人医'小飞了。"

飞鸟凑过大脸，问："什么'人医'小飞?"

傅晚飞道："这你都不懂，如果我精通医学，能想出法子救吕神仙的话，虽然还是不能跟赖神医、诸葛鬼医相比，但我至少也是'人医'了。"

唐果道："呸！什么'人医'，你是'没人医'才对！"

飞鸟却认真地寻思道："要是我能治，那我就是'兽医'了。"

唐果哈了一声道："你会医，你医医看！"

飞鸟生平最气人看不起他，大声道："有什么难医，劈开她的脑袋瓜子，把毒取出来便行了！"

余忘我跳起来怒道："不要吵！你们这样吵闹，叫我们怎么才想到法子！"

赖药儿眼神一亮，平静地道："他说得对！"

余忘我一怔，道："谁对？"

赖药儿一字一句地道："劈开脑袋，取出毒质。"

这回是飞鸟和诸葛半里一起跳了起来。

飞鸟脸上变色，嗫嚅道："我……我说着玩的……你别当……当真……"

赖药儿道："当真。"

诸葛半里大声道："这……怎么……怎么能……"

赖药儿冷冷地道："怎么不能？"

诸葛半里忽然想到华佗要替曹操劈脑医治的故事，整个人倒吸了一口凉气，愣在当堂。

余忘我试探地道："也许……可以试用药力催汗和下、吐、泻之法，逼走毒力……"

赖药儿白发更是银亮："吕仙医已失排泄机能，下、吐、泻之法不可行，若以药物化汗，她已濒临闭气，来不及了。"

诸葛半里拼命想出法子地道："不如……安全一点……"

赖药儿斩钉截铁地道："没有安全之法！"

诸葛半里颤声道："就算用'以毒攻毒'，也强胜剖脑……"

说到这里，深深打了一个冷颤，但再也说不下去了。

赖药儿摇头道："不行，吕仙医弥留二十二年，昏睡如死，身体状况为至虚极弱，怎受得了任何细微的毒力？"

他长叹道："如果有不开刀祛毒力之法……"

诸葛半里和余忘我的眼睛一起亮了。

赖药儿又叹了长长的一声道："那除非是吕仙医复活，自己来医了。"

诸葛半里和余忘我的眼神都黯了下去。

赖药儿断然道："事不宜迟，我们现在开脑……还须仗二位大力。"

诸葛半里的声音颤抖更剧，几乎像哭泣一般，"真的……真的没有……其他办法了么……"

赖药儿用手搭在诸葛半里肩上，深注道："如果治不好吕仙医，我也自绝谢罪好了。要救人，得冒险，怕也要试试。"

余忘我忍不住道："若是失败，吕仙医岂不……你有几成把握……"

赖药儿长吸一口气，身上蓝袍鼓胀，好半晌才竖起两只手指，道："二成。"

诸葛半里脸都灰了。

赖药儿忽道："我们应不应该开脑，开脑成不成功，只怕要先问过一人……"

诸葛半里、余忘我、飞鸟一齐问道："谁？"其中还以飞鸟和尚问得最大声。

赖药儿缓缓回身，缓缓地道："神相李布衣。"

一时间，所有的目光，都投注在李布衣的身上。

李布衣的脸色也很沉重，一直专注在躺在床上的吕凤子，吕凤子的手腕因赖药儿把脉之故往外翻，李布衣的视线就落在吕凤子掌心。

他目光如刀。

刀是冷冽的。

李布衣的眼神却温煦。

任何人都能从李布衣眼里感受到温暖、希望和感情……可是现在李布衣的眼神也充满迷惑与不定。

待众人都望向他的时候，他干咳一声，慢慢地道："我学的是相理，对医术……"

赖药儿即道："晋朝抱朴子葛真人《肘后方》开医学之先，他也一样精通卜卦、望气，这点却非吾等所长。李神相，你看，吕仙医……"竟踌躇着问不下去。

李布衣沉默了良久，终于道："吕仙医高寿？"

诸葛半里战战兢兢地答："六十一。"

李布衣沉吟道："可是……吕仙医的掌纹，生命纹已然中断，全无再续迹象，而感情、理智二纹也在中间淡去一段后再续……"

诸葛半里失声道："那岂不是……"

李布衣道："不过，吕仙医的下颏饱满，眉有寿毫，六十一承浆部位极好，水星不陷，地阁厚，与中岳气贯相连有势，耳珠厚长，理应寿高才是……"

余忘我反问道："那么，吕仙医的手相与面相是全然不同了。"

李布衣隔了一会儿，才答了一个字，"是。"

众人面面相觑，作声不得，飞鸟忍不住问："怎会如此？"

李布衣苦笑道："这……我也是平生首遇……也许，我学有未逮……根据面相，吕仙医寿年甚高，若据掌相，则是不能全寿，或许，这也是相术之不足，无法自圆其说处……"

赖药儿沉声道："一般来说，掌相可靠还是面相为准？"

李布衣道："相人当参照二者。只是面相变化较微，手相纹理转变较快，人多以面相看全面，手相看局部。"

闵老爹这时忍不住插了一句，"我们乡里人，都说手相较灵验。"

众人都望向李布衣。李布衣微微一叹，道："相由心生，心由相转，掌相确较应验。"

余忘我悚然道："这……"

赖药儿道："你也全无把握？"

李布衣道："有。"

赖药儿精神一振道："什么把握？"

李布衣道："你。"

他深深地望向赖药儿、诸葛半里、余忘我道："这种生死不知的情形，只好听凭天命，唯一可依仗的，那只有一样——"

他一个字一个字地说："那就是你们的医术。"

赖药儿把嫣夜来、闵老爹、傅晚飞、唐果等人都请了出去，向担忧中的诸葛半里道："针刀可都准备好了？"诸葛半里张开了口，却答不出，只有点头。

赖药儿又问余忘我："药物都齐备了么？"余忘我大声答："齐备了。"声音也微微发抖。

赖药儿向李布衣道："棉花、吸布就交你了，一旦开脑，血涌不止，要劳吸去。"

李布衣道："是。"

诸葛半里忍不住扯了扯李布衣衣袖，低声问："你看，你看这脑该不该……开？"

李布衣握紧他发冰的手，有力地道："老人死前，印堂定呈黄金之色，而命门发黑，眉额反白，你看，令堂的气色不是都好得很么？"

诸葛半里努力去分辨，但一点也看不出来。

只听赖药儿拿起了利刀，刀沿在烛火上烫着，在灯花里炸起一两点蓝火，沉声道："多说什么！开始吧！"说着用剃刀替吕凤子刮去后脑上的毛发。

李布衣忽然"啊"了一声。

# 第叁回

# 透明刀

　　傅晚飞、唐果、飞鸟、嫣夜来、闵老爹在外面苦候。过了约莫一顿饭时间，房门"呀"地打了开来，飞鸟性急，再也憋不住气……

傅晚飞、唐果、飞鸟、嫣夜来、闵老爹在外面苦候。

过了约莫一顿饭时间，房门"呀"地打了开来，飞鸟性急，再也憋不住气，一把揪起刚自房内出来的诸葛半里喝问："你奶奶的，究竟怎么了？"

诸葛半里脸色灰败，一阵恍惚，迷糊地道："怎么……"

嫣夜来等一见诸葛半里的神情，心往下沉，嫣夜来柔声道："诸葛兄，令堂大人……"

诸葛半里忽闭双目，两行眼泪淌下脸颊来，飞鸟大吃一惊，没料到一个平素奸似鬼的"鬼医"居然有此一哭，忙松了手，一迭声地道："不关我事，我没打他，不关我事……"

众人见诸葛半里这一哭，更加不存希望。

却听诸葛半里抽抽噎噎地道："情形……如何……尚未得知……李布衣见家母脑后玉枕上有'双龙骨'，主能寿考，应能度劫……"

众人才吁一口气，唐果忍不住骂道："那你又哭什么哭！我还以为……"

诸葛半里苦笑道："我……我本来在旁协助，但手发抖，不能开刀……我……赖神医把我赶了出来……"

嫣夜来道："还是出来休息一下好，既有赖神医主持，你也勿用过虑了……"

傅晚飞道："今番你救的是自己亲人，心中何等珍惜，想先前你毒杀他人时，可有没有一丝怜悯之心？"

诸葛半里垂下了头，傅晚飞知他仍心系母亲安危上，也不忍深责。

就在这时，有一阵低微的战鼓之声，自地底传来，由远而近。

诸葛半里倏然变色道："'红衣巡使'俞振兰又来了!"

飞鸟庞大身躯往房门口一挡,粗声道:"有我在,怕什么!"

诸葛半里道："房里正在开脑疗毒,绝不能给人进去骚扰。"

傅晚飞道:"我们先挡一阵再说。"

唐果瘦小的身躯也忽地溜了下来,鼻子用力一吸,两道"青龙"又吸回鼻孔里去了,"要是里面开脑那个是你,你叩一千个响头我也不理,不过……"

他"嗖"地掠上大堂的一道横匾上,瘦小身形一闪而没,诸葛半里见这小孩身手居然那么敏捷,心中稍宽,忽听战鼓之声又变,一阵急遽,一阵沉缓,不由失声道:"'白衣巡使'展抄也来了!"

话未说完,"砰"的一声,砖土裂开,一条红衣人影暴射而出,扑向诸葛半里,闪电般已交手七八招,两人脚尖倒踩,一退三丈,鬼医喘息道:"你……"

红衣人俞振兰苍白的脸上泛红,唇边淌下一条血丝,"你竟勾结外党,背叛神宫……"

鬼医怒道:"你别逼我,我无叛意,只是——"

一语未毕,"喀喇"一声,屋顶穿裂,破瓦纷坠,一条白影电射而入,眨眼间又与鬼医交手八九招,"砰"的一声,两人一齐后翻,鬼医人才落定,胸膛"噗"地溅射出一蓬鲜血。

来人飘然落地,脸无表情,身着白衣,手上是空的。

可是这人的脸目五官,几乎等于什么也没有,没有眉,没有唇色,眼睛白多黑少,鼻子像一条塌面粉,如果硬要说有,那只是如一个鸡蛋壳上点上四点而已。

这样一张脸谱,令人不寒而栗。

最可怕的是：这人手上居然是空的——他用什么来伤"鬼医"诸葛半里？

诸葛半里伸手点了自己身上几处穴道，掏出一口小瓶，在伤口上敷上一些淡紫色的药末，说也奇怪，伤口上的血竟然渐渐凝固了。诸葛半里脸色淡金，道："展巡使的刀法进步神速，老夫佩服。"

白衣人淡淡地道："据说你勾结外奸，在庄内密谋叛乱，可有此事？"

鬼医苦笑道："我对宫主一向忠心耿耿……"

展抄无色的唇似牵动了一下，也不知是不是笑容，看去甚是诡怖，"你当然不是背叛宫主。你不是在外人面前说，你是'艾系'的，不是'哥舒门'的，副宫主的命令，看来你是不在意了。"

鬼医心里一寒，"天欲宫"里分派系，派系主要以哥舒天与艾千略二人为主，这是人所皆知的事，自己就曾对赖药儿等提起，但是如今白衣巡使硬要提出来清算，敢情"天欲宫"里某方失势，或有人事上大变动，故意借题发挥，整戳此事？当下一时不知如何应对，便支吾道："……副宫主威德双全，义重如山，卑职仰之弥高，如有所遣，赴汤蹈火，莫有不从。"

展抄即道："那好，你让路。"

鬼医一惊道："不可。"

展抄冷冷地道："你还在维护敌人？"

鬼医急道："那是因为家母——"

展抄语音一寒，道："哦，你不是上报吕凤子死去多年么？"这时他翻白的眼珠突然全黑，发出令人断断意想不到的厉芒，盯

　　傅晚飞忍不住吆喝道："你这团面粉，凶什么凶！"

　　这一句喝出去，全场静到了极点，连破顶上尘埃落地之声几清晰可闻。

　　展抄是"白衣巡使"，"天欲宫"的划分是"金、黑、白、绿、红"，他的身份，武功，自然比"红衣巡使"俞振兰还高出许多。今日他和俞振兰一齐来对付诸葛半里，那是因为鬼医在"天欲宫"中权力虽不大，但地位极高，实力虽不强，但甚为重要——那当然是因为诸葛半里的独门医学之故。

　　可是展抄出道迄今，从未被人如此责叱过：一团面粉！

　　刹那间，展抄只想到怎么让这人死前觉得后悔妈妈生他出来的时候，居然听到有人吃力地忍笑终于忍不住哇哈地笑出来，上气不接下气地道："你……你……你……你这个皮小子怎么能想得出……这么贴切的形容词！"

　　笑的是一个和尚。

　　这个和尚肚子很大，可是还是笑弯了腰。

　　展抄的怒火急遽上升，但他的理智迅速冷静。

　　——愈愤怒的时候就愈要冷静，否则，一定不能再活第二次，这是展抄对敌时的态度。

　　他眼光锐利，冷冷地道："飞鸟？"

　　飞鸟学着他的口吻，冷冷地一个字一个字地道："展抄？"说完之后，觉得自己模仿那行尸走肉式的说话方法实在太惟妙惟肖了，忍不住又"哇"地笑得扶墙蹈地。

　　展抄向鬼医道："你还有什么话说？"

　　鬼医看了看飞鸟，叹了一口气。谁都知道飞鸟和尚是"飞鱼塘"的高手，这件事已无法解释，也不能辩白了，所以他道："没有了。"

这三个字一说完，他就出手了。

这次是他先出手。

——既然出手，决不留情。

出手不留情，留情不出手。这无疑也是江湖中人"快意恩仇"的金科玉律。

可是鬼医的出手落了空。

他甫出手展抄也出了手。

展抄是向飞鸟出手。

他已看定情形：不论众人怎么言笑交手，身形总是封锁着房门。

所以他先攻房门。

要攻房门，必须先杀飞鸟。

飞鸟"哇呀"一声，双斧挟带两道电光，劈了下来。

突然之间，飞鸟右胁突然溅起一道血泉。

展抄手上没有刀，但飞鸟却有中刀的感觉。

不过飞鸟这一双板斧之力，也教展抄不能抵挡，他只有急退。

他一招伤了飞鸟，但仍闯不进房。

这时候只听鬼医大叫道："小心他的刀！"他惶急地补加了一句："透明的刀！"


展抄的手上真的有刀。

不过他的刀竟是透明的、看不见的。

所以鬼医和飞鸟都先后挨了他一刀。

透明的刀。

鬼医一面叫着，他本身也没闲着。

他正在应付"红衣巡使"俞振兰的飞索。

展抄微微一顿，第二次再闯。

飞鸟仍然看不见他手上的刀。

可是飞鸟甩着头叱道："我不怕你，我不给你过去，就不给你过去！"说着肩上又多了一处血泉，但展抄又给他气势慑人的板斧逼退，不能越雷池半步！

嫣夜来、傅晚飞都掠了过去，要去协助飞鸟坚守房门。

只是他们中途被人截住。

农叉乌截住嫣夜来，年不饶截击傅晚飞。农叉乌的木杵三次刺击嫣夜来，都给她险险避过，到了第四次，杵尖挑散了嫣夜来的发髻，乌发哗地披散在肩上，嫣夜来也还了他一剑，几乎把农叉乌的鼻子削下来。

傅晚飞的情形，可就不如嫣夜来了。

傅晚飞生平不勤练武，他是沈星南四大弟子武功最差的一个，如今对上年不饶，实在是连抵挡一下子的办法都没有。

年不饶的兵器居然是一对"水火流星"。

"水火流星"是左右手各一条金属链子，系有八个棱刺的小铜盆，盆内盛水，水上布油，油上点火，舞动飞击，火焰如虹，但油不溅出，水亦不倾泻，波及范围极广，耀目难睁，简直无法抵挡，只好狼奔豕走地闪避腾躲。

年不饶飞舞"水火流星"，他也有意要把这个大胆小子活活烧死，这样也好在"白衣巡使"手上立一个功，替他杀掉出言相辱的人，自然不愁没有甜头。

这下傅晚飞可吃尽了苦头。

他闪躲过几下险招，给火烫伤了几处，眼看逃不过去，他就绕着柱子走，年不饶一招失着，呼的一声，火流星链子缠住柱子反荡过来，烧着了他自己的衣衫，年不饶精研火遁经年，要"以火制火"自是不难，但这一失手，更觉在一小子前若取之不下，更是大大的没脸，故此攻得更狠更急。

他原本在众人之中选取傅晚飞做攻杀对象，是以为此人武功最低，三两下手脚格杀了他，既可讨好于展巡使，也可以一马当先攻入房间，连立二功；不料这小子机灵敏捷，满屋蹦跳，就是杀他不着，心中恼怒至极，大喝一声，二八一十六枚火流星中，竟脱链飞出两枚，飞袭傅晚飞！

傅晚飞眼看躲不过去，突然蹿入桌下。

两枚火流星击空，在大堂上燃烧起来，片刻酿成熊烈迫人的火势。

年不饶气得忍无可忍，又射出二枚火流星！

傅晚飞避无可避，情急生智，脱下外衣，甩手一兜，接住两枚火流星。

衣服登时燃烧。

傅晚飞也给两枚火流星隔着衣服一撞，如受重击，倒飞半丈，半晌爬不起来。

年不饶见是杀他的大好时机，狞笑声中，舞动剩下的十二枚火流星逼近。

突然之间，头上的横匾掉落下来。

年不饶吃亏在手上所持是软式兵器，不能以此封架，只有展臂一托。

就在这时，乍觉有微风袭至，已不及应变，双腋如被针螯所刺一般辣辣地痛，随即凉沁沁地一阵奇怪冰凉。

只见横匾后翻出一个脏兮兮又机灵的大孩子，对他嘻嘻一笑，年不饶怒不可抑，正要把他一起杀了，那孩子道："你已中了我的'冰魂雪魄子午镖'，再动一动，就没有命了！"

年不饶吓得脸色都白了。他情知中镖，但双手在腋下摸来摸去，不但摸不到暗器，连血也没流一滴，伤口也摸不着，心忖：这是什么暗器，竟然这般厉害，展巡使手上那把"透明刀"虽然犀利，但毕竟伤人见血，这小子暗器不但看不见，而且伤了后还钻入体内，岂不更可怕十倍百倍！

这下只唬得魂飞魄散，下巴打颤地道："……这……这是什么……暗器？……解药呢……"

唐果一本正经地道："你要解药可以，但要先做一件事。"

年不饶慌忙道："你尽管吩咐，别说一件，千件百件也答应。"

唐果心想：怎么这等成名人物，竟然如此信口雌黄，贪生怕死？当下道："你刚才逼得我哥哥满地乱爬，现在至少也得给他踢上一脚，否则，我肯告诉你，我哥哥也不允许！"

傅晚飞给烧得焦头烂额，正是冤气无处发，怪叫一声跳起来道："好哇！"一脚朝年不饶屁股踢去。年不饶皱了皱眉头，却不敢闪避，生怕唐果不肯给予解药，这下"砰"地一脚，重重踢在臀部之上！

这一下可把年不饶踢得怪叫起来。

傅晚飞踢得性起，抬脚又想再踢。

年不饶尖声叫道："不行！不行！只一脚！说好只一脚——"

唐果大剌剌地说："我们正派人物，说过的话可算真话，一定作准——"

年不饶猛点首道："是，是。"他只巴望唐果快把解药给他，再把这两个臭小子剁成红碎、烧成炭火。

唐果悠哉游哉地道："你中的是'冰魂雪魄子午镖'，毒力甚巨，所谓'子不过午，午不过子'，中镖者若不得解法，全身化为冰水而死。"

年不饶胆战心惊地道："是，是。"

唐果道："但是这个解法嘛……却也不难，我告诉你，你可不能告诉别人知道，免得人人都晓得我这独门暗器的破解之法，知不知道？"

年不饶忙道："是，是。"只望他快说下去。

唐果道："你回去，找一斤老姜，用炭火煨熟，再找半斤辣椒，记住，要指天椒，不辣无效，加七十五颗开花胡椒、六钱辛夷、十二枚葱白头，七碗水煮成一碗，一口气吞服，不可分服，亦不可呼气急促，六个时辰内不得喝水，听清楚了没有？"

年不饶心里牢牢记住，给唐果一喝，忙不迭道："是，是。"觉得唐果所列之药全是爆热辛辣，如此煎熬强灌，又不能饮水，岂不辣死？当下道："这，这……"

唐果叱道："这什么！这在医学上叫'以热驱寒，以辛导元'，否则我那'冰魂雪魄子午镖'要你化冰而死！还有，你伤愈后三天内不能动武，动武必致虚亏而殁，明白了没有？"

年不饶心中早信服了八九分，纵还有一成不信，也不敢拿自己性命冒险，不住道："是，是。"

唐果骂道："我问你听明白了没有，不是问你是不是！"

年不饶心中恨极，却不敢不应："明白了、明白了。"再也不敢理会场中格斗，狼狈而去。

# 第肆回　刀风、暗器

这边唐果用暗器伤了年不饶，再一番陈词弄得他六神无主，亡命逸去，但其他几处战况，对鬼医这边是相当失势不利的。

这边唐果用暗器伤了年不饶，再一番陈词弄得他六神无主，亡命逸去，但其他几处战况，对鬼医这边是相当失势不利的。

鬼医和俞振兰的交手，两人都拼出了真火，这时四周火舌直冒，火头四起，浓烟呛人，鬼医心中大急：在这种情形下，不知会不会影响房里的赖药儿在救治过程分心？

这一急之下，他身形慢得一慢，右足已被俞振兰的飞索卷住。

俞振兰手腕一抖，鬼医摔在地上，俞振兰狞笑道："这就是背叛哥舒副宫主的下场！"正待运劲把鬼医撕裂，突然双目一阵刺痛，忙用手去揩，岂知愈揩愈痛，眼睛模模糊糊什么也看不见。

俞振兰乍然一惊，将飞索抽回，飞舞自保，厉声叫道："这是什么……鬼烟……"

只听在地上的鬼医叹道："是你逼我如此的……我在火中下毒，你眼睛……"

俞振兰听到这里，怒吼一声，飞索疯狂旋舞，变成一个又一个滚龙一般的环结，半空中劈啪闷响不停，他的人也在索影狂卷之中，破瓦逃逸而去。

那边"锵"的一声，嫣夜来手中短剑掌握不住，给农叉乌震飞出去，幸好傅晚飞及时赶到，持刀拼命敌住农叉乌。

这边飞鸟身形一晃，对展抄无形刀的攻势眼看就要抵御不住。

鬼医见情形不妙，立即就要赶去援助飞鸟，这时忽听有人道："师父！""让我们来！""师父只要坐镇房门，这些小事让我们料理！"

说话的是三个人。

"夜鹰"乌啼鸟。

"穷酸秀才"茅雨人。

"恶人磨子"沙蛋蛋。

鬼医微一踌躇，心知这三个"带艺投师"的徒弟武功都非常不弱，自己还是护守房门至为要紧，便道："好。"

没料他"好"字刚出口，后心、左、右胁同时一疼，三柄尖刀，同时刺入心房。

鬼医大吼一声，左右手同时推出，沙蛋蛋、茅雨人同时飞跌了出去，他回身想劈击身后偷袭他的人，但才转身，乌啼鸟已拔出刀来，再刺入他的前胸。

鬼医脸上的皱纹全都纠结、扭曲、抽搐起来，嘶声道："你们……"乌啼鸟忙撤刀后退，慌张地道："你可怨我们不得，跟你一起背叛，不如在哥舒副宫主身边领功……"

他的话没有说完。

他已不必说完。

因为鬼医诸葛半里已倒了下去。

他虽然精通医术，但在刹那间心房挨了四刀，他也只有立即身亡。

他最后一个动作，是在衣襟里掏出一样东西：他伸进去的手是干净的，掏出来时却是红的。

他最后一句话，是茫然地叫了一声，"娘……"

他临死都记挂着：他的母亲会不会被医好，这是他最大也是最后的遗憾。

乌啼鸟待弄清楚鬼医真的死了，大喜呼道："我们杀了他了，我们杀了他了!"

沙蛋蛋也兴奋地叫道:"鬼医给我们杀了——"忽然喉头一甜,一股热流往喉上直冲,他的嘴也几乎是决堤而崩的一张口,喷出一蓬血树。

原来诸葛半里濒死前的一掌,力虽近竭,但却巧妙地震断他五脏六腑里的血脉,他只觉掌力不重,未曾运功调息,因杀死鬼医而心头一喜,登时血气贲腾,自震裂处决涌而出,血流了一地。

沙蛋蛋嘴里吐的血,染红了他的衣衫,也染红了地上,但他的脸色比纸还白。

茅雨人一见,脸色也跟死人差不多。

因为他也中了鬼医一掌。

本来他以为鬼医是强弩之末,挨他一掌也不过一时闭气目眩,谅不致如何,而今眼见沙蛋蛋吐血身亡,他的喜悦、兴奋全化作魂飞天外!

他立即运功调息,除了发现气息有些不调匀之外,倒没有其他不适。这才放下心来。

乌啼鸟见这个"老拍档"忽然变了脸色,瞑目运气,奇道:"你做什么……"话未说完,骤然觉得刀风扑面,暗器纵横,但又什么兵器、武器都看不见,要躲,也无从躲起!

要是刀锋暗器都是向他身上招呼,乌啼鸟是决躲不开去的。

不过刀锋、暗器,是互攻,而不是攻向他。

使刀的人是展抄。

他的刀是透明的。

飞鸟因闪躲强烈的刀风,已撞破了房门,退入房间。

唐果在地上一连串翻滚，已到了展抄背后，人还未站起来，暗器已经出手！

他的暗器也是透明的。

展抄看不见唐果所发的暗器，他也不相信一个小孩子能发出那么可怕的暗器，但是他听见暗器微弱的破空之声。

他已来不及闪躲，回刀出刀，砍向唐果。

他的刀唐果也无法闪躲。

所以在这电闪星逝的刹那，展抄中了暗器，唐果中了刀。


唐果中了刀，跳起，又跌倒。

展抄中了暗器，举刀，再砍。

唐果已无法闪躲。

飞鸟大喝一声，双斧劈向展抄背门。

展抄的姿势突然变了，砍向唐果的刀已在飞鸟肚子上扎了一刀。

这一刀任何人受了也得肚破肠流。

可惜这一刀是扎在飞鸟的肚皮上。

飞鸟的肚皮是他一生功力所在，展抄这一刀，只能在他肚皮上增添一道白痕，却没有令他受伤流血。

展抄一刀命中，见飞鸟不伤，震了一震。

如果飞鸟能把握这个时机反击，展抄只怕难以抵挡。

可是飞鸟瞥见倒在血泊中的唐果，他知道唐果是因为要解他困境而被展抄所伤的，竟浑忘了自己把守的要阵，扑向唐果。

展抄大喜，冲入房门。

正在这时，一个蓝衣高瘦人影正好掠了出来。

展抄不管三七二十一，一刀横扫。

蓝袍人冷哼一声，一扬左袖，把他连刀带头，罩在袖中，右袖水云般舒卷而出，把正占尽上风的农叉乌拦腰卷住，双袖同时甩出，"呼、呼"两声，展抄、农叉乌一起被摔飞出去，撞破石墙，跌出屋外。

这蓝袍人正是满头银发的赖药儿。

乌啼鸟一见对方举手间连挫己方两大高手，心知不妙，不敢恋战，拔足就跑。

茅雨人一见乌啼鸟撒腿就走，他也跟着就溜。

不料他才提气开步，忽觉喉头一塞，眼前金星直冒，脚步跄跄，赖药儿一见即道："你不要跑——"下面的话还没来得及说下去，茅雨人以为赖药儿要来抓他，死命提气掠出，这一掠丈余，丈余之后，"啪"地栽下地来，双眼突凸，脸色紫涨，已然咽了气。

赖药儿叹道："你的气脉已全给人封断，若静下来好好养气，一两个月可复原状，你这一跑——"他却不知那是"鬼医人"诸葛半里被暗杀前濒死反击所致。

这时，敌人已尽皆退去，赖药儿也马上发现倒地不起的唐果和气绝的鬼医，以及受伤的飞鸟及傅晚飞。

赖药儿一下子便分辨出唐果受伤最重，立即替唐果治伤，神色凝重，嫣夜来见赖药儿白发散乱，脸上又增添皱纹沧桑，像一下子"老"了许多，心里一疼。

赖药儿道："这些人，手段也真卑鄙……刚才替吕仙医开脑救治之时，若给他们冲进来，可真不堪设想。"

飞鸟大声问："吕仙医怎样了？"

只听背后一人道："放心。吕仙医就要出来了。"语调虽然高兴，但也颇为疲倦。

众人回首，只见是神情颓顿的李布衣，他汗湿重衣，医疗对他而言，远不及赖药儿来得从容。

嫣夜来喜道："这就好了。"

赖药儿道："毒质已然取出，吕仙医正由余忘我料理，一会儿便无碍了……这都是布衣神相的功劳。"

李布衣呆了一呆，笑道："我有什么功劳？刚才只把我直吓得手忙脚乱，吸血、止血、输血等工作都没做到，赖兄是揶揄我来啦。"

赖药儿道："非也。若不是你在开刀前指出吕神医脑后有主高寿的'双龙骨'，我可对这次没那么有信心，这……影响颇大。"

李布衣微微一笑道："其实，后来因手术所需，要支起吕仙医的上身，这直着一看，我才发现吕仙医脸部中亭之上和中亭以下，宛似两张不同的脸接驳而成，这样的脸型，通常是要历一次大难，或经一场九死一生的风险，或瘫痪在床上、长期昏迷、长时间囚禁之类的经历，而又重获新生……我发现的时候，手术已大致无碍，这都是事后孔明，贻笑大方了。"

李布衣自嘲地道："相学这一门，还是有很多未确立之处，并非万能的，而且很容易受客观存在事实影响，甚至受假象蒙蔽。所以说，要在一个人贫病时看出富贵，何其不易，但在一个富人身上测出富贵，却是容易不过，事后说先知，其实自欺欺人，强不知以为知而已。"

赖药儿道："李兄客气。在未动手术之前，李兄以脑后有神骨作出评断，这点已是难能可贵，绝非讹言。"

李布衣笑道："多蒙赞励。"语音一顿，道，"唐小兄弟怎样了？"

赖药儿道："他失血过多，伤了筋脉，不碍事的，二三十天内不能动武，大致不会有问题。"说到末句，语音突然沙哑了，赖药儿想清清喉咙，却喉头一甜，差点喷出一口鲜血，忙运气调息，强自压下。

李布衣瞧出赖药儿神色不对，忙道："你怎么了？可不要太累……"他也忽然发觉，赖药儿竟在片刻间"老"了许多。

赖药儿的功力何等高深，在这片刻之间，他已经运功一转，压下血气，长吸一口气，目光一落，向嫣夜来投注问道："闵老爹和小牛呢？"

嫣夜来听得心里一阵亲切，道："在战斗之前，傅兄弟已把公公和小牛移到南厢了。"这时火势早已被傅晚飞、嫣夜来扑打熄灭，只余浓烟。

赖药儿道："可别吓着他们了。"

傅晚飞俯首向唐果关注地问："你怎么啦？"

唐果无力地翻翻眼睛，嘴唇翕动了一下，却说不出话来。

傅晚飞激动地道："唐小兄弟，你不能死，你千万不能死，刚才的战局，如果没有你，我们都……"

飞鸟也大声地道："我的命，还是这小鬼救的，小鬼小鬼，你不能死，千万不能死……"

唐果像要讲些什么，但软弱无力，发不出声音，飞鸟和傅晚飞看在眼里，更是急切。

赖药儿笑斥道："唐果，别装死了，那一刀，还要不了你的小命，也没那么严重……"说着音调也渐和缓，隐透欣慰之意，"你今天干得不错，救人而不必杀人。"

只听唐果"嘻"地一笑道："爹爹不赞，我自是无精打采，不能回话啦。"飞鸟和傅晚飞这才明白原来唐果佯装伤重使赖药儿夸他几句，当下自是好气又好笑。

李布衣替飞鸟包扎伤口，一面道："这儿烟火太稠，不如移去别处，也省得吕仙医出来看见伤心……"

只听后面一个沙哑中带威严的女音道："谢谢好意……只是，该伤心的，总要伤心，不争迟早。"

众人回首望去，只见吕仙医吕凤子在余忘我搀扶之下，缓缓踱了出来，她的眼耳鼻眉，跟下颏口颔，的确像两张不同的脸长在一人头上，而头发因开刀之故被剃光，众人见吕凤子恢复得如此之快，心中既喜，但见吕凤子泪眼涌眶，垂目在诸葛半里的尸首上，不禁又忧虑了起来。

# 第伍回　孟仲季

赖药儿忙向吕凤子道："吕前辈，这儿浓烟呛人，不如……"吕凤子截道："不必了。我既然已给你们治愈，这一点烟也不会把我熏死……我想留在这里。"

赖药儿忙向吕凤子道："吕前辈，这儿浓烟呛人，不如……"

吕凤子截道："不必了。我既然已给你们治愈，这一点烟也不会把我熏死……我想留在这里。"余忘我把巍巍颤颤的吕凤子，扶近诸葛半里尸身处。

她说着眼泪从干瘪的颊上淌落，道："没想到二十年后我再睁眼看这世间，竟先看到吾儿之死……"

余忘我道："诸葛兄一直惦挂着您老的病，这二十年来，他耗尽心血，费尽心机，为的就是给您老治病……"

吕凤子悲声道："也累了你了。"

余忘我忙垂首道："我的命、我的家人都是前辈悉心救的，前辈这样说，折煞我了。"

吕凤子长叹道："如果说我对你有恩，这个恩，你也报了二十年了，现在轮到我欠你了……只是，不知道……半里在这二十年来，有没有做过不好的事？医好过多少人？有没有恃技为恶、祸害江湖？"

众人面面相觑。赖药儿率先道："诸葛兄仁心济世，扶病救难，这二十年来除了悉心专神于替前辈治病，就是殚精竭虑于救百姓贫病之中，赢得世人一致推崇……在下医理，也受诸葛兄启发颇多。"

吕凤子泪流满脸，道："这……这就好了……我也对得起他……他死去的爹爹了……只是……苦……苦了这孩子……"

傅晚飞大声道："他……诸葛神医是为维护前辈，所以才战死的，他……"声音也哽住了。

唐果也挣扎道："我们的命，也是……他救的，哎唷！"因为用力讲话，触痛了伤口，赖药儿立即替他搓揉，唐果心里，比什么都舒泰。

飞鸟砰地一拳，捶破了一张烧得半焦的桌子，厉声道："我们要为他报仇！"

吕凤子强抑哀伤，问："是谁杀害吾儿？"

傅晚飞道："都是'天欲宫'那干狗贼！"

吕凤子道："这就是了。若立心行医，难免会与'天欲宫'为敌，二十年前，我也开罪过'天欲宫'的人，只是他们的势力，大概不比现在强大……以项梦飞、哥舒天这等人才，'天欲宫'也势必浩壮，只望能改邪归正，造福百姓就好了……却不知凶手是谁？"

飞鸟大声道："乌啼鸟、沙蛋蛋、茅雨人……只不过其中两人，也……死了……"他用手向地上茅雨人、沙蛋蛋的尸首指了指，兀自气愤地道，"我会替诸葛兄报仇！"

吕凤子道："如果他们也要替死去的同党报仇呢？"

飞鸟一怔，吕凤子才又道："冤冤相报何时了呢？吾儿已死，凶手三人，亦亡其二，请诸位就得饶人处且饶人吧……"

众人一听，全都羞愧地低下头来。平日在江湖中难免厮杀寻仇，跟吕凤子胸襟态度一比，全都心里有愧，唐果虽顽皮踢跳，但因受赖药儿熏陶，从未杀过一人，他眨着乌溜溜的眼珠瞧着吕凤子，心中大受感悟。赖药儿一生只救人不杀人，就算大奸大恶之徒他也常予一条生路，跟一般武林中人作风大相径庭，颇感寂寞，听吕凤子这番语言，忽然之间，觉得胸襟大畅，愉快无比。

吕凤子忽向他道："阁下能替老身开脑除毒，医理高明，只怕老早远胜老身，不过……"她用一双慈和的眼光不住端详赖药儿。众人不禁都向赖药儿望去，只见他白发散披，有些头发落在衣上、肩上、襟上，神态略为疲惫。

唐果失声道："爹爹，你怎么老了那么多……"自知失言，忙噤口不说。

赖药儿疲乏地一笑道："我是很老了。"天祥人因感赖药儿恩德，都尊称"爹爹"而不名之，唐果对赖药儿更有犹胜父子之情。

吕凤子眼中忧色更盛，"老身有一疑团，冒昧相问，尚请阁下不要见怪。"吕凤子医名满天下之际，赖药儿尚未出道，吕凤子手著《医学要方》对赖药儿影响甚大，赖药儿近年来已青出于蓝，"医神医"的名头更是家喻户晓，但吕凤子一病二十二年，故未有所闻。

赖药儿微微笑道："前辈别客气。"

吕凤子道："你今年贵庚?"

赖药儿道："二十四。"

这句话一出，众皆愕然，因为以赖药儿的容貌来看，至少也该近四十岁或更长才对，如以满头白发来推测，自然六十岁都不止，加上赖药儿所精研的医术又必须以阅历、经验为主，加上名声鼎盛，天祥人心悦诚服地称呼他为"爹爹"，寻常百姓也当他作俞跗复生，在未见过赖药儿的人来说，更会想象他是年近七老八十的老翁。

吕凤子点头道："这就是了，你患上的是先天过早衰老症，这种病例不算多见，你的属于较严重的一种，比平常人衰老得快三倍……"欲言又止。

赖药儿神色泰然道："也就是说，别人活一天，我等于活了三天，别人活一个月，我已活了三个月，别人过了一年，我就老了三岁。"

这一番话下来，各人心头，难过得不知怎么说是好。好友如李布衣，虽看出赖药儿特别易老早衰，也不知道竟如此严重，至于其他人包括唐果，却一点也没有察觉，乍听心里十分难受。

赖药儿笑笑又道："所以我今年实龄虽才二十四，但在体能心智上，已经是超过六十岁了。"

吕凤子眼中悲悯之色更重，"你能那样豁达，自是最好，不过，你比别人老得快，生命自然也比别人短促一些……"

赖药儿洒然道："也死得快一些。我已六十多岁，自然已没有几年好活。"

他顿了一顿又道："我只想在有生之年，多救一些人，也算没有白来世间走这一转了。"

唐果听到此处，不禁抽泣起来，赖药儿拍拍他肩膀笑道："人生自古谁无死？我快乐得很，你又何必伤心？万一引动伤口，一两个月内复元不了，可不把你闷着了？"

吕凤子喃喃地道："古来能医不自医，也不只你一人……你的病，也绝非不能医治的。"

嫣夜来、唐果、傅晚飞同时抢着问："怎么医？"

飞鸟本也抢问，但他反应较钝，迟了一步，反手抓抓头皮，粗声道："他奶奶的，怎么医嘛！"

吕凤子道："诸位可曾听闻过扁鹊的'七大恨'方子？"

众人因听诸葛半里提起过，都说知道，赖药儿苦笑道："实不相瞒前辈，在下也珍惜性命，近年来苦心收集，但七样药物之中，仍缺其三……"

吕凤子道："是哪三件？"

赖药儿道："孟仲季、龙睛沙参、燃脂头陀。"

吕凤子道："我儿死前，手里捏着这个盒子……"她自诸葛半里僵硬的五指里取下锦盒。拇指一弹，盒盖"噗"地打开，只一阵清芬已极的参味，袭入诸人鼻端，众人顿觉脑里软暖舒泰，倦倦欲眠，又十分迷醉，如饮醴醇，吕凤子"啪"地把盒子关上，道："这龙睛沙参，滋阳养血，补力至强，如元气丰盛，反受其冲，不可久闻。"

众人隐隐约约只见盒内有一株人首珊瑚等菜梗似的药物，花茎做伞形，果梗倒卵形，极像两颗龙目，淡黄色幼毛，因气味十分好闻，迷醉之余，未加细看，都觉遗憾。

吕凤子把锦盒递给赖药儿，道："半里死前紧握此盒，想来他也看出你的病情，要把这'龙睛沙参'给你……你就收了吧。"

众人虽把诸葛半里因吕凤子遭暗算事而性情大变一事隐瞒不说，但诸葛半里死前的确是要把"龙睛沙参"相赠赖药儿，这点可猜得丝毫不错。

诸葛半里要将这罕世奇药相赠，倒是十分真诚的。

赖药儿沉默半晌，双手接过，还未道谢，吕凤子道："太行山奇珍'孟仲季'，恰巧我有留着一份，一并都给了你吧。"

傅晚飞拍手笑道："好哇，那七样药物全了六样……"

赖药儿道："太行山'孟仲季'是药中绝品，三百六十五年开花一次，一开即谢，花籽结在根部，花落时蒂即熟，为地底热流所吸，钻地而去，可谓稍纵即逝，前辈得之想来不易，现在前辈正需强血药物，怎可——"

吕凤子道："我既昏迷二十二年不死，今大梦方觉，就白头人送黑头人，天意如此，夫复何言？我死不了的……但是这药你却非要了不可。"

赖药儿仍是不同意，"事有轻重缓急之分，晚辈痼疾已非一日，一时三刻还死不了，还是前辈留用。"

吕凤子正色道："正因事有轻重缓急，你必须马上收下。"

李布衣听出语气不对，问："前辈，难道……"

吕凤子凝重地细察赖药儿的脸色，道："你近日是不是喝下三种极毒的药物？"

赖药儿想起为救闵老爹时所喝下的三杯毒酒，颔首道："是。是三杯毒酒。"

吕凤子惋惜叹道："以你的武功，有人逼你喝下三杯毒药，并非易事；若要骗你喝下，以你医术高明，更无可能。想必是你自恃艺高胆大，喝下毒酒……不错，这三杯酒毒性互相克制，你又服下解药，制住毒性，只是……这毒力虽不当时发作，却破坏了你身体构造，现下你先天性易衰老疾，已由潜在被迫转为剧烈，你活一天，等于别人活上半年，而且还会加剧老化，你再不急治，控制病况，还剩几天可活了？"吕凤子却不知道那三杯毒酒，是她儿子诸葛半里逼使赖药儿喝下去的。

这时人人脸上，尽皆变色。

吕凤子又问："你这一两天是否常有昏眩、呛血、脱发、易倦的情形？"

赖药儿道："是。"

吕凤子点头，又点点头，肯定地道："这就是了，若无'七大恨'，你已没有几天好活。"

嫣夜来急道："那么其他四种已搜得的药材呢？"

唐果道："珊瑚马蹄金、万年石打穿、飞喜树、独活雪莲……全在我背上药箱里。"

嫣夜来道："那么加上'龙睛沙参'及太行山'孟仲季'，一共是六味，还有一味……"

吕凤子忽道："慢。"

众人一愣，吕凤子苦思道："二十四年前，我在太行山掘药，无意中得到'孟仲季'种子五枚，把它研化成粉末，再制成丸泥，只有一颗……只是，我把它放在哪里呢？半里他……有没有服用或丢弃呢，这……我就……"她苦思的脸容渐呈痛苦之色。

赖药儿知道吕凤子是因为刚动手术后就伤心于儿子之死，费神于自己之病所致，忙道："前辈不用担心，生死乃安天命，没有什么大不了的。前辈请先休息，晚辈的事，可容后再费神……"

吕凤子忽道："我记起来了。"

唐果急问："在哪里呢？"吕凤子道："就在辰字排药柜的最上一格左边条第一只抽屉里……我把半里他爹的书信，也放在那里。"把"孟仲季"的丸泥与丈夫书信放在同一格抽屉里，可见她对这药品有多么重视。

余忘我道："却不知诸葛兄有没有取出、服用？"

吕凤子摇首道："不会的。这'孟仲季'药性奇特，半里只怕验不出来，他验究不出性质的药品又怎能胡乱处理呢？"

众人都觉有理。诸葛半里虽是个恶医，但绝不是庸医，这样的一位高明药师断断不会胡乱处理药物的。诸葛半里分明不知其母已获得"孟仲季"，所以只献"龙睛沙参"，没提及"孟仲季"一字半言。

傅晚飞道："辰字药柜在哪里？我替前辈拿去。"

吕凤子用手指道："在——"整个人都怔住了。

众人也都愣住。

因为吕凤子手指处，的确是药柜，但是已给火头烧焦七七八八，本来是白漆髹上的"辰"字，也只剩下半个焦影，上面几排药格，早已烧成炭灰。

大家一时都说不出话来。

傅晚飞道："我们赶去太行山，再锄一株'孟仲季'回来。"

李布衣道："来不及了。"

吕凤子道："没有用的。"

赖药儿道："不要紧的。"

余忘我忽道："咦？"

吕凤子吃力地偏首，问："什么事？"

余忘我道："前辈刚才是说，那'孟仲季'药丸是和书信放在同一处吗？"

吕凤子道："是。那是半里他过世的爹的书信。"言下无尽唏嘘。

余忘我却道："有一次，诸葛兄找出一批书信，说是诸葛老先生的遗物，他说放在药柜上怕不安全，便移到别处去了……"

他的眼睛和别人一样，发出兴奋的光彩："——不知'孟仲季'丸有没有同时移去？"

吕凤子即道："他把书信放在哪里？"

余忘我道："书房铁箱里。"他大声道，"我这就去看看。"

说着身形掠出，忽见一人与他并肩前掠，原来是李布衣。李布衣道："我跟你一起去……这有关赖兄性命的药物，不能有任何闪失。"


众人都焦灼而又情急地等待着。

吕凤子道："要是'孟仲季'的药丸尚在，那么，'七大恨'中，你只欠一味'燃脂头陀'了。"

傅晚飞问："不知这一道药，哪里可以找到?"

吕凤子摇首道："可遇不可求。"

唐果试探地问："要是缺了这一道药，其他六道还不足够吗?"

吕凤子道："这'七大恨'药方，性子奇特，是利用各种性质至为特异的药性，掺和一起，相克相生，正好医治'先天衰老病症'……燃脂头陀，是这七种药性里最重要的一味，至寒至凉，入肝肾经，几可起死回生，唯常人服食反受阴寒之害而致命，功力高深的人服食，也难抵受，故'七大恨'中以此药来牵制调和其他至阳、至燥、至毒的药物，不可或缺。"

飞鸟道："若找不到这种药，那六种岂不全都——"一时说不下去。

吕凤子道："二十多年前，我因要救治半里他爹六阳真火夹攻的伤势，必须'燃脂头陀'救治，一样徒劳无功。"

赖药儿忽道："我知道哪里有这种药。"

众人不禁一起问出声来："哪里?"

赖药儿长叹一声，缓缓地道："'天欲宫'副宫主，哥舒天的'海市蜃楼'里。"

# 第陆回　燃脂头陀

只听有人喜叫道："找到了，找到了！"原来是余忘我和李布衣掠了进来，手抱一个长形铁箱，交到吕凤子面前。吕凤子呆了一呆，道："烦替我打开来。"

只听有人喜叫道:"找到了,找到了!"原来是余忘我和李布衣掠了进来,手抱一个长形铁箱,交到吕凤子面前。

吕凤子呆了一呆,道:"烦替我打开来。"原来吕凤子昏睡二十二年,医理犹存记忆之中,但一身武功,因缺乏锻炼,早已退化得所剩无几。

余忘我道:"是。"双手一振,"嗒"的一响,铁锁登时震断。

铁锁开启,吕凤子的十指颤抖,轻抚那一大沓发黄的信柬,愣了一会儿,才拈出一个蜡封的药丸,道:"是这颗了。"递给赖药儿,"里面有五枚丸泥。"

众皆又喜又愁,飞鸟忿忿地道:"'燃脂头陀'怎么东不生,西不长,偏偏种在哥舒天那厮的行宫里!"

吕凤子截道:"如果你找着'燃脂头陀',可千万不得如此恶言相骂,那植物极具灵性,若对它谩骂,它长燃不绝的火花便告熄灭,那时药性便全无作用了。"

飞鸟伸了伸舌头,偷偷说了一句,"那不是比女人还小气。"

赖药儿道:"'燃脂头陀'不是长在哥舒天行宫里,而是哥舒天移植的。"

李布衣笑道:"莫非哥舒天要养性怡情,把'燃脂头陀'收养着,收心修性,用以戒出恶言,变得彬彬有礼?"

赖药儿笑道:"哥舒天的武功,最可怕的是他的'六阳神火鉴'及'摘发掸身神功'。'摘发掸身神功'令他立于不败之境,'六阳神火鉴'却无人能敌,稍挨上了无有不死,无药可救——"

他顿了一顿接道:"偏就是这至寒的'燃脂头陀',专治'六阳神火鉴'之伤,所以哥舒天把它移植在他行宫里,因为他要杀的人,他不许对方能活。"

飞鸟忍不住问道:"你怎么知道得那么清楚?"

赖药儿沉声道:"因为我曾替他治过病。"

飞鸟"哇"的一声,又待问下去,李布衣和傅晚飞忙制止了他,因为他们都很清楚,赖药儿救活哥舒天是抱憾终生的事情。

嫣夜来道:"我看事不宜迟,先赴哥舒天的'海市蜃楼'取药去。"

众人神色凝重,都知道哥舒天是"天欲宫"的首要分子,武功、才智、实力都非同小可,要去取药,谈何容易?众人虽然心头沉重,却并不畏惧。

赖药儿沉吟道:"可是……吕前辈的病,还需看顾……"

吕凤子啐道:"我虽迷迷糊糊过了二十二载,但既已苏醒,这一点小调理,还难不倒我。"

余忘我皱眉沉思,道:"我……愿在此地服侍吕医仙。"

李布衣断然道:"好,那么由我去'海市蜃楼'探探再说。"

飞鸟抗声道:"什么探探再说,又不是把脉,要去,大伙儿一起去!"

唐果生怕赖药儿不允他去,先叫道:"对!一起去!"

傅晚飞也道:"赖神医的事就是大家的事,我也去!"

嫣夜来咬了咬唇,道:"我……"她忽想起公公和孩子,一时说不出口。

赖药儿向唐果板起脸孔道:"你伤那么重,还去什么?凑热闹么?不许去!"

唐果哭道:"如果爹不给我去,我这伤,也不要好了!"

赖药儿喝道:"胡说什么!不许去就是不许去!"

傅晚飞偷偷地拉拉唐果的衣袂,道:"赖神医既然为你好,不要你去，你就乖乖地先把伤医好，这次不一道去吧。”

唐果不情不愿地噘起嘴，听到最后一句，精神一振，一吸鼻涕，爽快地道：“好，这次就不一道去。”

赖药儿这才有点笑容。

却听吕凤子道：“千急万急，都得先吃过饭，好有精神气力救急。”

在饭桌上，吕凤子一见闵老爹，即道：“这个人留下来，他有‘鬼疰症’，我替他治好，暂不能让他出去，会传染别人的。”

饭后李布衣和赖药儿商量大计：“‘海市蜃楼’是‘天欲宫’在江湖上的总指挥部，‘五方巡使’都会驻扎那儿，不易攻入。”

“最可怕的是哥舒天……”

“你上次给他治病……”

“我也没有看见他的脸容，他只在帐幔里伸出了手，应该是个老人……”

“他武功……”

赖药儿长叹一口气，道：“恐怕远在你我二人之上。”

李布衣沉吟良久，道：“此去‘海市蜃楼’会经过‘天欲宫’三个要塞……”

“梅山、桧谷、大关山。”

“这三个地方，没有一个地方好过。”

“李兄，你——”

“你是不是要劝我不要去？”李布衣冷冷地问，“如果要‘燃脂头陀’的是我，我叫你不要去，你会不会不去？”

赖药儿没有回答他的话，但眼睛像两盏在寒夜里点亮的灯。

# 第十回

那边傅晚飞、唐果、飞鸟，也在密议着。

唐果很不开心，"我怎能不去？"

傅晚飞道："对！你不能不去。"

他转而道："正如这种大事我也不能不去一样。"

唐果奇道："可是，李大哥没有不准你去呀。"

傅晚飞道："那是因为他不想我先伤心一晚，他会在明天出发之前，才用理由支开我，总之是一定不让我去。"

飞鸟瞪大双眼问道："为什么？"

唐果、傅晚飞为之气结。

"他们对此战没有把握嘛！"

"赖神医和李大哥不想我们冒险嘛！"

飞鸟奇道："要是没有把握，那更需人手啊，要是你们是我儿子，我一定把十个八个全叫了去，老爸有难，龟儿子还不打先锋，养来有个屁用！"

傅晚飞为之头大，"幸亏你没有儿子。"

唐果接道："也不会有儿子。"

飞鸟瞪眼道："谁说我不会有儿子？我是和尚，又不是太监！"

唐果这才恍悟，"我一直以为和尚跟太监……那个没有什么两样。"

傅晚飞拍额道："那将来当你儿子的可惨了！"

唐果黯然道："总比我不能休戚与共的好……"

飞鸟"哈哈"一笑，道："我可去定了！"

傅晚飞向他"嘘"了一声道："这么大声干吗？要让紫禁城

飞鸟一拍光头道："我管他！他又不是我儿子！"

傅晚飞道："你的命是李大哥救的，伤是赖神医治好的，他们叫你回去，你不回去，就是抗命，你想忘恩负义？"

飞鸟搔搔头皮，道："这……"

傅晚飞胸有成竹地道："所以说，我们在他们未敕令我们不准去之前，先自动提出不去，然后……"

唐果的眼睛也亮了，"然后——"

两个人一起古古怪怪地笑将起来，只有飞鸟莫名其妙，一直追问："然后怎样，喂，然后怎样？"

傅晚飞笑问他："大和尚，你轻功行吧？"

飞鸟顿时自豪地道："行，当然行，想当年——"

傅晚飞、唐果一齐笑道："那就要靠你喽——"

忽听有人轻敲了两下窗棂。傅晚飞和唐果以为是李布衣或赖药儿听到，脸色都变了，只有飞鸟直着嗓门问："谁呀——？"

只听一个小小的、怯生生的声音道："我啊，傅哥哥……"

傅晚飞道："是小牛。"

开门出去，只见个子瘦细的闵小牛小小声地说："爷爷请你们去一趟。"

傅晚飞、唐果、飞鸟都一怔。

他们实在不明白闵老爹叫他们去做什么。

不过他们很快就明白了。

闵老爹咳嗽着、喘息着，说几句话要歇一歇，但意思还是表达得非常明白。

首先他真以为唐果是赖药儿的儿子，所以详问他有关"爹爹"的事，主要是问赖药儿的妻房还在不在？为人如何？有几个孩子？家里有些什么人？

他们虽然还没有明白，但一一照实答话，讲到赖药儿为人，更是说得天花乱坠，听得闵老爹不住颔首、点头。

闵老爹听完之后，说："赖神医为了救我贱命，竟然喝下毒酒，实在是九死难报，赖神医心善人好，多造福缘，定必长命百岁，富贵终身……"他却还不知道赖药儿患上先天衰老症一事。

"我那媳妇儿，很孝顺，对她我这老骨头已经没有一句好说的了，要说，只有说这几年来闵家累了她、欠了她的，阿良病了几年，她苦了几年，阿良死后，轮到服侍我这个老骨头的病，更没有好日子过……"

老人家说得老泪纵横，傅晚飞和唐果也听得眼眶湿湿的，没料先哭出声来的反倒是飞鸟和尚。

"我那媳妇儿模样儿，怎么都不算俗品啦，她又有一身高来高去的本领，哪愁不享富贵荣华？但是为了我们爷儿孙，什么苦没受过？我看她洗衣服唱小调儿，总是唱高山白云路又长什么的，但她还是替我这病老骨头煎药熬夜，真是她不欠咱闵家的，是咱闵家欠了她……"

他断断续续地道："我那儿子过世之前，一再叮嘱她趁青春貌美嫁出去，不要守寡，她就是不肯听；儿子捉住我这老骨头的手，要我劝媳妇她……哎，这些年来，劝她改嫁，劝好多次啦，她又几时听过？她就只这桩没听我的话！"

"不过……"闵老爹又说，"媳妇儿的性子烈，我是明白不过的，只是今日她……变了模样儿了。"

傅晚飞、唐果、飞鸟为之一奇，"变了模样儿了？"

闵老爹说："你们是小孩子，不晓得——"

飞鸟截道："什么？我是小孩子？"

傅晚飞也连忙道："我也不是。"

唐果也不甘人后地道："我更不是了。"

闵老爹笑道："那算我是小孩子吧。媳妇儿平时不施脂粉，终日里眉心打个结，眼球子也似罩了层纱，忧忧愁愁……今日，她自己不经意会笑，会倒翻了瓷盅，会低低哼以前阿良在的时候的曲子……总之，不同了……"

飞鸟搔着光头，问："哪里不同了？"他这句话说出了三人的心思。

闵老爹吃力地道："这孩子啊……她动心了。"

飞鸟道："动心了？"

唐果与傅晚飞对望一眼，齐道："动心了？对谁动心？"两人都觉不明所指。

闵老爹道："她看赖神医的眼神，呵呵呵，我这老骨头还瞧得出来……"

唐果和傅晚飞愣了一下，随即恍然大悟，两人都笑弯了腰，唐果因大笑过剧，还触动了伤口，"哎唷"一声，飞鸟瞪大双眼，莫名其妙的感觉已到极致，只觉得自己像一个正常人到了白痴家园一样。

闵老爹道："你们先别开心……你们赖神医的为人挺好，只是头发白了些，我也喜欢……我更不想误了媳妇青春，对不起她丈夫我儿子临终托付……只是夜来性子拗执，我与她提，她说不定反而避忌起来，这样一段好姻缘岂不是给我这老头儿搞吹了……"

　　傅晚飞笑道："老爹，我知道你叫我们来做什么了。"他和唐果那一双唯恐天下不乱的眼珠子都闪啊闪的，洋溢着兴奋喜悦。

　　飞鸟又问："做什么？"

　　傅晚飞和唐果笑道："做男红娘啊！"两人又笑了起来。

　　"可是……"唐果后来忧虑地道，"爹爹那么严肃，如何跟他提起呢？"

　　"何况，赖神医的病未治好，他定不愿牵累他人……所以，只能制造机会，不能向他提。"傅晚飞仿佛很有经验地说，"这样会自然一些。"

　　"说到撮合人家婚事，我最在行了，"飞鸟居然也插上一份，"我未出家前，这方面最有经验，人人都叫我'月下大师'……"

　　"哦？"傅晚飞和唐果都不甚相信。

　　"你们不信？"飞鸟如数家珍，"想当年，王二村的王三麻子和沈肥姑是我拉的线，玉里的张拐子跟成功镇的花心娇是我搭的门路，文抄公和文抄婆当年也是由我介绍才相识的……"

　　傅晚飞和唐果听到天祥的那一对"怨偶活宝"文抄公和文抄婆也是飞鸟的撮合，便都忍俊不禁，笑了一会儿，唐果道："我们好不好把闵老爹的意思，转达给嫣姐姐知道，好教她没有顾虑。"

　　傅晚飞忽道："糟了！"

　　唐果急问："什么糟了？"

　　傅晚飞道："要是赖神医不让嫣姐姐一道去，那……那这条红线，可怎么牵得上呢？"

　　两人都忧愁了起来。飞鸟却哈哈笑道："这你们可有所不知了，刚才在餐宴上，你们两个小鬼溜出去叽里咕噜的时候，吕仙医跟赖神医说，要采那什么头陀的，很麻烦，一定要斯斯文文的女子采撷，那朵什么火花才不会熄灭，药性方才得以保留，所以李神相当席就要求嫣夜来同去，嫣夜来当场红了脸呢，哼，不是我夸口，我当时就一眼看出来了。他们……"

　　傅晚飞和唐果笑嘻嘻地道："看来，这场热闹，我们想不凑都不可以了，这趟可是公务在身啊——"他们的心都放在开心的事情上，浑不在意前路其实布满荆棘重重。

【第叁部】

# 舍生取义

# 第壹回

## 梅山月

三日后，李布衣、赖药儿、嫣夜来向北推进，已近梅山。梅山是个风景秀丽的地方。由于位处山腰，凉而不寒，微风送爽，在皮肤上掠起沁清的快意……

三日后，李布衣、赖药儿、嫣夜来向北推进，已近梅山。

梅山是个风景秀丽的地方。由于位处山腰，凉而不寒，微风送爽，在皮肤上掠起沁清的快意，这地方，绿的山、黄的树、红的梅、蓝的天，四种颜色凑在一起，使得这幽寂的山上，更添一份美艳人寰的意境。

李布衣叹道："好一座山。"

赖药儿挽梅道："好一株梅。"梅花花蕊忽飞出一只蜜蜂，嗡嗡飞出，竟叮向正俯首探看红梅的嫣夜来。

赖药儿忙放了手，双指一夹，夹住蜜蜂，蜂翼犹自振动着，梅枝却忽地弹了回去，簌簌落下几朵梅瓣。

嫣夜来笑道："好一只蜜蜂。"

赖药儿看见嫣夜来如芙蓉出水的脸上，与梅花比照，一红一白，红的艳傲，白的清丽，而这两种气质又可互易而存，不禁看得痴了。

赖药儿在医学上有着惊人的成就，但在男女之间的微妙感情上，却完全没有经验，由于他在武林中的身份地位甚是超脱，所以对嫣阿凤、叶梦色都是以一种对待妹妹、后辈之心，从不涉入其他。

他自己也因衰老症而不愿牵累他人。

他此刻心头泛起了一种微妙的感觉，但是强把这种感觉抑住，回头看李布衣，李布衣却不知何时溜到那七株红梅处赏梅去了。只见梅花下的李布衣，像一个曾叱咤沙场、又闻名遐迩的寂寞高手，曾经血染江湖的风波路，而今梅花映红了他的布衣。

赖药儿心里忽然有一种感觉：多想就遁隐在这世外幽谷，不问江湖事，而有一红粉知音相伴明月清风之下……

他立即不往下想。

却听嫣夜来幽幽地道："破了。"

赖药儿怔了一怔，不明所指。

嫣夜来用纤纤玉指向他蓝衣袖上指了指，"我欠你的，现在破了，我替你缝。"

赖药儿忆起跟嫣夜来初遇的时候，曾给她五十两银子解决生活危机，因怕嫣夜来不受，便说是缝衣服的酬金，而今，右边袖子在古亭山上被俞振兰划破，嫣夜来便提出要替他缝补，在赖药儿心中牵起一线温暖的回缠。

空山幽谷，有说不尽的宁谧意趣。

嫣夜来说完了那句话，头低低地垂着，眼睫毛长长地轻颤，两颊涨卜卜地像婴儿的粉拳，在轻灵美丽的脸上，更令人心中爱煞。

赖药儿和嫣夜来走着、赏着梅，像仙境中两个忘忧的人，浑忘了赶路的事。

"你喜不喜欢小牛？"嫣夜来忽然低低声地问。

"当然喜欢呀。"赖药儿侧着看她。

嫣夜来嫣然一笑。

"你喜不喜欢梅花？"

"也喜欢。"

"最喜欢的是……什么花？"

"都喜欢，各有各的美。"赖药儿不假思索地答。

"哦。"嫣夜来的语音里似乎带着些微的失望。

沉默良久。嫣夜来忽又问："你……你喜欢海棠花吗？"

"喜欢呀。"赖药儿不明白。

"喜欢……芙蓉……吗?"

赖药儿猛然省悟,自己怎么那么愚骏呀!嫣夜来在江湖上的外号不是叫作"玉芙蓉"吗?自己怎么……他一急,反而着了意,涨红了脸,不知怎么回答是好。

忽听悠悠走在前面的李布衣道:"梅山没有客栈,只有山庄,我们就在梅山山庄搭一铺吧。"

赖药儿扬声答:"好。"回身想跟嫣夜来说什么,但嫣夜来驻足在一枝老梅旁,美得像一尊碾玉观音在看人世间最凄楚的一点艳。赖药儿离她只有三步之遥,但竟无法打破这一种寂寞的距离。

他也没有勇气去打破。


在一盏微灯下吃过晚饭,李布衣舒舒身子,道:"我还要卜一课,今晚月明风清,如此幽境,两位何不出去走一走?"

赖药儿多想相邀,但说不出口。

一灯如豆,微光中的嫣夜来长长的睫毛眨了眨,低声道:"不了。"

三人各返房间,赖药儿却心潮起伏,本要打坐,旋又立起,本想上床早寝,但又起身在房内踱步不已。

这时他心中,宛似万马奔腾,意敛不定。

房里一灯寂寂,灯下仿佛有一个慧黠而柔静的倩影。

他定了定神,烛还是烛,除了自己的影子,没有别的身影。

他跌足忖道:嫣夜来那么美,跟她在一起,比发现治绝症的药物还要开心,而且甜滋滋,深心心的,为什么不找她去?

——只要现在从这里走出去,一、二、三……不到五十步,就可以轻叩嫣夜来的房门，听到嫣夜来那清脆好听的声音了……

——可是……如果嫣夜来问："谁呀？"我该怎么答？"是我。""这么晚了，有什么事？"该怎么回答呢？

想到这里，他又跌坐下来，一拍头顶，自责道："赖药儿呀赖药儿，人家可是有过丈夫的贞烈女子，怎会看得上你来……"

这样想着，却又不甘心：要是她无意，为何她要问我喜不喜欢芙蓉花？要是自己答了"喜欢"呢？

赖药儿心中恼恨起自己来，觉得没好好把握机会，旋又回心一想：说不定，她那一问，也是不经意，甚至是无意的呢？

——是自己自作多情吧？

赖药儿解嘲地想，便和衣上了床，但不知怎么，一睁眼，就出现嫣夜来的脸容，直比芙蓉还美，只好合上双眼，不料嫣夜来的玉容更真切地逼近眼前。

赖药儿翻身下床，不顾一切，披上衣服，心里盘算：用什么借口好呢？说是烛火给风吹灭了，借火来的……可是出行的人又怎会不随身携带火折子？借火可以到李神相那儿借啊！

便说是听到有异响，赶过来看看吧……可是，这样子说假话，不是太无耻了么？不如……他瞥见身上刚披上的蓝袍，心里倒有了分晓：就说是来请她缝袖口的……

赖药儿满怀奋悦，正待走出去，忽然在桌上的铜镜照出了自己的影子。

——脸上的皱纹又深了，发白如霜。

他登时顿住。

这样怔愣愣地过了一会儿，他缓缓卸下蓝袍，塞回包袱里，心里狠狠地骂了自己千遍百遍：赖药儿啊赖药儿，你实在不是人！还剩下有多少天寿命，这样牵累人家贞洁好女子……心里生这种恶念，真不是人！

他心灰意懒地坐在床沿，本待和衣躺下，忽又被一个剧烈而从未曾有过的念头所占据：我既然已没有多少天的性命了，取"燃脂头陀"成算极小，我一生都在医人、救人，为何不能在死之前，好好享受一下，管它什么礼教、道德！

——只要是你情我愿，而无强逼成分，有什么不可以！

赖药儿想到初见嫣夜来的时候，她在白袍下的胴体，心中一股热流，冲击得奋亢起来，从未如此强烈过的爱慕情欲，使他摒弃一切心中的束缚，他一步到了门口，推开了门，剧烈起伏的胸膛迎面吸了一口劲风。

凉风。

山中的风，无比清凉。

这风犹似冷水，把赖药儿浇背一醒。

——不行！

——不是不敢做，而是有所不为。道德、礼教只存于人心中，自己要是真心对待这女子，就更不能因一晌贪欢，而让人痛苦一辈子！

——不可以……而且，嫣夜来是个好女子，她不一定喜欢自己……

想到这里，赖药儿心里头仿似给一条绳子绞缚着，强烈地疼起来。

嫣夜来。嫣夜来。嫣夜来。他反复地轻呼这个名字。心里也堆栈着嫣夜来清美的容姿。

他坐在床沿上，对着烛光怔怔出神，瞥见一只又大又黑的蟑螂，自包袱里爬出来。

他觉得那只蟑螂，必定在包袱里很多时了，因为他刚才把长袍塞回包袱里，才把它惊动了，等静下来之后便溜出来，赖药儿觉得它已啮破不少自己心爱的衣服。

赖药儿是有洁癖的，他最讨厌老鼠、蟑螂、虱子、毛虫之类的东西。

他从来没有特意去杀死任何一只微小的生物：他觉得任何有生命的东西，都应珍惜生命，没有任何生命可以有理由去结束另一种生命。

可是他此刻心情极为躁烦。

他看见在灯光下，那黑蟑螂正晃动两条又黑又长的触须，仿佛在瞪视自己、挑衅自己。

赖药儿烦厌地低喝一声，"去！"

不料蟑螂竟飞了起来，绕火光转了两转，似乎是因为黑棕色的翅翼上给火烫了，"噗"的一声，直飞到床边的赖药儿额上来。

赖药儿心中厌恶，微微一闪，算是避过，不意蟑螂兜了一个转，又向赖药儿脸上扑飞过来。

这下离得极近，赖药儿可以清楚看见蟑螂又扁又胖的肚子，一节一节如粪虫般的腹纹，还有带着钩刺般的脚爪，赖药儿心头烦躁，"讨厌！"一仰首，又闪了过去。

那蟑螂落在蚊帐上，黑棕色的一点在灰白的蚊帐上，很是刺目，那只蟑螂居然还支着脚在嘴上刁磨着，一副大刺刺的样子，赖药儿真恨不得一掌将之拍死。那蟑螂却再飞起来，落在赖药儿胸襟之上，赖药儿忍无可忍，啪地一掌，打中蟑螂。

赖药儿只觉有点湿腻腻的。也有些刺手，只见手掌中黏黏糊糊的，尽似脑汁般的白浆，掺了些蟑螂棕色的残肢碎翼，不由得一阵恶心。

却见在胸口的蟑螂，兀自未死，拖着肠肚在胸衣滴溜溜地仓皇乱走，把胸衣染湿了一大片，有一种难闻刺鼻的气味。

赖药儿既觉难过，又觉厌恶，见蟑螂未死，又一掌拍落，这一下蟑螂的头部都掉了大半，可是仍然未死，在胸膛上挣着、转着，发出吱吱的响声。

赖药儿见一只如此小的动物，尚且不肯死去，心中又悔又难受。他从来未曾杀过人，连动物也未杀过，但见这蟑螂已断无生理，若给它缓死，只是更添痛苦，狠着心把它一拨，拨落地上，用鞋子一连擦了几下。

只见蟑螂肢躯不全，乳白色的肠子拖了一地，羽翼也断折于地，但一根触须和嘴仍蠕动着，爪子也挣动两下，竟然仍未死绝。

赖药儿生平只医人，不杀人，这一看，真有魂飞魄散之感，早知蟑螂生命力如此顽强，他就不加后来几下，也许这蟑螂还有一线生机，能活下去。

当下在他心惊胆战之下，横了心一连十七八下，终于把蟑螂拍成肉酱，这才惊魂初定，心想：如果自己还有命在，一定要谨记蟑螂求生之意志，不可以再杀生，而且，要把今晚所悟的告诉后人……

这时他忽想念起唐果。唐果的伤该开始愈合了吧？

他刚想到唐果，"啪"的一声，纸窗裂了一个洞，一颗石子飞弹了进来。

石子当然击不中赖药儿。

赖药儿已到了窗外。

窗外山岚掠过老梅，再惊动崖边草丛。

月下无人。

赖药儿心念电转，掠至李布衣的房前，叩了两下门，叫："李兄。"

房里没有人应。

赖药儿深知李布衣的反应机敏，再不犹豫，一掌震开大门，房内并无一人。

赖药儿心中一沉，身形三纵三伏，已到嫣夜来房前，他知有敌来犯，情势紧急，再也不敲门，只叫了一声"嫣女侠"，砰地闯入房里去。

不料嫣夜来正匆匆起床，身上穿着白色睡衫裤，见有人闯入，吃了一惊，忙抄被中短剑以抗，一见是赖药儿，不觉怔住了。

赖药儿见嫣夜来平安无事，也都怔住。

嫣夜来本已上床入睡，桌上油灯亦已吹熄，房里漆黑一片，赖药儿借门口筛进来的月色，看见柔和的轮廓，知是嫣夜来；嫣夜来看见月色在门前高大身影镀上一层银边，银发尤为清亮，知是赖药儿。

两人一在门口，一在房内，他知道是她，她知道是他，一时寂静无声，只有月亮清冷地照着。

赖药儿道："刚才……你这儿没事吧？"

嫣夜来摇了摇头。这刹那间，她只觉得跟对面的男子已经面对了很久，面对了很久很久了，从亲切，到熟悉，又转而陌生，仿佛又漠不相识，像这月光一样，千年百年地照着，月色已经老了，但还是凄艳着。

　　赖药儿觉得这时不便入屋，便道："李神相不见了，我找他去。"话毕身形已在门口消失，只留下空荡荡的门口，远处几株老梅，一地的月色。

## 第贰回 点石成金

赖药儿离开了嫣夜来的房间，心中一阵怅然，忽听一人道："不必找了，我在这儿。"正是李布衣的声音，赖药儿自是一喜。

赖药儿离开了嫣夜来的房间，心中一阵怅然，忽听一人道："不必找了，我在这儿。"正是李布衣的声音，赖药儿自是一喜。

只见李布衣自数株老梅后踱出，微微笑着，赖药儿问："李兄可发现敌踪？"

李布衣似有笑意："敌人倒不曾见……"赖药儿听出李布衣语调有异，诧问道："怎么？"

李布衣道："捣蛋鬼倒抓了几只！"

只听荒山草丛一阵窸窣响，有人叫道："爹爹！"有人叫："赖神医！"赖药儿转过身去，恰好看见飞鸟张开血盆大口，亮着白森森的牙齿向他半尴尬半腼腆地招手道："赖兄你好！"手上居然还抱了个闵小牛。

赖药儿几为之气结，重重哼了一声道："你们都来了。"

转向脸色苍白的唐果，生气转为怒火，"好啊，你们都来了，连你也来了，伤得那么重，还来凑热闹，看来，你不想好得太快，非要丢掉一条胳臂、一条腿膀子，也不愿在床上养伤了！"

唐果自然心虚，不敢抬头，李布衣道："他们这一来，倒做了件要紧的事。"

傅晚飞知道李布衣替他们圆场，忙道："我们把'桐城四箭'擒住了。"

赖药儿冷哼道："'桐城四箭'这点微末武功，算得了什么！"

李布衣道："这倒不然。这山庄也是'天欲宫'所操纵的，地底下有一条通道，直通嫣女侠床底，这四人潜入床下，四箭向床上齐发，但给飞鸟大师诸位制住了，否则，嫣女侠难免受惊。"

赖药儿一想，这可防不胜防，何止受惊，只怕还要受伤，当下重哼一声，心里也自谴自己大意，众人来得合时。

这时，嫣夜来也闻声赶了出来，看见诸小侠把闵小牛也带来了，少不免又惊又喜，在闵小牛脸颊上亲了又亲。

闵小牛说："娘，我好想您，便央求三位哥哥带我来了，您不气吧？"

嫣夜来又好气又好笑，"怎么不气？气了又怎样？难道把你这不听话的小调皮赶回去么？"

傅晚飞道："我们擒住'桐城四箭'，把他们抛落山边去了，同时还救了一个人。"

赖药儿白眉一提，问："谁？"

唐果讨好地道："谷秀夫。"


谷秀夫是前文所提被鬼医在天祥抓回来逼供的人质，他本是武林中人，因伤遁入天祥，为赖药儿所治愈，后来鬼医诸葛半里领八十九名徒弟攻天祥，在文抄公、文抄婆诸大高手抵御之下，只擒了这个谷秀夫回来，此人可说是晦运至极。

之后鬼医和赖药儿前嫌尽弃，上萝丝富贵小庄替吕凤子治病，这谷秀夫已不知去向。赖药儿也好生惦念，现下才知道，原来此人亦为"天欲宫"高手再度擒获，这"桐城四箭"把他带上梅山，想来是要作为人质来施加要挟。

赖药儿自然关心，问："他在哪里？"

傅晚飞道："他还在床底通道下，穴道被制的手法很怪，我们都解不开。"

赖药儿闻语便往嫣夜来房里走去，嫣夜来会意，领先开了房门，到了床边，掀开床被，一阵淡淡的枕畔温香，使赖药儿心神微微一荡，嫣夜来很快地摸索到床板暗格，发力一掀，果然揭开了一层木板。

里面有条通道，躺了一个人，身着玄衣，睁大双眼，却动弹不得，左臂僵直，便是谷秀夫。

赖药儿长叹道："你受苦了……"伸手疾戳了数下，但谷秀夫依然全无反应。

李布衣在一旁道："这封穴道的手法，很是怪异……"

赖药儿额上渗了一些汗珠，他发现近日自己聚力运功，常感不足，身体有明显老化的征兆，便道："李兄，可能要劳你帮我一帮，我替他在督脉上拿捏，你在他带脉上推揉。"

李布衣道："好。"

两人把谷秀夫扶卧床上，运动推拿，突然之间，谷秀夫一跃而起，在迅雷不及掩耳、疾电不及眨目的刹那间，右手一连点了赖药儿身上五处大穴，双脚连环踢中李布衣七处要穴。

本来要封赖药儿和李布衣身上的穴道，以两人功力之精深，谈何容易，但二人一因全无防备，二因正将功力输向对方处，对方忽施暗袭，两人同时被击倒。

两人一倒，谷秀夫哈哈一笑。

赖药儿怒道："你难道……不是谷秀夫？"

谷秀夫道："我是谷秀夫。'黑衣巡使'谷秀夫。"

赖药儿气极："你是到天祥来做卧底的？"

谷秀夫道："那一次被'绿苔散人'温风雪追杀重伤，要不是赖神医，在下也活不到今天……那时我灵机一触，暗地里向'天欲宫'请命，干脆卧底在天祥，今日才能成事！"

这时，傅晚飞、飞鸟、嫣夜来全拦在踣地的赖药儿与李布衣身前，全神相护，恨不得一口把谷秀夫吞了。

赖药儿恨声道:"你要怎样?"

谷秀夫哈哈笑道:"很简单。带你回'天欲宫',替小宫主治病,我可升一级;李布衣是'天欲宫'眼中钉,生擒回去,再升一级;这女人,实在美,我要了,其他的人,全部杀了!"

飞鸟双斧一掣,道:"你办得到?"

谷秀夫忽在地猛跺足三下,道:"我一个人,也能办成,何况还有勾漏山三位师兄来相助!"

只听地上"噗、噗、噗"三声,弹跳出一瘦、一矮、一肥三个怪人来。

众人一见,登时头为之痛,这三个人正是先前潜入天祥要挟持赖药儿回"天欲宫"的"十二都天神煞"之三,这三人武功高、脾气怪,若赖药儿与李布衣不倒,自然轻易可制胜,如今的情形,能动武的只剩下飞鸟、嫣夜来和傅晚飞,断非其敌。

李布衣低沉地喝了一声,"快带唐果、小牛走!"

傅晚飞大声道:"我不走!"

谷秀夫斜睨着眼睛,阴阴笑道:"你们本想故意问我话,拖延时间,好运功冲破穴道,但是任你们怎么运气,也冲不破我'点石成金神仙指'的封穴手法!"

赖药儿变色道:"原来你使的是'点石成金神仙指'……"原来"点石成金神仙指"是武林中七大点穴名家之六,给他所封的穴道,除非他用独门手法亲解,就算功力极深厚的人也非要一个对时以上的时间运功才有望冲开穴位,这个指法高手却自小因小儿麻痹症一手风瘫,故此他诈作被"鬼医"所掳,用极残酷的方法几乎把左手毁掉,令赖药儿对他深为歉疚,也深信不疑全无防备下才遭了他的暗算。

李布衣和赖药儿一听谷秀夫道出封穴的手法，情知无望，不觉颓然。

谷秀夫骄傲地道："世人都以为我剩下这一只手封穴手法厉害，却不知道我飞足踢穴脚法同样盖世无双！"

傅晚飞忽道："的确是盖世无双。"

唐果问："哪样盖世无双？"

傅晚飞道："吹牛，这人吹牛，可以把牛吹成牛皮，所以盖世无双。"

唐果道："我看他盖世无双的还有一样。"

傅晚飞故意问："哪一样？"

唐果道："该死。这人的该死，真可以称得上是'该死无双'！"

谷秀夫怫然变了脸色，左脚在地上猛踏了一下。

只听"胖鬼"桓冲道："你要我们三仙杀掉这两个小孩？"

"瘦鬼"席壮摇首道："不行，不行，我们不杀小孩子的！"

"矮仙"陶早接道："我们宁可杀那胖和尚！"

傅晚飞大声道："我是大人，不是小孩子！"

唐果也挺胸道："我是年轻人，不是小孩子！"

飞鸟双斧高举于顶，交叉一击，怒道："我身材魁梧硕壮，不是胖！"他最恨人家说他胖，正如傅晚飞怕人说他未经世故，唐果怕人当他是小孩一样。

胖、瘦、矮三鬼不理那么多，三人各掣一殳，攻向飞鸟和尚。

飞鸟双斧每一挥斫，就如同震起一个大霹雳，斧面上电光疾闪，声势逼人，三鬼蹿高伏低，各选取角度，攻向飞鸟。

飞鸟杀得性起，双斧带动雷震之声，滚滚轰轰，无比声威，三鬼三支长短不一的银殳，又似一柱又一柱电光，在殷殷雷鸣里投去，炸起光芒耀目难睁。

傅晚飞一见，心里大急。

房里有四个毫无抵抗的人，那是重伤未愈的唐果，不会武功的小孩闵小牛，穴道被制的李布衣和赖药儿。

这双斧三叉大斫大杀的格斗，只要一个不小心，波及一个不能抵抗的人，那就像在伐木时把树上的鸟卵摔破一般随时都可能发生。

傅晚飞大叫："飞鸟，出房打去！"

飞鸟双斧像手提着两道雷轰霆殛，劈啪轰隆，连声炸响，但始终攻不下肥、瘦、矮三鬼，更妄论要冲出房门了。

傅晚飞情急生智，叫道："你们三只鬼，欺人屋里转动不便，哪个有种，跟我出去斗斗！"说罢破窗率先跃了出去。

三鬼极要面子，胖鬼道："出去就出去！"提殳向傅晚飞追去！

瘦鬼道："我们也出去！"

飞鸟双斧旋舞得足可以开山辟道："我偏不出去！"

矮鬼道："你不出也得出！"二鬼攻势加强，似在连串密雷中投掷一道又一道闪电，骤亮了几下，已把庞大的飞鸟硬生生逼出房间，五人在外面空地激战起来。

房里只剩下了谷秀夫和嫣夜来，以及不能动武的李布衣、赖药儿、唐果和闵小牛。


谷秀夫摇头道："没希望了。"

嫣夜来道："你要是怕，逃走还来得及。"

谷秀夫笑道："我是说你们没希望了。"他微微一顿，补充道，"那和尚和那小子，绝不是'勾漏三仙'的对手。二对二嘛，还差不多……可惜现在是三对二。"他说着用手指比画。

李布衣忽叫道："小心——"

嫣夜来蓦地发觉谷秀夫手指向着她遥指，及时一闪，"嗤"地一道箭矢似的急风掠颊而过，谷秀夫眼睛闪着邪恶的异光，道："好!"扬手又要凌空发指。

嫣夜来"唰"地拔出怀剑，全神以待。

不料谷秀夫凌空一弹，"噗"地指风戳在李布衣"哑穴"上，李布衣登时作声不得。

嫣夜来又急又恨，凌空飞刺谷秀夫，她出剑的时候，黑发随着进退如舞步一样的姿势一洒一洒地起伏，明利的眼神映着锐利的剑锋，嘴边更因拼命的情急拗出一种美丽而慧黠的弧度，在前面十招中，这美姿使得谷秀夫忘了反攻。

可是谷秀夫毕竟是"天欲宫"的"黑衣巡使"。

他虽然着迷于嫣夜来的姿色，但却不入迷。

他一面招架，一面调笑："小娘子，你长得可真标致。"嫣夜来气白了脸，谷秀夫已开始运指成风，反守为攻，"跟你一夕风流，死又何妨，小娘子，你就遂了我的心愿吧。"嫣夜来紧咬着唇力守，谷秀夫已占尽上风，"小娘子，那是你的孩子吧，有他在，多碍事呀，我替你杀了吧。"嫣夜来又气又急，更是难以招架，左支右绌。谷秀夫下面的语言更是不堪。

忽听赖药儿沉声道："别听他的话，专注作战。"

嫣夜来蓦然一醒，不理对方说什么，剑光湛然，死守不退，谷秀夫也一时取之不下。

只听赖药儿继续道："攻他左边身子……别退! 后面是门槛……不要抢攻，那是诱敌之策! ……进巽位，刺他左颧! ……

小心!"

嫣夜来照赖药儿的指示,居然勉强把局面扳了过来,战成平手。

唐果虽伤重乏力,不能动武,但他何等机灵,潜过去要替赖药儿解开穴道禁制,却听谷秀夫狂笑道:"我封的穴道,不到时候,谁也解不了!"

唐果因跟从赖药儿已久,多少懂得一些医理,对人体血气流注亦有心得,谷秀夫的点穴法虽然指法诡妙,劲力深沉,禁制繁复,却并非无法可解,只是唐果全身乏力,又怎有法子破去这特异的封宫闭血手法?

唐果一连试了几次,反而震动了伤口,倍感痛楚,气喘吁吁。

赖药儿低声喝道:"你快带着小牛走!"话刚说完,忽然没了声音,原来谷秀夫边打边走,早已逼近赖药儿,抽罅发出指风,封了赖药儿的"哑穴"。

这一来,连赖药儿也无法说话。

嫣夜来心里一急,怀剑竟被指风射落。

唐果偷偷地把怀剑拿在手中,想过去助嫣夜来,甫一站起,伤处剧痛同时发作,顿时又全身乏力,重又坐倒于地。

# 第叁回

# 杀人者

　　唐果眼见情形大是不利，却又无法可施，李布衣、赖药儿两人眼神充满焦切、关注，但又连话都不能说，连徒呼奈何也没有办法，外面格斗风声仍紧……

唐果眼见情形大是不利，却又无法可施，李布衣、赖药儿两人眼神充满焦切、关注，但又连话都不能说，连徒呼奈何也没有办法，外面格斗风声仍紧，呼喝之声不绝于耳，飞鸟的厉啸之声更是惶急。

唐果忽然灵机一动。

他匍匐过去，自赖药儿衣襟之内掏出一物，然后，他跌跌撞撞地走向床边。

李布衣、赖药儿眼中充满狐疑之色。

但这狐疑之色很快又变成了惊惧与担忧。

因为局面已完全无可挽救。

谷秀夫明明已取得优势，但他却突然射出两缕指风，攻向在一旁无邪的闵小牛。

嫣夜来在震动中掠扑，抱住闵小牛，闵小牛中了一指，她也中了一指，闵小牛嘴角渗出了血丝，闭上了莹活的眸子。嫣夜来流下泪滴，哽咽得连哭声也无法发出。

谷秀夫已点了她的"哑穴"。

谷秀夫对这全面控制的场面显得非常满意，"我说过，要跟你好，只好先除掉碍手碍眼的，其他的人，都是哑巴活王八，看着倒无妨！"走着便向嫣夜来走了过去。

突听一人压低声音地道："快接着，别让那煞星夺了！"

要是有人叫谷秀夫现在"停下来""住手"或者其他责斥喝令的话，谷秀夫只有两种方式去响应：一是根本不理不睬，径自做他那禽兽行径；二是回头反手，杀了说话的人。

可是这一句话，显然不是对谷秀夫说的，甚至是不愿谷秀夫听到的。

谷秀夫还是听到了。

他霍然回身，就见到一个小孩。

尽管这小孩装出一副视死如归、很勇敢的大人样子，但神情间还是流露出稚气与纯真。

这小孩果然不是对他说话，而是看着屋顶——难道屋顶上有人？

谷秀夫心里立刻提高了警惕，很容易便发现那小孩右手放在背后，像在极力藏匿着一样东西。

谷秀夫的眼睛像有根无形的线，迅速地把上下的眼皮一眯，眯成一条线，又迅疾地回复原状，这表情让人感觉他是一只老狐狸，他最希望人家以为他是一只老狐狸，最好像小兔子一样地怕他。"拿出来！"

唐果似大大吃了一惊，向上急叫："快收好！"手中什物，往屋顶一抛，无奈出手无力，"噗"的一声，那什物抛落到蚊帐上弹了一弹，掉在床上。

那什物是一个小锦盒。

锦盒落在棉被上，盒盖震脱，一物掉了出来，清芬扑鼻，乍闻舒泰已极，再嗅如饮醪醇，谷秀夫眼睛像被点着了的蜡烛亮了一亮，失声道："龙睛沙参？"

"龙睛沙参"是武林中人视为至宝的药中之圣，谷秀夫见识广博，一眼就认了出来。

当下他一个飞掠，落在床上，只求先夺"龙睛沙参"再说。

只见唐果仰首叫道："快、快出手，别给人夺去——"

谷秀夫知道屋顶上来了敌人，暗运指功，五指凝气待发，左足刚落床上，右脚即先踩住"龙睛沙参"，免得被人抢去。

就在这时，谷秀夫只觉脚心一阵刺痛。

谷秀夫此惊非同小可，猛一提足，鲜血喷溅在棉被上，形成一个触目惊心渐散染的血花，他一面仍在戒备屋顶上的突击，一面瞥见棉被里沙参旁露出一截剑尖，心中大乱之际，忽然左脚一空，整个人翻倒下去。

谷秀夫的右足，是踏在剑上。

那剑自然是嫣夜来的怀剑。

嫣夜来的怀剑，摆置在棉被里，剑尖朝上，就等谷秀夫这一踏，都是唐果的设计。

他同时旋开了床上的机括。

床板一翻，谷秀夫立时就摔了进去。

这床下暗格原是谷秀夫等人用来暗袭嫣夜来等而布置的。

谷秀夫一掉了进去，只觉眼前一黑，立即就要运功破板冲出。

唐果知道这是自己和大家的生死存亡之际，当下不顾一切，挣上床去，只见隔板一动，他尖叫一声，伏身上去，一剑扎了下去。

这一剑刺了下去，隔板内一声闷哼，登时静止。

唐果拔出了剑，"嗤"地自剑孔中，激溅出一股血泉，溅洒在唐果的脸上。

唐果整个人惊得愣住了，紧紧地抓紧剑柄，全身在发着抖，这处境，谁也无法帮他，谁也帮他不了，就像他一个人在深山里骑了一头老虎，他不杀它，它就要杀他。

而他从来没有杀过人。

他在萝丝富贵小庄射伤"白衣巡使"展抄及年不饶的"透明暗器"，当然也是无毒的，他所开的方子，不过是故意把年不饶好好地整治一下。

就在这时，他按住的床板又隆然挣动起来，仿佛有喘息着的千年僵尸就要破土而出！

唐果大叫。他一面大叫着，一面用小剑狠狠刺下去！刺下去，拔起来，又刺下去，再拔起来，如此一连五六下，他自己的伤口也迸裂了，气力也耗尽了，才住了手，床板也不动了，他伏在床板上喘息。

这时，床板上有七八个小窟窿，每个窟窿都汩汩淌着血。

唐果好不容易恢复了一点气力，用眼睛贴近一个剑孔去，想看看谷秀夫死了没有？

猝然间，床板砰地四分五裂，唐果像给食人花吞食了似的掉落了下去。

他一落下，就给人箍住。

那人全身喷溅着湿漉漉、腥腻腻的液体，箍住了他，不住地喘气，像在池塘里一尾垂死的鳄鱼。

外面的烛光透进来一点微芒，谷秀夫全身都是血，其中有一剑，在他双眼之间开了一个洞，使得他的眼睛无法睁开来。

所以，他虽然抓住了唐果，却没有扣住他的穴道。

唐果被这炼狱血囚一般的景象吓得大叫着、死力挣动着，可是谷秀夫牢牢抓住他，像要生生把他捏死。

唐果与谷秀夫几乎是面对面、身贴身地纠缠在一起，唐果被这眼前的景象吓得魂不附体，他百忙中用了擒拿手、点穴法、拳脚交加，但因全乏气力，完全不能生效，相反谷秀夫五指已握住他的咽喉，使他一口气喘不过来。

唐果再也不理那么多，一剑又一剑刺去，刺入谷秀夫身体里。

他刺得两三剑，谷秀夫发出野兽濒死前的厉嗥，五指几乎嵌入唐果的颈肌里。

刺得四五剑之后，谷秀夫的手指才松脱了，唐果刺到第六七剑，才能挣脱谷秀夫的掌握，"砰"地头上顶着碎板，连跌带爬地滚了出去，回到了床上，也不知谷秀夫死了没有。

他刚爬回床上，已变成了一个血人似的，手里明晃晃地紧执一把血剑，重复地叫："我杀了人，我杀了人……"

不料床底下巍颤颤地伸出了一只血手，抓住他的脚，硬把他拖回暗格里去！

唐果尖叫，抓住蚊帐，蚊帐塌落下来，罩在床上，唐果的身子仍往暗格里拉去。

唐果极力用手抓住床沿，"剥"的一声，床沿木板扯裂，唐果猛往后翻，掀起染得一朵朵大红花似的棉被，直落了下去。

唐果往下直跌，压在谷秀夫的身上。

他吓得什么都不知道了，这时棉被盖在暗格之上，使得格内漆黑一片，一点烛光也透不进来，唐果只觉得自己压在一个人的身上，这个人，不管是不是该死的，但肯定是已经中了十多剑，活不了的了。

唐果哭着、叫着，他不愿死，只有杀人，他双手紧握剑柄，一剑又一剑地猛刺下去，在黢黑里只听到利刃戳割肉体之声。

在外面的赖药儿、李布衣、嫣夜来全不能动，他们刚才看见唐果变成了个血人儿，爬了出来，以为他已必死，后又见他被拖入暗格，随即蚊帐、棉被把一切都罩住了，什么都看不见了。

只见棉被一起一伏，不久，棉被上的血迹像浸了水的棉花，愈渐散扩，慢慢地，连覆罩其上的蚊帐也染红了，使得密格花纹的蚊帐，每一小格里都网住了一方鲜血。

过了一阵子，连外面的格斗、呼喝声也静下来了。

床上一切，全都静止，只有血腥在扩散。

又过了一会儿，棉被蠕蠕地移动。

只见棉被凸出一个头颅的形状，渐渐支撑了起来，显出上身的形状，然后棉被从里中掀开，现出了棉被里的人。

李布衣等这才舒了一口气。

挣扎起来的是唐果，双手沾满鲜血，犹紧执短剑，喃喃地道："我杀死人，我杀死人……"好像已丧失了意识。

更可怕的是，他身上粘了好一些人的碎肌、残骨以及肠肚内脏，粘在他身上，唐果恐惧已极，但又挥不去、抹不掉，他也不敢去碰触。

过了半晌，他才突然弃剑，号啕大哭起来，李布衣等人，反而放心，只听他抽抽噎噎地道："我杀了人，我杀了人了……"

武林好汉、江湖豪侠杀人如砍瓜切菜，视为等闲事，唐果本性良善，人虽机灵，喜捉狭人，但自幼受不杀生只救命的神医赖药儿耳濡目染，自然也向善发展，今日却因特殊环境之下，求保卫自己和亲友性命而把一个人杀了又杀，开始是怕杀他不死对方反杀了自己，后来是怕杀他不死留着残喘更痛苦，但他从来没有杀过人，也不知道如何杀人，只知道赖药儿怎样把垂死的人一个一个地救活过来的赏心悦事。

这是他第一次杀人。

他第一次尝到杀人的滋味。

这也是他最后一次杀人。

杀人的滋味竟如此可怕——真不明白在世间还有些人尽是杀

杀人者的滋味又好受么？

　　——人，为什么要杀人呢？

　　唐果不明白。一头牛不会为了活着而去杀别一头牛，一只老虎也不会以杀另一只老虎为乐。

　　这次杀人，使他下定决心，这一生里永不再杀人！

　　唐果愈想愈恨，也愈想愈伤心，他真恨不得砍掉自己一双杀人的手，他一面想一面哭，直至"砰"的一声，有人破窗闯了进来。

　　破窗闯入的人是谁，比什么都重要，如果闯入的人是"勾漏三鬼"，那么唐果再机智，也抵挡不住，房内诸人的命运可以说是任听摆布了。

　　众人都希望进来的不是"勾漏三鬼"——但以敌优己劣的情况来看，进来的不可能会是飞鸟和傅晚飞。

　　飞鸟和傅晚飞不可能胜。

　　傅晚飞把胖鬼引了出去，"勾漏三鬼"一向"三人同心，三心一体"的，于是瘦鬼和矮鬼，也把飞鸟硬生生迫了出去。

　　在月下的飞鸟力敌瘦、矮二鬼，虽落下风，但也一时取之不下，只是那边的傅晚飞苦战胖鬼，已经险象环生了。

　　傅晚飞开始是用"沉鱼刀法"以抗。

　　胖鬼在七招之内击飞了他手中的刀。

　　傅晚飞只好用"游鱼拳法"力战。

　　这次胖鬼只用五招，就把他一脚踹飞。

傅晚飞仆倒在地，半晌爬不起来，胖鬼似根本没把他瞧在眼里，不想杀他，而赶去与瘦鬼、矮鬼，合击飞鸟。

这一来，飞鸟可就惨了。

他刚招架住胖鬼的长叉，就要闪躲瘦鬼的中叉，刚避过瘦鬼的中叉，就碰上矮鬼的短叉，好不容易硬接了矮鬼的短叉，胖鬼的长叉又已攻到。

这三人的攻势好似是一口风车轮，飞鸟就像缚在上面，转呀转的转个没完。

飞鸟急得头壳上铺了层油似的发着光，怒吼不已。

胖鬼道："大和尚，你要是服了，趴在地上叫三声'服了'，就放你一条生路！"

瘦鬼道："还要叫三声：爹爹。"

矮鬼接道："再叫三声：爷爷。"

忽听有人干咳一声，"唔，乖孙子。"

矮鬼几乎跳了起来，看是那个浓眉大眼的青年，怒骂道："谁叫你来着？"

傅晚飞嘻嘻一笑，"他叫。"用手一指瘦鬼。

瘦鬼给他一指，莫名其妙，道："没有哇。"

傅晚飞又向矮鬼指了一指，道："他骂你爹爹。"

瘦鬼向矮鬼怒问："你骂我爹爹作甚？"

矮鬼道："没有啊，我爹爹就是你爹爹，我骂你爹爹作甚？"

傅晚飞道："是他骂你们的爹爹。"他这次指的是胖鬼。

瘦鬼、矮鬼对望一眼，一齐道："我们爹爹也就是他爹爹，他骂我们爹爹作甚？"

傅晚飞忍笑道："你们既是同一父所生，为何姓氏却全不相同？"

瘦鬼大剌剌道："爹爹同了，娘可不同。"

矮鬼道："我们可是跟娘亲姓氏的。"

傅晚飞跟瘦鬼和矮鬼几句对话，全无章法，引得瘦、矮二鬼回答，这二鬼一回答，自然分神，几乎停下手来，胖鬼又给飞鸟双斧逼得说不出话来，急得什么似的。

原来这三鬼武功虽然相当不错，但生性奇特，胸无城府，当日闯入天祥，便因三人务必要轮流着说话，傅晚飞把他们说话的次序全都打破，搞得他们头昏脑涨，铩羽而归。

现下三鬼只瘦、矮二鬼讲话，胖鬼又半句话都说不出，在他而言，艰辛至极，武功出手也大打折扣，急得直瞪眼。

瘦鬼道："老大好像不对劲。"

矮鬼道："我们去助他去。"

三人再度联手合击，局面又登时扳了过来，不料一人蹿入，提刀对着瘦鬼就砍。

瘦鬼忙举斧架住，反攻一招，傅晚飞让飞鸟替他挡过一斧，又挥刀斫向胖鬼。

胖鬼连忙招架，一面道："不是轮到我，到他、到他……"他指的是矮鬼。

矮鬼见没有出手的机会，短斧猛攻飞鸟，飞鸟正要回斧来救，傅晚飞却一刀斫向瘦鬼，向飞鸟叫道："砍那胖的！"

换作常人，自然不听，怎能不自救而去攻击未出手的人？但飞鸟也是个怪人，见傅晚飞一上来局面就搅了个稀和，心想这小子也真不赖，浑忘了傅晚飞的武功远不及他，竟遵从他的意思去做，一斧二斧，就往胖鬼身上砍。

胖鬼怪叫："他攻你，你怎攻我……"手忙脚乱地招架。

那边瘦鬼架了两刀，搠殳回刺，眼看要命中傅晚飞，不料傅晚飞这时却向矮鬼攻去，矮鬼短殳抢攻中锋，倏忽抢到，瘦鬼那一殳，变得是刺向矮鬼。

矮鬼及时一架，"叮"地星火四溅，矮鬼怒骂道："你要反了！"

瘦鬼一呆，道："什么？"

傅晚飞一面抢攻一面道："他骂你是要饭的！"

瘦鬼怒道："他骂我是要饭的！臭老三，你是叫花子！"

矮鬼也怒道："你骂我是叫花子，老三是叫花子，老二也不是好东西！"

胖鬼喝道："不要骂——"

傅晚飞截道："老二叫老三做叫花子，老三骂老二是要饭的，你知道你做老大的是什么？"

胖鬼不禁问了一句，"什么？"

傅晚飞答："乞丐。"

这一来，局面乱得什么似的，胖、瘦、矮三鬼合攻秩序大乱，而又互言詈骂，无法作战，都气得什么似的，反而对飞鸟、傅晚飞的攻击不那么在意，如此打了一阵，三鬼倒先挂了彩。

胖鬼骂道："都是你们，要不然，老大我怎会受伤！"

瘦鬼回骂："都是你，一个小子都收拾不了，累我们相骂分了心。"他虽然明知是因为骂架分心，但还是恶言骂下去。

傅晚飞截道："你们同父异母，不够齐心，自然要败啦！"

矮鬼大叫："到我说，我说！"傅晚飞的插话切掉了本来轮到他说话的机会。

胖鬼没好气地骂道:"说就说,叫什么?别丢人!"

矮鬼怒道:"你说我丢人?"

瘦鬼叫道:"该轮到我说话!该轮到我说话……"

三人再不能合作无间,出手破绽百出,首先是矮鬼给飞鸟斫了一斧,吃痛而逃,瘦鬼也给傅晚飞搠了一刀,落荒而遁,剩下一个胖鬼,少了两鬼,反而能专心作战,以一敌二,足足支撑了七十多招,眼见情形不妙,一连几下狠着,逼退飞鸟和傅晚飞,狼狈退走。

飞鸟开心地道:"赢了!赢了!咱们赢了!"

傅晚飞笑道:"咱们'刀斧双飞,天下无敌',焉有不赢之理?"

飞鸟道:"对呀,'刀斧双飞,天下无敌',好名字!好名字!咱哥儿俩就在月下结义如何?"于是两人乘兴击掌为盟,撮土为香,当天拜了九拜。

傅晚飞道:"李大哥是我大哥,你是我二哥,如何?"

飞鸟笑道:"这你不用担心,见着李布衣,我也心服,叫声大哥又何妨!"

傅晚飞叫道:"哎哟!不好!"

飞鸟道:"又怎么了?"

傅晚飞道:"里面……"刚才他引"勾漏三鬼"出去决战,房里大局仍为"黑衣巡使"谷秀夫所制,此刻情况只怕甚是不妙,于是两人,分别自两扇窗棂穿破而入……

# 第肆回

# 桧谷雾

　　李布衣、赖药儿、嫣夜来等见来人居然是飞鸟和尚和傅晚飞，心中惊喜莫已，两人想替众人解穴，却是不能，只好先去搀扶唐果，再看闵小牛……

　　李布衣、赖药儿、嫣夜来等见来人居然是飞鸟和尚和傅晚飞，心中惊喜莫已，两人想替众人解穴，却是不能，只好先去搀扶唐果，再看闵小牛，只见他脸色青白，双目紧闭，呼吸时缓时速。

　　众人至怕的是此际又有敌来犯，不过，直至李布衣和赖药儿复元，都不见敌踪。

　　赖药儿自解穴道后，即替闵小牛救治。

　　李布衣则替嫣夜来推宫过血，不一会儿，嫣夜来身上穴道禁制也自解开，过去跪在赖药儿高大的身躯旁，专神地看着赖药儿为闵小牛治伤，谁都看见她眼眶晶莹地蕴着泪水，谁都知道她的泪就像早晨玫瑰花瓣上的露珠，一触，就会掉落下来。

　　李布衣遂而用内力助唐果调息，他赞赏地道："你智谋很好，这次救了大家。"

　　唐果的声音仿佛像哭："可是……我杀了人……"

　　李布衣安慰道："你杀人，是为了救许多人。"李布衣内力深厚，唐果本身并非受伤，只是触动了旧伤，加上心情激动，耗力过度，一时不能恢复罢了。过了一会儿，也就没事，他赶忙道："爹的'龙睛沙参'……还在床上……"他自己却不敢过去拿。

　　李布衣知他心意，便过去床下暗格取回"龙睛沙参"，眼见床上血迹斑斑，谷秀夫惨死之状，也不觉怵目惊心。暗忖：这孩子亲手杀了人，只怕对他心灵会造成难以磨灭之影响。暗里叹一声。

　　回首只见赖药儿银发都湿着，汗水黏在脸颊上，蓝袍也像给泼了一盘水似的湿透了，他心中一栗，想警劝赖药儿不适宜如此耗神过劳，却听赖药儿这时开口说话了，"谷秀夫的'点石成金'

指劲，端的是厉害！"

嫣夜来几乎要哭出来，"小牛……怎样了？"

赖药儿道："无碍。我已用定穴法把指劲逼出原穴，等这两天再行针导气，将沉潜暗劲导出十五络穴之外，便不会有害。"

嫣夜来的两颗泪珠，这才挂落下来。

赖药儿轻舒了口气道："幸亏她扑救得快，谷秀夫的指劲没有正中小牛的穴位。"

嫣夜来仍是忧心忡忡，"小牛……会不会……"

赖药儿沉声道："你放心。纵舍去性命，我也会把小牛医好的。"

嫣夜来和着泪眼抬头，瞥见赖药儿深刻的脸容和银亮的白发，那白发像茫茫雪地上的狗尾草，跟那英伟的脸容何其不对称。嫣夜来也不知是因为喜悉小牛无恙还是心中感动，忽然生起一种凄绝的感觉。

她丈夫过世的时候，握着她的手，她也有这种感觉。

众人知道小牛大致无碍，都放了心头大石，从傅晚飞和唐果等计划以飞石击破赖药儿窗口，引他到嫣夜来房间，后来点倒了"桐城四箭"却中了谷秀夫之计，发生了一大堆事情到现在，也折腾了大半夜了，李布衣道："这只不过是第一关。"

众人心头又沉重了起来。

要找到"七大恨"最后一"恨"："燃脂头陀"，就得到"海市蜃楼"。

"海市蜃楼"是"天欲宫"副宫主哥舒天的行宫。

要到"海市蜃楼"，必须经梅山、桧谷、大关山三大重地。

傅晚飞、唐果、飞鸟不约而同地想到：桧谷是什么地方？

——前面有什么在等着他们？

等着他们的是雾。

不是清晨，也不是深暮，雾气已把山壁悬崖遮掩得像一幅云深不知处的画，只添上几笔，那就是若隐若现、奇形怪状湿了水似的松桧，在各处不可能的峭壁上展示它们峥嵘的姿态。

李布衣走过许多名山大川，但觉雾气都不如此处深寒，有时候，人在山里，像在一团浸湿了水的白云中，有时候，云朵激烈地移动起来，形成兵刃攻伐的卷荡，人在其中，觉得天移地动的惊心。

他和赖药儿商议过，不拟在黄昏越过雾墙，而在桧谷山庄落脚。

桧谷山庄有庄而没有人。

山庄里一切齐备，包括没有毒的饭菜，但就是没有人。

李布衣、赖药儿等也本着"既来之，则安之"，仔细地检查过山庄前后上下左右周遭一遍后，便分派房间，互惕小心：在这等浸在乳纱一般的雾影里，随时可现敌踪，防范又有何用？只有各自警惕了。

闵小牛的伤势，有显著的好转。

赖药儿还在为他渡穴导经，李布衣见唐果和傅晚飞、飞鸟一个眼色瞟来一个眼色送去似的，便道："去，去，去，大伙儿回房里去，别碍着神医治病。"

傅晚飞、唐果、飞鸟都给李布衣赶出房门，三人吱吱咕咕，好不愿意，待回到自己房中，喀喇一声，李布衣也开门走了进来，眼睛一扫诸人不情不愿的脸色，笑道："我知道，你们都想做系铃人。可是你们在场，硬要系，反而坏事，大家走了，有风吹来，铃声自然叮当响，这不是更好吗?"

三人这才知道李布衣也想撮合这件事，登时大乐，李布衣也跳上炕去，四人聚首一起，像四只啄食的小雀，快乐地讨论起来。

然而赖药儿和嫣夜来却是恬静的。

房里仿佛只剩下小孩低微的呼吸声。

赖药儿把金针放在艾绒上烘热，用手指按摩小孩嫩柔的皮肤，缓缓注入，再轻轻捻转。

嫣夜来在灯下静静地坐着，她长长的睫毛在一段平静时间后轻瞬一下，已剪落了许多烛光，剪弃了许多时间。

过了好久，屋外山鸟喳喳叫了两声。

嫣夜来似被惊醒，一刹那迷茫间有幸福被惊碎了，山意更沁寒的感觉。

赖药儿徐徐站起，道："小牛快好了。"

嫣夜来不知说什么好，又不知拣哪一句先说好，也站了起来。

赖药儿徐步向系闩的木门走去，一面低沉地说："总希望能快些治好小牛，才耽搁了些时候……你也该睡了。"

嫣夜来忽然感到害怕。

她害怕那门打开来的时候，那悲惨的雾色，以及那凄凉的寒意。

她的岁月里，曾长伴这种深心的寂寞。

她终于说："你……"

赖药儿回身，就看见她雪白的脸颊，紧咬着淡色的唇。

"……替你缝……袖子……"

赖药儿看了自己左袖，笑道："不必了。"

嫣夜来道："你给了钱，要缝的。"

赖药儿静了一会儿。这片刻，嫣夜来从手里冷到心里。

赖药儿终于道："我去换了给你。"

血液一下子好像又从凝结成冰的心房里绽放出来似的，嫣夜来坚持道："就这样缝好了，很快的。"

于是两人又坐了下来。

赖药儿的袖子很长。

他坐在嫣夜来的对面，隔着烛火，他的袖子递过去，嫣夜来用手掌细巧地捧着，穿了针，引了线，皓雪般贝齿轻轻一咬，绷地断了线，嫣夜来专心地缝起来。

庄外有些夜枭在叫，幽谷必然很深幽。赖药儿想。

嫣夜来雪玉似的肌肤，和动人的风姿，映着蓝色的袍子，就像山上的积雪，令人有一种不可逼视的柔美。

两人都没有说话，只有孩子平静细柔的呼吸。

嫣夜来低垂着头，那慧黠的嘴角微微漾开……赖药儿不禁问："你笑什么？"

嫣夜来把线尾放到口里一含，绷地又咬断了，道："缝好了。"声音令人想起无由的快乐。

就在这时，外面传来些微声响。

赖药儿白眉一扬。

他用一种平稳的声调道："你护着孩子，我去去，就回来。"

他起身，信步走到门前，手未碰触到门闩，就感觉到门外的杀气。

这杀气像寒冬的雨，落在袒裸的皮肤上，惊起一阵颤栗。

他在门前稍停了一停，才开门，昂然走出去。

嫣夜来看着他走出去，回头走到床上，用臂护着小牛，心里头，全为赖药儿走出去前的那句话占据，"你护着孩子，我去去，就回来。"

这句话就像夫妇的平常话。嫣夜来只觉一阵温柔，泪簌簌而下，她赶快用衣袖抹去，怕滴落在孩子熟睡的甜脸上。


赖药儿一走出去，就倒吸了一口凉气。

雾何等之浓，以致有点像在昏暝之间，既不是白天，也不像晚上。

前面有一个人。

凭赖药儿锐利的眼力，如果那人不是穿着一件金色的衣服，根本就难以分辨那是一个人。

那就像一个幽魂，或浮游无定的东西。

那人背断崖而立。

他背后有数株在危崖上迎风而立的老松，反衬出壮丽的山容。

赖药儿先看见了那人，再看了山，然后回头来看那人，杀气已经不存在了。

赖药儿双手揣在袖中，神态从容如常。

那人也立即感觉到了。

对方不为自己杀气所慑——这感觉使那人感到失败的耻辱。

他亮出金弋戈。

金弋戈是一种奇门兵器，他身上的服饰无疑也很奇异，赖药儿用一种平常的语调道："'金衣巡使'孙虎波？"

金衣人点头。

他只说了一句，"我杀你给谷老二抵命。"

他说完这句话后，两人再也没有话说，该说的，便已经说了。

"天欲宫"的"五方巡使"以"金衣巡使"武功最高，其次是黑、白，再次为红、绿。

孙虎波就要出手的时候，赖药儿瞥见雾中李布衣人影一闪：他也正跟几个来犯者动手。

世上任何动手，轻则定胜负，重则分生死，问题只是：谁死？谁生？


嫣夜来半挨在床上，护着闵小牛，耳朵敏感如白兔倾听逼近的步声，她在细聆外面的声音。

山枭在远处哭叫，像一些没埋葬的幽魂在哭自己的遗骸。

她就这样等了好久。

外面有雾。

她心好冷。

突然，门"吱呀"推了开来，门外的沁寒，一下了全涌入室内，门旋又被关上，被孤立的寒意只有扑击向最暖的烛火，烛光一闪一晃的。

嫣夜来看见赖药儿的银发，看见赖药儿的蓝袍，觉得像丈夫死去三天里她同样做一个他带着风霜回来的梦，然而这分明不是梦。

赖药儿回来了。

他还笑着说："我右边袖子，也扯破了。"他说的时候，有些腼腆，他希望能再跟她相对一阵子，最好的借口就是缝衣服。

没料这一句话，触动了嫣夜来所有的情绪，如决堤的水，一下子，她的脸容是笑的，然而流着泪，扑入赖药儿怀中，把脸首埋在他襟衽里，赖药儿感觉到她双肩一起一伏抽动着，一股子温香，袭入鼻端；她一直来来回回在说着一个字："啊。"赖药儿不知那是一句呻吟还是一声悲叹，可是这衰弱的呼唤，让他觉得怀里是一朵脆弱的花，大力，会捏碎，不撷，会凋谢。

一股强烈的怜惜使他拥紧了她。

第伍回

兵不刃血

赖药儿决战孙虎波的时候，李布衣也跟人在交手。来的人是"勾漏三鬼"。这次三鬼再来，可是为雪前耻的。他们指明要找的是傅晚飞。

　　赖药儿决战孙虎波的时候，李布衣也跟人在交手。

　　来的人是"勾漏三鬼"。

　　这次三鬼再来，可是为雪前耻的。

　　他们指明要找的是傅晚飞。

　　他们找傅晚飞的原因很简单：在天祥，他们给傅晚飞没头没脑地抢截了他们的话头，以致阵容大乱，不战自败；昨晚在梅山上，变本加厉，既在傅晚飞胡言妄语中变得鬼打鬼，又在傅晚飞的乱斫乱劈中捣翻了阵脚，挂彩而逃，三人聚首商议，心怀不忿，决定这次先把那臭小子挑下再说。

　　于是这番三人决定遇上傅晚飞，再不听这小子胡诌，一拥而上，把他宰了再说，而且决不再临阵倒戈，免得日后遭江湖中人讥刺，说他们三人各怀异心而落败。

　　他们三人兴致勃勃，决定要好好教训那臭小子一番再说。

　　这三人脾气古怪透顶，但武功本有过人之能，这次指名向傅晚飞叫阵，傅晚飞当然不是他们之敌。

　　李布衣也当然不让傅晚飞出战。

　　他要傅晚飞和飞鸟留在房内照顾唐果，他顺手取了竹竿，走出门外，就看见大雾弥漫，以及门前瘦、肥、矮三个怪人。

　　李布衣道："你们回去吧。"

　　胖鬼道："我们不回。"

　　瘦鬼道："叫那个大眼小子出来！"

　　矮鬼道："我们要好好揍他一顿！"

　　李布衣耐心地等他们说完之后，才道："你们三个人，童年时候过得很苦，少年情形也坏，性格难免怪一点，不过，只要多行善，以后的日子，倒挺有福气的。"

胖鬼一怔，道："什么？"

瘦鬼道："怎么他知道我们的事？"

矮鬼道："不对！不对！他一定是听我们的亲友说过！"

李布衣笑道："我不认识你们的亲戚朋友，也不知道你们的过往，只是你们面相告诉我这些罢了。"

他笑笑道："你们三人，耳小歪斜，下尖无珠，轮紧缩露骨，是谓'鼠耳'，耳相主一至十四岁运，这段时候，三位只怕流离颠簸，额相主十五至三十岁运程，三位额窄而陷，印堂天中都有伤疤，这十五年运也不会好，所幸三位谅无大恶，时亦行善，及至中年，反而有福。"

三鬼脸色阵青阵白，直听到最后，才露喜意，胖鬼道："你的相准不准的呀？"

瘦鬼道："他讲我们过去，倒挺准的。"

矮鬼道："管他，过去我们怀才不遇，只要知道以后好，信也总比不信好！"

李布衣笑道："三位虽然形状……这个嘛……特别一点，但你们三人，一个五短，一个五长，另一水形入格，日后自有富贵荣华。不过三位五行带克，若不检点，只怕福祸未卜，还是多行好事吧。"

胖鬼突然一副受骗的样子道："你说我们耳相不好，尖削无垂珠，这样怎会有好报？"

李布衣道："但你们耳朵紧贴脑侧，正面望去，几乎不见耳朵，算是十浊一清，仍有福气。"

瘦鬼道："但是……我法令纹入口，很多相师都说我定必饿死，这——"

李布衣笑道："你少挂忧。我见你说话时舌上有一颗红痣，法令入口，份必饥穷，但舌尖有痣，反成'二龙争珠'之局，怎会有饿死的事！饿不死的、饿不死的……"

矮鬼嗫嚅道："可是……人家说南人北相，才有出头，我又那么矮……"

李布衣哈哈笑道："曹孟德不矮么？相学最忌以偏概全，以讹传讹，眉毛淡的便没有兄弟么？嘴巴小便无权么？譬如管窥全豹、盲人摸象，不整个地看，全个地相，是作不得准的。"

胖鬼终于喜形于色地道："看来咱们兄弟还大有希望！"这"勾漏三鬼"本性不坏，只是因为幼年际遇太坏，少年受尽欺凌，三人吃过诸般苦头，练就了一身好本领，行事也邪妄偏激了起来，就像给狗咬过的人一转而成见狗就踢打，他们倒先欺负起别人来了，最后还投入了"天欲宫"，成为"十二都天神煞"中其中三名。

瘦鬼也大为奋悦，可是迟疑道："我们今天是来……总不能……"

矮鬼接道："相师，我们不杀你，但那小子，我们非得要教训不可。"

李布衣淡淡地道："三位如果一定要教训，那就教训我吧！"

胖鬼摇首道："多蒙相师点醒，我们不想伤你。"

李布衣道："那请高抬贵手，也不找那小兄弟的麻烦。"

瘦鬼执意道："不行，你是你，他是他……何况，我们负'天欲宫'之命，执赖神医回去。"

李布衣道："赖神医这不是去找哥舒天的道上吗？'天欲宫'多行不义，你们也别沾上了，我这代小兄弟接你们三招，我不避、不躲、不闪，若接不下，只好怨自己技未精纯，虽死无怨。若接得下，就请三位退三尺地，放过小兄弟，退出'天欲宫'，多为福百姓。"

矮鬼断然说了一个字，"好！"

李布衣缓缓吸进了一口气，"请。"

矮鬼道："你若接不下，不要勉强接。"说着扬起了手掌。

李布衣神色凝重，只点了点头。

矮鬼大喝一声，一掌击在李布衣胸膛上。

李布衣微微一晃，矮鬼一张脸，涨得赤红，沉声道："好……内力！"

李布衣道："多谢。"

这次由于矮鬼先说了一句话，所以次序倒反，由瘦鬼问："谢什么？"

李布衣道："陶三哥适才那一掌，留了五成功力。"他用手指在衣襟轻轻一弹，胸襟一片衣衫，碎如蝶衣，纷飞飘落。

胖鬼问："你……没有事吧？"

李布衣微微笑道："还挺得住。"

瘦鬼挥了挥拳头，道："到我了，小心着！"

李布衣点头，又长吸了一口气，神定气足地屹立在雾中。

这一拳正正中中地打在李布衣脸门上。

李布衣连动都没有动。

只是他身边的雾气，好像突然遇上热气一般，幽魂雪衣般散开，好久都不曾围绕在李布衣身畔。

李布衣又缓缓睁开双眼。

矮鬼问："怎样了？"

李布衣道："还受得了。"

胖鬼道："佩服。"

李布衣道："席二哥也留了四分力。"

瘦鬼叹道："就算用十成功力又如何？我当今方知天外有天，人外有人。"

李布衣笑道："这世间本就一山还比一山高，我这不算什么。"

矮鬼关切地道："小心，我大哥武功可不比我们。"

李布衣承情地微笑，望向胖鬼。

胖鬼考虑了很久，好像要剁掉他一只手指那么负担地道："我知道你内力高深，但我们不能虚晃了事，总要尽力而为，无愧于心。我要用兵器了。"

李布衣道："你若留情，我反而不要。"

胖鬼挺起了长殳，殳尖对李布衣右肩。

李布衣忽道："你若不用全力，对一切都不好交代，刺这里吧。"他用手指一指自己的心房。

胖鬼肥厚的脸肌突然绷紧，露出一种大义灭亲、睚眦欲裂的表情，大喝一声，"得罪了！"一殳刺出。

殳风破空，夜枭在枝头掠起。

"噗"的一声，殳尖刺入李布衣胸内。

胖鬼倏然变色，瘦鬼叫："看相的！"矮鬼掠过去喊："你怎么了？"

却见李布衣身子一挺，又弹了上来，恢复原来的姿态，道："承让。我没有事。"

胖鬼这才看清楚殳头上没有染血，吃惊地问："你怎样……做得到？"他明明感觉到运用数十年的长殳已刺入对方的身躯，可是下一刹间，这感觉又完全不存在了。

李布衣道："桓大哥若用十成力，我便一点也做不到了。"

瘦鬼咋舌道："我服了。"

矮鬼道："怎到我们不服？"

胖鬼沉吟了一会儿，道："既然如此，我们和那位小兄弟的恩怨，一笔勾销，那位小兄弟既是李神相的小兄弟，也等于是我们的小兄弟一样！"

瘦鬼道："'天欲宫'咱们也一刀两断，恩尽情绝。"

矮鬼道："咱们这就多积德去吧。"

三人哈哈一笑，仿佛在这半昏半暮的雾里做了一场梦一般，向李布衣各自一揖，自雾中隐去。

李布衣待他们消失后，微微一笑，捂心皱眉，印堂上挤出几条辛苦的悬针纹，终于咯了几滴鲜血。

他用袖子揩去，然后推开房门，走了进去。

傅晚飞、唐果、飞鸟三人立时自窗边围拢上李布衣身边，傅晚飞看着李布衣衣袖上的两点血，比看到自己的伤口还难过："大哥，你受伤啦？"

李布衣道："没什么，这'勾漏派'三位仁兄的武功，着实不赖。"

飞鸟喃喃地道："我现在才知道，谁赖、谁不赖。"

李布衣一时没听懂，问："嗯？"

飞鸟大声道："你不赖，赖神医也不赖，赖的是我这个大光头！"

李布衣笑道："你的双飞斧，雷霆电击，是武林中用斧的第一高手。"

飞鸟道："你别安慰我了。单论武功高，我也不见得服得这么五体投地。只是，你连一招却没动过……他们三人已……已经化干戈为玉帛，改邪归正去了。"

李布衣淡淡地道："那是因为他们三人品性本好……人在江湖，能不杀人，又何苦多造杀戮？"

唐果听得入了神，鼻端淌下两条"青龙"也忘了吸。李布衣又笑道："赖神医才厉害。"

傅晚飞兴趣来了："怎么？"

李布衣道："袭击他那边的是'五方巡使'之首'金衣巡使'孙虎波，孙虎波的金弋戈在武林中是有名的'奇门之奇'，他的武功在江湖上也被称为'怪中之怪'，可是……"李布衣在雾中与"勾漏三鬼"对峙之际，也留意看雾中另一处赖药儿与孙虎波的对决。

"赖神医在孙虎波出击第一招的时候，他用一只袖子来对抗，另一只袖子，卷住了松干，使整棵树弯下来，再弹出去，孙虎波的金弋戈还插在树上，人已不知被震飞到悬崖哪一方去。孙虎波虽然仍是划破了赖神医一只袖子，但他总共只用一招，一招便击败孙虎波。"

傅晚飞听得悠然神往，"几时、几时我的武功才能练得那么好？"

李布衣笑着拍拍他肩膀，道："你永远不会练得那么好，因为你懒，懒人功夫从来都不会太好。"

他看见傅晚飞脸上掠过失望的神色，继续说下去："'勾漏三鬼'武功人人都比你高，但仍给你作弄得一点办法也没有；年不饶出手比你狠，一样对付不了你，可见要取得胜利，不一定要武功高。"

他向唐果笑道:"就说小唐吧,昨天在梅山,要不是他,我和赖神医,一样得死翘翘。"

傅晚飞这才张大了嘴,下颏掉了块衔接的骨骼似的一时没能合上。可是唐果一听昨晚的事就想起那一摊溅喷个不停的鲜血,心慌意乱地岔开去问:"哥舒天很厉害?"

李布衣长叹一声,用衣袖擦擦嘴角。

窗外雾更浓,渗入屋内的雾仿佛有重量,使人觉得沉重。

傅晚飞以为李布衣没听见唐果的问话,而唐果所问的又正是他最有兴趣要知道的,于是再问:"'天欲宫'那个副宫主哥舒天,武功不知怎样呢?"

李布衣提壶呷了一口茶,又用衣袖抹拭唇边,然后才说:"看那雾。"

众人都看那仿佛白衣鬼魅一般变化无常的雾,却看不出一个所以然来。

李布衣沉声道:"如果雾是敌人,我们谁都躲不开去,只有等明天太阳出来的时候……"

他把一口气一分一分地舒出来后,悠然说道:"睡吧,明天还有大关山呢。"

太阳的光芒像一根根长脚的针,刺在章鱼一般的雾爪上,刺到哪里,它就退缩到比较深寒的地方,直到深寒的地方也焙烘着阳光,雾便彻底地消散了。

众人趁雾散时赶上了大关山。

大关山,没有住宿的地方。

大关山有一条长约三里的隧道。

这一条隧道在极其坚硬的花岗岩底开辟的，傍依高峰绝仞，这一手笔可谓鬼斧神工，也不知开辟者熬尽了多少心血，洒遍了多少鲜血。

赖药儿、李布衣等谁都不希望今天有人会流血。

可是只怕难免流血。

大关山隧道之后，便是大关山的尽头。

大关山的尽头以后是什么？

有人说是"海市蜃楼"，可是这么多年来，谁也没有自大关山尽头进出过，纵然有进出过的人，也没有人说出他所见的一切，而且，他们通常都付出极惨重的代价，才保住了一条性命。

只是赖药儿需要"七大恨"，才能活下去。

"七大恨"已全六恨，还缺"燃脂头陀"。

赖药儿从前到过"海市蜃楼"，替哥舒天治好了病，那是他一生中最后悔的一件事，不过，他因此知道"海市蜃楼"里保有一株"燃脂头陀"。

他要取"燃脂头陀"，就必须要经大关山隧道。

这一路并没有所预期的出现敌踪。

李布衣等甚至觉得，自从梅山那一战过后，不能算是真正的有敌人出现过，桧谷的袭击看来不像来自"天欲宫"的安排，而是"天欲宫"座下高手的私自行动。

隧道幽深而长，山泉不住自阴滑的石缝淌下，初入隧道还有背着一团蒙蒙的亮光，走了一段路以后，前面看不见光，后面也没有了光，他们就像几个人，听着彼此的心跳，闻着彼此的呼吸，相依为命地走进了地狱。

众人手握着手，提防着无可防备的暗算，彼此都感觉到手心冒汗。

赖药儿背着闵小牛，他右手握住嫣夜来的手。赖药儿的手掌又宽又大，嫣夜来的手掌像给他揣起一朵柔垂的花苞一般轻柔地握着。

在黑暗里，仿佛她的血液流进他的血液，他的血液流进她的血液，他突然感到不寒而栗。因为他感觉到嫣夜来正在感受到一种极端的近乎壮烈的幸福，仿佛在脉搏的搏动里这样深邃地喊着：如果你不能活，我就舍下小牛，跟你一起死！

赖药儿感到震栗的是，一个母亲做出这样决然的抉择，有一种凌空跃下的贞烈。

他迷茫了一下，抬头望见前面一点微芒。那是大关山隧道的出口。

——快到尽头了。

——沿路没有伏击。

——然而大关山的尽头，是什么？

# 第陆回 大关山的尽头

大关山的尽头是残霜和雪。残雪像节日过后的炮仗一般，满地都是，有一种繁花落尽后的刻骨悲凉。地上的冰屑，间隔着湿漉的黑泥……

大关山的尽头是残霜和雪。

残雪像节日过后的炮仗一般，满地都是，有一种繁花落尽后的刻骨悲凉。

地上的冰屑，间隔着湿漉的黑泥，远处山巅皑皑白雪，仰脸一照，映得逼人的寒。除了深山的松树，便是无尽止的坚冰和松雪。

山意寂寂。

偶尔松针上掉落一串冰屑，发出轻微而清脆的碰响。

大关山腰际有一带薄雾似的浮云飘过，仿佛一涧雾溪，潺潺横空游离出来一般。

李布衣道："听说，哥舒天不让人进'海市蜃楼'，便谁也看不见'海市蜃楼'。"

赖药儿道："幸好，只要看见人，楼也不会远了。"

他说这句话的时候他已看见了人。

"金衣巡使"孙虎波、"白衣巡使"展抄、"红衣巡使"俞振兰、"绿衣巡使"周断秦，以及农叉乌、年不饶和乌啼鸟。

站在七人之前，有一个脸红得如鸡冠，结得一个又一个瘤子、眼光深沉锐利的老人。

老人沉嘎的声音道："你们来了。"

李布衣道："你也来了。"

老人道："我们等你们好久了。"

李布衣道："你们见我们上梅山，还不确定，待进入桧谷，便知道我们是往'海市蜃楼'来的，所以在大关山隧道口等着，准不会错。"

老人道："赖神医、李神相既然移步光临，'天欲宫'上下欢迎之至，在下等在此恭迎大驾。"

李布衣道："难怪，大关山隧道伸手不见五指，是绝佳暗袭之地，你们不出手，真是错失良机。"

老人道："在桧谷的大雾里，我们也不算是出手，只是几位年轻朋友，禁不住报仇心切，来找二位切磋讨教。"

他笑了一下，脸上如鸡皮般的瘤肉却因太沉重，笑不起来，只有嘴巴咧一咧算是笑容，"你们既来'海市蜃楼'，除非副宫主点头，否则，谁也回不去，我们又何必多此一举施加暗算呢?"

傅晚飞一步跳出来戟指骂道："哥舒天——"

李布衣截道："他不是哥舒天。"

傅晚飞一怔，道："他是……"

李布衣道："'飞砂狂魔'蕉心碎，'天欲宫'的'十二都天神煞'之一。"

傅晚飞呆了一呆，他倒闻过沈星南提起蕉心碎的名字。失声道："你……你不是给赶回苗疆了吗?"

蕉心碎脸上又红又粗的厚皮像针刺不入，"承哥舒副宫主的厚爱，我又回来了。"就在这时，嫣夜来忽然"啊"了一声。

众人回过头，只见嫣夜来脸色苍白，用手颤指前方。众人循她所指看去，只见那一抹轻纱般的雾带，已绕过那逼人森寒的山巅，在微蒙的阳光映照之下，竟现了七色的幻彩，矗立了一座雪雕冰砌的宫殿，一条长长的雪玉石阶，正自上卷铺而下，也不知是幻是真。

蕉心碎在众人讶异中道："副宫主让你们看见'海市蜃楼'，你们才见得到，要是副宫主不肯，你们谁也别想看得见。"

李布衣这时却瞥见在雪光迫人中的赖药儿。

从大关山隧道出来后，赖药儿又似苍老了许多，雪光映得他眉发俱银，但皱纹竟在这几日里，结蛛网一般爬满了他脸上，鼻口间的呼吸微微呵着白烟，竟因天气的森寒而微起颤栗。

李布衣瞧得心里担忧，却发现另一双更担忧的眼睛，正深情款注赖药儿，嫣夜来同时也发现李布衣的关注，两人无声地交换了忧虑和了解的一眼。

蕉心碎道："副宫主知道赖神医肯为小宫主治病，专程而来，很是高兴，请我们接赖神医上去喝杯水酒洗尘，李神相若有心屈就，'天欲宫'定必委以重任，亦可留下，其他的人，送到此地，可以回去了。"

赖药儿摇首道："我不是为医小宫主而来的。"

蕉心碎居然神色不变："哦？"

赖药儿道："我要见哥舒天。"

蕉心碎脸上的肉瘤抖动一下，望向李布衣，"阁下呢？"

这时梯阶已缓缓卷铺至地面。李布衣笑道："我也要见哥舒天。"

蕉心碎道："阁下无心效力'天欲宫'，那请自便。副宫主吩咐过，只见赖神医。"

李布衣笑道："如果我一定要见呢？"

蕉心碎也笑道："那只怕你见到的不是副宫主。"

傅晚飞奇道："还有三宫主么？"

蕉心碎像毒蜂似的盯了他一眼，然后道："我是说阎罗王。"

傅晚飞大叫一声道："三宫主是阎罗王？"

蕉心碎觉得自己讲了一句很机智风趣的笑话，结果给一个傻愣愣的无名小卒当作是自打嘴巴的蠢话来办，顿觉忍无可忍，忽然移了一步。

　　傅晚飞只觉脸上寒了一寒，忽见山壁上的冰雪忽地向他逼来似的，震了一震，只来得及用手一遮。

　　就在他用手遮挡的刹那间，蕉心碎至少有十次以上的机会可以轻易取他性命。

　　不过蕉心碎并没有下手。

　　不是因为他不想杀傅晚飞，而是在傅晚飞身前，多了一根竹竿。

　　如果他贸然出手杀了这小子，这竹竿也至少可以在他身上刺出十个窟窿来。

　　竹竿的另一端，是握在一个人的手上。

　　当然是李布衣的手上。

　　蕉心碎的脸涨得跟发怒的雄鸡一样红，但他并没有发怒，"赖神医可以进楼，其他人请回。"

　　傅晚飞大声道："我们一起来，就一定要一起进。"

　　唐果也道："非进不可。"

　　飞鸟也说："不可不进。"

　　蕉心碎怒道："是谁在说话？"

　　李布衣道："我。"

　　蕉心碎道："哦，李神相的嘴巴是长在别人脸上么？"

　　李布衣笑道："不，那是因为我们人人的心都一样。"

　　蕉心碎向后打了一个手势，然后道："要是这样，大关山的尽头便是你们人生的尽头了。"

　　李布衣正待说话，赖药儿对李布衣低声道："我进，你们不必进去。"

李布衣道:"那我们上梅山,入桧谷,过大关山,算是送君千里终于一别来着?"

赖药儿坚持道:"求药是我个人的事,大伙儿一起进去,又有何用?"

李布衣即道:"赖兄没把我这根竹竿瞧在眼里?"

赖药儿苦笑道:"李兄,言重了!"

李布衣道:"赖兄,咱俩并肩子上吧!"

赖药儿长叹一声道:"我实在有事,要托李兄。"

李布衣道:"你说吧。"

赖药儿道:"如果万一我有什么不测,嫣女侠、闵氏祖孙、天祥的朋友、唐果……都要你照顾……"

他用手紧握李布衣的手,李布衣感觉到他手似冷冰,只听他声音有一点点颤抖,"你就答应我这些事。"

李布衣瞧着他,忽然甩开了他的手,冷然道:"我不答应。"

他看见错愕与失望在赖药儿脸上绽开,继续把话坚定地说下去:"我决不答应。因为,你一定会活着,你一定要活下去,嫣女侠、闵氏祖孙、天祥人、唐果、病人……全由你自己看顾。"

他一字一句地道:"你不要死。死了,那些人,不会有人代你照顾。"

赖药儿茫然了一会儿,忽然苦涩地笑了,"我知道。"他点头,又老了许多,"我知道你的意思。"

李布衣看到他衰老的神情,语音一时哽住了,一闪步,已闪身而出。

蕉心碎张手一拦。

李布衣一闪身,已到了蕉心碎背后。

不料眼前蓝影一闪，赖药儿的背影已在他前面。

李布衣再腾身，到了赖药儿身前。

赖药儿一抢身，又到了李布衣前面。

李布衣脚跟一转，再拦在赖药儿之前。

赖药儿道："我先上……"

李布衣道："要上一起上！"

赖药儿道："你这又何苦？"

李布衣道："你上你的，我上我的，你又何必拦我！"

蕉心碎沉声喝道："李布衣留下，赖药儿由他！"

赖药儿纵身腾上，足尖已落在长长的阶梯上。

李布衣也要掠上，眼前"呼、呼、呼、呼"四道人影倏地落下，分东、南、西、北四个角度，包围了他。

李布衣身形甫动，四人身形也动。

李布衣再落地时，仍是在四人包围之下。

李布衣没有再跃起。

在刚才他掠起之际，发现在对方所摆下的阵势操纵之下，有六次机会可以置自己于死地，不过，因为他身法极快，时机稍纵即逝，四人不及把握时机击杀他而已。

这四个人正是孙虎波、展抄、俞振兰和周断秦。

这四人合组起来的阵势，使得他们原有的武功仿佛还高上一倍，李布衣知道自己若果再稍大意，那可真要应了蕉心碎的话去见阎罗王了。

赖药儿这时已登上云玉似的石阶。

他在霜雪中回望。

嫣夜来不知道他在望谁，可是因为一阵可以令寒冰也起颤栗的寒风吹来，赖药儿仿佛在梯上晃了一晃，他的回首如同一个老人般苍老，白发蓬飞，蓝衫似化作片衣飞去。

嫣夜来只觉得无限哀恸，她不顾一切，左手抱着小牛，右手挥着怀剑，疾掠了过去。

赖药儿已经往似在云端的宫殿昂然踏去。

嫣夜来倏然掠出，农叉乌、年不饶、乌啼鸟抢身拦住。

傅晚飞和飞鸟，分别截住农叉乌和年不饶。可是嫣夜来仍给"夜鹰"乌啼鸟拦住。

在这顷刻间，李布衣已变换了八种方法，想不伤人而冲出金、白、红、绿四巡使的包围。

可是他的八次冲阵，结果仍留在阵内，甚至连脚步也不能寸进。

李布衣突然陷入了沉思。

然后他道："这就是'巳寅九冲、小辰多宝'大法?"

展抄冷哼道："可惜谷老二死了，不然，这阵势还要你大开眼界。"

李布衣只好伤人。

他决意伤人而出阵。

随即他发现他不但伤不了人，也出不了阵。

甚至是杀人也闯不出这"巳寅九冲、小辰多宝"的绝妙阵势。

他突然顿悟"天欲宫"为什么安排这五人为"五方巡使"，因为他们的武功、出手、身法，配合在一起，足能把"巳寅"、"小辰"的阵势绝妙处发挥无遗。

可是他知道，现在这个阵，仍有缺憾。

因为它少了一个人。

这阵是有破绽的，但破绽在哪里呢？——李布衣仿佛在猜一则灯谜，谜底呼之欲出，却始终无法破解。

要是这谜再不破，李布衣的头颅只怕就要给孙虎波的金弋戈、展抄的无影刀、俞振兰的飞索、周断秦的大砍刀击破。

乌啼鸟用的是刀。

他的刀是黑色的。

嫣夜来银亮的小剑碰上去，仿佛渐渐也被染黑。

何况乌啼鸟的刀，尽往嫣夜来手里所抱的孩子身上招呼。

乌啼鸟深知道他无需击败嫣夜来，只要认准闵小牛攻去，嫣夜来就只有守的份儿。

乌啼鸟素来都很卑鄙，他若不卑鄙，当日赖药儿医好了他，他还色心大发奸污了一名天祥少女，后来诸葛半里收留了他，也给他暗算身亡。

他要是不卑鄙，也不会由茅雨人、沙蛋蛋先刺第一刀、第二刀，他才来刺第三刀。

所以茅雨人、沙蛋蛋都死了，他还活着。

他常常认为不想自己死得那么快，就非要手段卑鄙一些不可。

他偶尔也向闵小牛出手。

只是他攻向嫣夜来的时候，招式比攻向闵小牛还要卑鄙：任何一个武林人，也不屑用这种招式，可是乌啼鸟都用上了。

# 第柒回 哥舒天

　　就在这时候，战况有了极大的变动。李布衣虽冲不出四大巡使所布之阵，但他的竹杖，突然发出了至大的力量。展抄的武功，在四人中不算是最高……

就在这时候，战况有了极大的变动。

李布衣虽冲不出四大巡使所布之阵，但他的竹杖，突然发出了至大的力量。

展抄的武功，在四人中不算是最高，但他的刀是透明的，只能从他手势中领会刀向，李布衣的竹杖，迅蛇一般刺向展抄。

展抄回刀一格，蓦然发现，李布衣手上这根细细长长的竹竿，竟有极大的吸力，吸住了他手上的刀。

周断秦的武功是这四人中最弱的。

但是他的反应比谁都快。

他一眼就看出了展抄的刀被人牵制，所以他一刀就斫了过来。

他的名字叫"断秦"，"周"当然是他的姓。

他叫"断秦"，是因为他十七岁的时候，就一刀斫断"擎天一柱"秦客的"伏魔金刚杵"和他的头。

他这一刀要斫的是李布衣的手。

可是不知怎的，他这一刀只斫中了李布衣手上的竹竿。

他只觉手臂一震，接着下来，这只手臂就像完全不属于他的了，随着竹杖、透明刀一齐往上边荡去，刚好迎上了孙虎波的金弋戈。

孙虎波怒叱一声，"混账！"

他叱喝的是展抄和周断秦，怎么碍手碍脚，把兵器往自己金弋戈上递。

但是在他喝出那一声之后，他立即发觉这也等于把自己骂了进去，因为从手上传来那一股莫可匹御的大力，使得他的金弋戈，也随着青竹杖、大斫刀一齐往俞振兰刺去！

俞振兰眼睛因受鬼医毒伤，仍未能视物，他听风辨影，飞索一钩，卷住来袭的兵器，却在同一刹那间，他的身子飞起，同时看见展抄、周断秦、孙虎波的身子也飘了起来，然而手上的兵器仍黏在李布衣的竹杖上，别说抽回，连放弃兵器也无能为力。

李布衣正运用一种绝大的内力，硬生生带起四人，正要破阵而出。

守在阶梯第一级的蕉心碎突然动了。

他就像一只愤怒的公鸡，突然全身胀满了气，怪叫一声，双脚往下一蹲，猛吸一口气，双掌发白，猛推了出去。

随着他双掌推出，断柯、残雪一齐飞起，失去魂魄般寒雨一样地卷向李布衣。蕉心碎自己仿佛也在这飞霜狂飙里离地欲起，但双脚却像种入了地心，始终黏在地上。

李布衣生平跟无数高手对敌过。

这些高手里，武功比蕉心碎好的，绝不是少数目，但是，一个人出掌会引起雪崩冰裂、云卷风飞，仿佛片刻可以埋自己在雪坟里的掌力，李布衣却从未遇过。

这刹那间，他不知如何对付这一掌。

所以他全身化作一片薄云——比雪花还无力，随狂飙一摧，摧出三丈外，飘然落地。

由于他只能算是一片雪花，烈飙寒风并不能伤害他。

他这一散功泄地，让过对方一掌，但展抄、孙虎波、周断秦、俞振兰也得以各自收回兵器，滚身而去，李布衣足尖落地之际，他们又已依各方位，包围了李布衣。

李布衣知道，自己要冲出这阵势，只有两条路：那是要用迅雷不及掩耳之法，击倒四大巡使，再全力对付蕉心碎；否则，便是出其不意击倒蕉心碎，再力图冲出"巳寅九冲、小辰多宝"阵。

他现在已经明白，为何四大巡使缺一人仍摆下此阵。那是因为有"飞砂狂魔"蕉心碎在，以他的武功，比谷秀夫在更能发挥围杀的力量！

李布衣以"舒袖功"的一杖之力带起四人，却仍给蕉心碎掌力迫回，他破阵虽未成功，但对整个战局却起了扭转乾坤的作用。

蕉心碎的"飞砂掌"可以激起周遭一切什物卷击投掷对手，掌功波及范围极广，但掌力袭击只限于一个特定的中心，这掌力所发出的风力由于十分集中，足可把敌人撕裂，对掌力攻击范畴以外却不构成伤害，故此，狂风漫雪，四大巡使并无损伤。

狂雪漫霜，同时也吹袭在场中每一个人的身上。

嫣夜来捂住闵小牛的眼，她自己也如疾风中一朵白花，荏弱地飘零，但并不凋谢。

乌啼鸟以黑刀护脸，勉强拿住步桩。

不料，一个瘦小的身形借风吹起，向他扬了扬手。

乌啼鸟勉力运刀挥挡了几下，只是，唐果虽然扬了手，却什么都没有发出来，乌啼鸟以为是虚招，也没怎么在意。

就在这时，他左眼剧烈地一痛。

随即，右眼也一阵刺痛。

他怪吼一声，黑刀舞得像在他上下四周的雪地上泼了一桶墨汁似的，待他再睁开眼睛，只见左眼一片黑，右眼一片红。

他左眼看不到东西，那是因为左眼已被打瞎了。

他右眼看到一片红，那是因为暗器打在他右眼眼皮上，眼膜受了创伤，淌出了血，遮掩了视线。

他不知道是什么东西打在他眼睛里，可是他现在几乎遽然失去双目。

他在惊恐中黑刀狂舞，呼着、叫着、嘶着、吼着，因为恐惧，所以往记忆中"海市蜃楼"的阶梯直闯。

他慌惧中的心里只有一个意念：逃！

——离副宫主愈近，愈能得到庇护。

这个求安的意念使他疯狂也似的往上闯，而没有听到蕉心碎那一声怒喝："谁也不许往上闯！"

乌啼鸟怪噪着，见有人挡着，以为是敌人，便一刀往对方斫去。

蕉心碎怒骂一声，"你干什么？"避过一刀，一出手，破刀网而入，抓住了乌啼鸟的肩膀。

乌啼鸟以为敌人抓住了自己，更是心慌，一刀便斫了下去，蕉心碎鸡冠也似的脸突然比鸡冠花蕊还红。

就在这瞬霎间，他的手却白似霜雕。

他抓在乌啼鸟肩膀的手，倏变成手掌。

跟着在乌啼鸟身子前后四周的残冰碎雪骤然被龙卷风似的刮旋起来，线丝缠梭子般密集系缚在乌啼鸟身躯上，在他惨呼喷飞出去坠下山崖之前，乌啼鸟像在面粉堆里打滚过一样，通体遍白，惨呼声久久不绝。

唐果借蕉心碎的掌风而起，居高临下，以透明的暗器夹杂在霜雪之中，打伤了乌啼鸟的眼睛。

他一面向嫣夜来叫道："快去看爹！"另一方面已向农叉乌出了手。

农叉乌的木杵本来已将傅晚飞迫至崖边，但唐果一扬手就是看不见的暗器，令他颇多顾忌，一时也取二人不下。

飞鸟和年不饶第二次相斗，正斗得个旗鼓相当。

蕉心碎杀了疯狂的乌啼鸟，但就在一刹那间，嫣夜来已抱着闵小牛冲上阶梯。

蕉心碎大喝一声，正要出掌，乍听背后四声示警，李布衣的青竹杖尖，竟隔空激射出一缕剑气也似的杖风，直袭自己的背心。

蕉心碎猛回身，双脚一蹲，双掌推出，登时飞沙走石，与破空杖劲互相一激，轰的一声，像雪球给一箭射散，各自一晃。

李布衣身子一晃，仍陷阵中。

蕉心碎身形一晃，待回身时，只见嫣夜来已闪入宫殿虚掩的大门里。

蕉心碎心忖：谅这娘儿们潜入"海市蜃楼"，在副宫主面前，也无多大作为，但这李布衣，可万万不能给他突围，当下全神贯注，对付李布衣。


嫣夜来冲上阶梯，心中是惶急的。

她正担心着：赖药儿怎么了？他跟哥舒天有没有打起来？他有没有取到"燃脂头陀"？

她觉得脚下所踏的石阶，很是奇特，甚至可以说，那不是石阶，而像是把云朵固定成一个方块的"云阶"。

可是嫣夜来心有所悬，已无心理会。

她掠入大门，立刻发现这大门里有一座院落，院落里长着奇花异草，她一样也不识得。

院落后是大殿。

大殿石墙上，有着很多座石雕，大部分都雕着神佛菩萨，或低眉瞑坐，或怒目俯视，栩栩如生。

大殿正中，有一张紫色的布幔。

赖药儿那高大、温厚而带衰老的背影，令嫣夜来心里只觉那儿是一盏灯，有他在就有温暖。

只听赖药儿对布幔里的人道："我不是来治项晚真的病的。"

布幔里的人道："那你来干什么？"

赖药儿道："我是来找哥舒天的。"

布幔里的人道："我就是。"

赖药儿道："你不是。"

布幔里的人"咭"地一笑，道："你好像比哥舒天还知道哥舒天似的，竟敢说我不是哥舒天？"

赖药儿沉声道："你不是。"

布幔里的人笑道："你怎么知道我不是？"

赖药儿道："我替哥舒天治过病，他是一位老人家，绝不是你。"

布幔里传来的声音，正像是琴弦稍为放松一些的调子，用指头绷几下，就有那么好听的声音出来，这样一个比出谷黄莺还黄莺的语音，分明是年轻娇媚的女子，绝不是上了年纪的老人家。

那声音道："你焉知道我现在的声音不是装出来的？"

赖药儿望着布幔里映着一个绾宫髻苗条婀娜的身影，道："这是你的声音。"

布幔里的人沉吟了一下，又道："上次见你，你又岂知我有没有先经过易容？"

赖药儿肯定地摇首，"易容只可以假以乱真，但绝不可能假以作真。"他当初替哥舒天治过病，当然是在距离极近的情形下诊治，以赖药儿的眼力，如果那哥舒天化装易容。他没有理由会瞧不出来。

布幔里的人沉寂了半晌，终于道："你错了，我就是哥舒天。"

赖药儿冷笑道："难道我救活的就是你？"

布幔里的人居然道："就是我。"

赖药儿觉得自己没有必要为这无聊的话题辩下去，便道："如果你是哥舒天，我要向你讨一件东西。"

哥舒天道："原来你既不是来医人，也不是来见人，而是来讨东西的。"

赖药儿冷冷地道："我决不会再替'天欲宫'的人治病。"

哥舒天道："好，你讨的是什么东西？"

赖药儿道："这里院前普贤菩萨神像旁第五口花盆所植的药物。"

布幔里的人似是一怔，良久才道："'燃脂头陀'？"

赖药儿答："'燃脂头陀'。"


嫣夜来趁这个机会依赖药儿所示望去，只见那儿果真有一株奇异的植物。

这株小树，当然是种在土里，可是乍见之下，会以为这株"燃脂头陀"是在水里一样，因为它没有叶子，只有红色的茎须，像珊瑚树一般以各种形态散开，而这植物竟是稍为蠕动的，给人有一种在水映上漂浮的感觉。

这株小树，剔透玲珑、紫红可爱，让人看了第一眼想看第二眼，看完第二眼便想看第三眼，看完第三眼又想看第四眼，如此一路看下去，直至入迷废寝忘食。

当真仔细看去，这小树的红还分千百种，从浅至深，又由深到浅，浅的淡淡一抹，像雪结在梅花蕊上，深的似深到海里的余晖，红得近黑；有些红色，竟似血管一样，细细在动，妙的是上面绽放三至五朵似有若无的金花，不细瞧只以为几点星火，不知道是闪动的花。

嫣夜来知道这花是这棵小树的精华所在，就像蜡烛不能抽出了灯芯；不过，灯火熄了可以重燃，这"火花"灭了，这世间唯一为人所知的"燃脂头陀"，可失去效用了。

只听布幔后那好听的声音微微有些诧异地道："你别的都不要，光要'燃脂头陀'来干什么？"

赖药儿道："治病。"

哥舒天问："治谁的病？"

赖药儿哼道："我的。"

布幔后又寂然无声。

外面隐约传来残风残雪和叱咤呼喝之声。

只听布幔里的人又道："我要是不给呢？"

赖药儿本想答话，可是嫣夜来已倏地掠出，掠向"燃脂头陀"。

她只想撷下这棵小树，让赖药儿可以把"七大恨"找全，她就虽死无恨了。

她身子甫一动，布幔里蓦伸出一只手。

这只手的五指，尖细得像一支支无瑕的白玉笋，笋尖五点凤仙花汁般的艳红，手掌白得像腊月的雪，而掌心的绯红比春末夏初的落瓣还令人心动。皓皓玉腕何等纤秀，腕上缠了三个镯子，一个翠玉，一个靛蓝，一个闪金。这手腕尽头是金丝织成的边，衬着翠绿欲滴的小袖，美得像梦里一个才出现的女子，招招手就令人害怕梦醒后再也见不到。

这手自布幔伸了出来。

立即，有一只镯子，离腕而去，破空飞出，袭向嫣夜来。

嫣夜来正在专注发掘红色的小树："燃脂头陀"。

她专心地为赖药儿采摘这棵小树，就像一个多情女子，为心爱郎君一句赞美而专心画眉；一个善舞的女子为知心舞过生舞过死舞过了舞姿的极限；一个操琴女子为知音弹断了弦一样。

"燃脂头陀"的火花不但不熄灭，反而更璀璨可喜，看来如果不是一棵小树而真的是一位头陀，也是一位至为多情的头陀。

翠镯破空而至，嫣夜来根本没有注意。

她已忘了自己的生死。

就算她注意到，也避不过去。

这小小剔巧的一圈翠玉镯子，角度与速度都不容人闪躲。

就在这时，赖药儿白发振起，衣袖舒卷。

衣袖迎空罩住镯子。

那玉手一招，"波"地一响，翠镯破蓝袖而出，回落在皓腕之上。

翠玉、蓝石、金镯互击，在纤纤手腕上发出极清脆的"叮"的一响。

只听她比手腕上的轻响更清脆地道："好一双怀袖收容的水云袖。"

她说完这句话，腕上三个镯子，又离玉指飞去。

赖药儿岂容镯子再攻嫣夜来？当下双袖翻飞，像天地间暮冥时淡蓝色的霭网，嫂嫂翩翩，那手腕翻覆几次，镯子仍是落回皓腕上。

那女声冷哼道："是你惹我，怨不得我！"玉腕一掣，突然伸出一截手臂来。

由于手腕是向上的，衣袖也就稍微掀起，可以看到一截藕臂，柔得像鹅的脖子，嫩得像刚孵出来的卵。

可是这玉手在电光石火间，已向赖药儿下了三道杀手。

围绕着这只玉手上的五指，有五点若隐若现的金芒，和掌心外的一点深红，这五金一红的光芒，看去并不怎么刺眼，但就像火焰最烈时是淡青色的火焰一样，比火更火的火反而不是猛烈的。

# 第捌回 海市蜃楼

赖药儿接下了三招。他接第一招之后，只觉一股烈焰自袖上焚到了手臂上，热辣辣地烧痛；他咬牙接下了第二招，那火焰烧到了心口……

赖药儿接下了三招。

他接第一招之后，只觉一股烈焰自袖上焚到了手臂上，热辣辣地烧痛；他咬牙接下了第二招，那火焰烧到了心口，然后又火油似的进涌到四肢百骸里去；他拼命接下第三招，全身都像焚着了，就跟一只蛾投入火中的感觉一样。

对方的手忽缩了回去。

赖药儿肯定对方也没讨着便宜，只是，他想运功压下心头烦躁，但觉气血滞虚，无处着力，浑身飘荡荡地，像一片刚脱离树枝的枯叶。

他吃力地道："'六阳神火鉴'，好……掌……力……"

对方却似由纱幔的缛缝里看见他，比他还要吃惊地道："你……原来你犯的是……早衰症……"她隔着轻纱的缝罅，还可看见赖药儿脸上的皱纹，像雨水打在池上，开始细微，后来密集，到得末了，池面上的波纹如同干瘪橘子的厚皮，她从没有想象过，一个人可以一下子变得那么老。

赖药儿勉强提气道："我要医的……正是……这个病。"他发现自己的语音如同一声尖叫之末，只剩下一缕残气，追悼遽然消失的生命力。

嫣夜来这时已撷下"燃脂头陀"，仿佛见到赖药儿不再为病魔所缠的容光焕发，转头过去，却见了赖药儿的侧脸。

赖药儿背过身去，不想让嫣夜来看见他这时候的样子，哑声道："你们先走……"他觉得自己的生命力已经走到最后又最高的一级，上面毫无扶依，再走，只有往下掉。

"慢着。"布幔里的声音道，"你医活过哥舒天，这'燃脂头陀'，可以给你。"

嫣夜来喜出望外，赖药儿竭力使自己在剧烈的颤抖中站得挺直一些："你……有什么条件……"

女子道："入'海市蜃楼'，从来没有不伤一人、全身而退的事，规矩不可废，你自己杀同来一人，然后去吧。"

她自觉今天已是太过仁慈，所以附加道："你救活过哥舒天，这回哥舒天也救了你，两下扯平，你可不要再给我遇上。"

赖药儿斩钉截铁地道："不。"

哥舒天道："你不忍杀那女子吧？你一路来的事，我都知道，我也不为难你，念在当日活命之恩，你杀了那小孩便算数，这小孩可不是你的骨肉。"

嫣夜来左手抱住了闵小牛，右手紧执"燃脂头陀"，任何一样，都比她生命更重要。

赖药儿艰辛地道："我不能杀任何一人来换取自己的性命。"他只觉内息岔走，已经无法敛定。

哥舒天道："你的病害，已给我三掌引发，身体机能迅速萎谢，你此刻还不自救，便要命毙当堂，你不忍下手，我替你杀吧。"

赖药儿跟跄跌步，双袖扬起，喘道："哥舒天，我不许你下手——"

忽听一人朗笑道："谁能不许哥舒天出手？我哥舒天偏要出手！"

"呼"地人影一闪，不知从殿上哪一个角落闪出来，快得连赖药儿都不及应变之前，已在闵小牛背心印了一掌。

嫣夜来哀叫一声，感觉到手里犹抱了一块火炭，她比自己被击中还悲恸百十倍。

赖药儿掠到嫣夜来身傍，嫣夜来哭着把孩子交给他看，赖药儿的医术是嫣夜来目下唯一可依。

赖药儿只看了一眼，眼睛像喷出了火，看着来人，自齿缝里迫出五个字："'六阳神火鉴'？"

来人肤色红润得像高山上金风玉露培植的仙桃一样，眉目清朗已极，眼睛白多黑少，笑起来女子看了觉得七分纯真，妇人看了知道还另带有三分邪气，国字脸，嘴角像过年时弄的鸡蛋饼卷在折角上捺了捺，特别薄削，又有美丽弧角，活脱是个英俊男子，只稍嫌矮胖一点。

青年男子笑答："正是我哥舒天。"

赖药儿瞳孔收缩，"哥舒天？那她是谁？"无论是他或她，赖药儿都知道不是他从前治过病的哥舒天。

男子哥舒天笑道："她么！也是哥舒天。"

女子哥舒天娇笑道："我们都是哥舒天。"

赖药儿隐隐觉得自己触摸到一个极大隐蔽的疑团，他已摸到袋里的对象和轮廓，但一时又分辨不出来，何况他已无时间再去分辨，他体内连呼吸都在老化，闵小牛被谷秀夫指伤未愈，再中一掌，只剩下泡沫般的一口气。

男子哥舒天道："人，我已替你杀了，拿了'燃脂头陀'，走得远远的，下次遇上，可不饶你！"

女子哥舒天幽幽地叹了一口气，道："走吧。留着一条命，多医几个人，也是好的。"


李布衣七次都冲不出"巳寅九冲、小辰多宝"妙阵。

这个阵势原本不能算是一个阵势，到后来甚至渐渐沦落成为民间小儿的游戏，但在哥舒天的重新布置之下，连通晓天文地理，涉猎五行生克，熟知历史文武的李布衣，都无法一举同时制伏蕉心碎"飞砂掌"和四大巡使的围攻。

李布衣突然一扬手，向观战的蕉心碎猝射出两件玦子。

蕉心碎一呆，仓促间不及施"飞砂掌"，狂吼一声，全身一蹲，双手抓出，抓住一对玦子。

那一对玦子，虽给他接住，但所涌起的潜力，足令他倒飞而起，一连退上十七八个石阶才能把得住桩子。

这只不过是刹那间的事。

蕉心碎接下玦子，十指震痛，但已一口气掠落石阶。

一刹那间可以发生很多事。

可是在一刹那间谁也不可能同时击倒孙虎波、展抄、俞振兰、周断秦!

李布衣却居然做到了。


李布衣不完全是凭武功做到了。

他的武功虽然高，但全凭武功在此刻里击败这四人，仍是件不可能的事，纵使赖药儿与他联手对敌，也未必可以做到。

李布衣乍然向孙虎波喝道："你还想坐牢么?"

孙虎波给这一喝，整个人像脚上给敲入了一口钉子，镇住了。

李布衣的竹杖斜飞，点倒了他。

展抄挺刀而上，李布衣虎地回身，斥道："你取我明堂，我钩你膝关，你怎么退? 你回刀自守，用'狮子回头'抵不住我攻你京门，使'开门渡世'亦躲不过我刺你右足太冲!"

这几句话说得极快，展抄忽觉自己像碰到石子堆上的陀螺，左转不灵，右转也不便，愣得半愣，李布衣的竹杖也点倒了他。

这刹那间两人倒下，俞振兰眼睛不能视物，因疑虑而怔了一怔。

周断秦一跃而至，大刀斫下，有开山裂石之势。

李布衣大喝一声，"'丧门刀法'，忌腾空出击！"

周断秦一怔，千斤坠，迅下沉，刀势拦腰扫出！

李布衣叱道："'拦门寨刀法'，怎可一气不呵成！"

周断秦如同霹雳在头顶上轰响了一下，李布衣又戳中了他。

李布衣霍然回身，只剩下了一个俞振兰。

俞振兰一脸惊惧之色，摇舞着蟒蛇一般的飞索，左手平推以拒。

李布衣只说了一句话，"他们三人都倒了。你印堂发黑，兼有目伤，而今命门黯淡，又无眼神助威，如再逞能，难逃血灾！"

俞振兰一听，颓然放下了飞索，拧身逸去无踪。

这时，蕉心碎已回到场中。

可是四大巡使已倒了三人，一人也放弃了战斗，"巳寅九冲、小辰多宝"早已不成阵。

蕉心碎实在想象不出，何以李布衣能在绝对不可能的时间里毁碎了这四大高手所造成的阵势。


其实李布衣虽数次破阵而出，早已盘算破阵之法，他首先一语喝破孙虎波坐牢的事，那是因为孙虎波印堂侧鼻梁边的"刑狱"部位，有一颗灰痣之故。

"刑狱长痣，难免官煞"，孙虎波没有理由是刑部官吏，那么他一定被收监过，李布衣这一喝，对当年武功不高时，当窃贼而被捕送入黑牢长期受苦尝尽煎熬的孙虎波而言，简直是动魄惊心，恍惚间错觉李布衣就是那个用铁链殴打他的牢头。

这一怔之下，便被李布衣点倒。

展抄来救的时候，李布衣一口气把他进退出手全部道破，而且说出破法，展抄自恃刀法好，不料全给他瞧出了门路，心中大震，手下一慢，又给李布衣点倒。

其实李布衣虽觑出他的招法进退，不过，在众人合击之下，不一定来得及攻向对方破绽，而且展抄的刀是看不见的，更不易招架，他能道破对方杀着并不等于也能击中要害。

到了周断秦时，李布衣两次道出他刀法的弱点，使他气势全消，也给李布衣点倒，剩下的俞振兰，自也不战而败了。

他连挫四人，还未喘得一口气，蕉心碎已至！

李布衣竹杖脱手飞出。

蕉心碎大喝一声，身子一蹲，双掌推出，登时飞沙走石，盖向李布衣。

李布衣身子一舒，长舒一口气，也是双掌推出。

两人四掌交击，李布衣被残霜卷得如降冬雪时的毡帽，蕉心碎身子往后一仰，倒射了十七八个阶梯，才免去后仆之势。

他的人方站定，李布衣又已及前。

蕉心碎牙缝里发出一声尖嘶，双腿一矮，双掌又来夹带漫天冰雪推出。

李布衣深吸一口气，身子像伸懒腰般舒展，双掌也拍了出去。

"波，波"二声清响，李布衣发上巾束散了，但蕉心碎倒飞出去，一直倒飞了二十余石级，一张鸡皮红脸，涨得比五月的石榴还红。

他才站定，李布衣又在他眼前。

他怪嘶一声，双脚都不及屈蹲，双掌已平推出去。

李布衣再长吸一口气。

他吸气之声，连在阶下的唐果都能听得一清二楚。

"啪、啪"两声闷响，雪飙激扬中李布衣的背影只晃了晃，蕉心碎却倒飞上去，背部"砰"地撞开殿门，跌了进去，李布衣回首，向阶下说了一声，"你们在下面等。"就掠入"海市蜃楼"，消失不见。

他最后那一句话，当然是对傅晚飞、飞鸟和唐果说的。

下面的战局也因李布衣的胜利而完全改观。

农叉乌本来已稳操胜券，但李布衣在点倒孙虎波、展抄、周断秦，叱退俞振兰后，竹杖脱手而出，"哧"地自农叉乌左脚穿入，斜直钉入土中。

农叉乌惨叫一声，登时不能进，不能退，狠命要人命的勇气变成了拼命保住性命的畏惧。

傅晚飞和唐果也不落井下石地去攻他，而是联手攻向年不饶。

年不饶曾在"五遁阵"里跟飞鸟大战过，仗着阵势之便，年不饶是占了上风，但此处不是在青玎谷里，年不饶的水火流星渐渐不如飞鸟双斧来得声厉势烈。

何况再加上傅晚飞和唐果？

年不饶也算是知机人，深知"君子报仇，十年不晚"之义，虚晃几招，身前炸起一道急火，遁入大关山隧道。

众人打跑年不饶，再看去地上只剩一截青竹，上面血迹斑斑，农叉乌也已借木遁走。

三人这才舒了一口气，望向"海市蜃楼"，只见仿佛在云端的楼阁，虚无缥缈，鸟飞到了上面，只怕也迷了路，人到了上面，还能不能活着走出来？

——赖神医拿到"燃脂头陀"了没有？

——李大哥怎样了？

飞鸟、唐果、傅晚飞都这样想着，可是皑皑雪山，寂寂群峰，仿佛以沉默来讥笑一切没有答案的疑问。


人，终于自云端，走了下来。

人毕竟不能长居于天云之上，嫦娥在月宫也耐不住广寒深，人是要回到凡尘的。

唐果、傅晚飞、飞鸟强抑住一颗几乎跃到舌尖的心跳来算计：李布衣、赖药儿、嫣夜来、闵小牛……一共四个，一个也没少！这时候他们三人才敢欢呼起来。

人生里只有失散才能领略团聚的欢悦！

可是他们三人也随即发现，四人之中，其中一个是全伏搭在李布衣肩上下来的。

如果不是那高大温厚的身形，和那一袭白衽蓝袍，他们都不敢相信，这失去生命白发苍苍，脸被岁月忧伤皱纹割据的人，竟是赖药儿！

飞鸟、唐果、傅晚飞被这深重的打击一时忘了哀恸，却比哀恸更悲愤。

千山无鸟飞。

万岭有寒寂。

赖药儿却已死了。

他不是为任何人所杀，这一位当代神医，是为疾病所击倒。

他把唯一的解药"燃脂头陀"，和着其余"六大恨"，以最后的内功真元交熬掺和，给闵小牛服下，"燃脂头陀"是哥舒天"六阳神火鉴"掌力的克星，故此哥舒天把这株奇药移植"海市蜃楼"内。

闵小牛的性命是保住了，然而赖药儿已油尽灯枯。

他的一切做法，只使他生命力加速残毁。

他对两个哥舒天这样说："进入'海市蜃楼'，你们必须要杀一人，那就杀我吧。"说到这里，赖药儿的声音已因苍老而嘶哑。

两个"哥舒天"都在极大的震诧中。

他们都不明白赖药儿为什么要这样做。

少女哥舒天道："虽然我们不懂，可是你放心去吧。"

男子哥舒天道："我们不会再杀你们这一趟来人的。"

说完之后，这两人也就消失了。

殿里又只剩下了奇花异石，还有数百十尊栩栩如生的雕像。

赖药儿集最后一点精力，解开了他所封嫣夜来的穴道。

嫣夜来抱住他，她的泪不敢流下来，她双手和胸怀，完全可以感受到赖药儿迅速衰老下来的悸动，她怕泪眼增加了这无可挽救的衰老更无以挽救。

赖药儿握着她的手，微笑着说了最后一句话："我说过，无论怎样，都会医好小牛的病……"嫣夜来没有哭，她一直在等赖药儿把话说下去。她深信这样虔诚地、专心地耐心等下去，天可怜见，赖药儿会把话再接下去的。

她紧紧握着他的手，直到发现自己的手比他的手更像冰，她吃了一惊，不知是自己死了还是他死了，要抬目看一下阳世还留恋的人和事的时候，李布衣已把蕉心碎从石墙迫飞出去，到了她身前。

　　她从未见过这个素来淡定、温情、处变不惊的布衣神相，全身颤抖得像个贫寒的小孩，当他看了赖药儿第一眼的时候。

　　这时闵小牛正悠悠转醒，叫了一声，"娘……"他却不知道他的性命是他人的生命换过来的。

　　四人走下云气飘绕的楼阁，拾步下了阶梯，一阵高山上的寒风吹过，云气变动，阳光忽明忽黑，"海市蜃楼"忽不复见。

　　李布衣双手抱着赖药儿，看到一阵微风，掠过他高挺的鼻子，又掠过他的银发，他真希望这阵风能唤醒了他，他甚至可以感觉到赖药儿身上还有些微温，心房还有些轻跃，但有什么办法呢？赖药儿就算未死，也没有另一个赖药儿来医好他；世上懂杀人的人一向太多，懂救人的人总是太少。

　　　　　　　　稿于一九八二年九月二十六日。

　　　　　　　　试剑山庄二周年祭。

以下是方娥真的散文"狭路相逢"：

　　一向对各种昆虫都有好感，唯独对蟑螂却又恨又怕。有一回在台北租了一间有蟑螂出没的房子，每次一扫地，便有一两只蟑螂在扫帚下逃亡避难。我一个扫把劈下去，但总是下意识地劈迟了一步，刚好让那只蟑螂溜掉了。有时一脚踩下去，但也是准确地踩迟了那么的一步，让蟑螂有了遁逃的机会。

　　有时我用一只凉鞋拍下去，那蟑螂死了一半，另一半却还活着，一脸一头受酷刑似的流出了浆液，它横尸在地上，却还剩下一丝魂魄在抖索。我感觉它有一双令我看不见的眼睛正在窥视我，正在怨恨地瞪着我。我看了手就发抖。

　　那段时候我刚好看了陈若曦的一篇小说《任秀兰》，看到任秀兰在强权的镇压下死得很卑微，死得没有一点人性的尊严，读后不禁悲从中来。那段时候一遇到打不死的蟑螂，我就想：任秀兰作为一个人，却死在马桶里。而地上的蟑螂，一只蟑螂给我拍打死掉又有什么关系。想到这些我正要用凉鞋再拍下去，却见那地上的蟑螂在死亡边缘痉挛着，寒栗着，我看得全身发软。生气起来更在心里骂："死蟑螂，任秀兰死得比你还要惨……"心里一面骂却一面拿着扫把往房门外逃。没办法，只好叫房东太太来当"帮凶"，把那半生不死的蟑螂解决掉。

　　每次扫地时想到又要和蟑螂相遇了，我不由对扫地也有了恐惧感。与其遇见半生不死的蟑螂，我宁愿遇见蛇。以前在马来西亚时，家附近有一条路的旁边的马来人的胶园，那儿常常有蛇从园中出没。很多时候，我经过那条路都会和蛇来个陌路相逢，但我与它就像井水不犯河水一般互不冲撞。那滑溜溜的蛇只让我想到笛子吹奏时的九回十八转，美丽极了，它才不像蟑螂那样令人负担，就算打伤它，它也不会像蟑螂一样死得那么恶心，使人产生寒栗的罪恶感。

我把这篇散文全录在这里，主要是藉此指出一篇作品的完成，很可能是取自各方面的素材，得自各方面的灵感。明眼人当然已经看出，赖药儿在桧谷山庄心里被要不要找媽夜来的欲望所绞缠之际，毫不留情地残杀一只"可恶的"蟑螂，灵感完全来自这篇散文，到后来唐果这大小孩被逼狠心杀人的场面，也是来自这个意念的推进及演化。一篇成功小说的结构当然是一个完整的有机体，布局、人物、伏笔、象征等表现技巧全都像象棋的棋子一般，各有所司、各具所能，就看弈者怎么摆布，怎么攻守，怎么赢得潇洒，败得漂亮。每一只棋的功能与所长，有的是深谋远虑伏下奇兵的，但也有因局势遽变而妙手偶得的。一本小说里故事大致铺排好了，但是在细节上有很多是因为作者在日常生活里心灵偶然的撞击，譬如：大热天里冷气机停了电，香烟灰掉进咖啡里去了，挤巴士的时候替一个美丽的少女付了零钱，在一出电影里竟重温自己忘了的情怀……这些，像冬去春暖时的暖流把溪面上的冰融成了流水一样自然。

我写小说很少先有布局什么的，纵然先悉心构思好整个故事，一旦写下去，故事像段誉的六脉神剑一般不受控制，总是超出常规，不听原先号令，所以通常我都坐下来就写，像画者面对一张白纸，在落笔前丹青还是丹青，白纸还是白纸，不过却知道纸上的空白必会成为一幅画，这图画本来只隐约活在心坎里，然而终会跃然纸上为世人所见，这种感觉使得所有创作者不敢自轻。

写《赖药儿》的时候，因读了方娥真的散文，觉得很喜欢，便把这段落用到小说情节上去，把赖药儿写得更赖药儿一些。我在最初期作品如《追杀》《亡命》里，有浓烈的古龙影子，在前期《大宗师》《大侠传奇》里，也受金庸的影响颇深。除了他们之外，当然还有别人的影响，不过，我曾说过，做"小金庸"和"古龙第二"，是一种失败而不是成功。所有的艺术，都始于模仿，遂而进入创造。如果永远停留在第一个阶段，那不能算是作家。如果一开始就是创造，只怕基础也不稳实。当然，世上任何事都有例外，一个大天才是不受成规局限的，在任何创作上要获得成功，天才是重要的，其次是努力和兴趣，不过一切的先决条件还是幸运（机缘）；历史上的战役往往决定于一场风雪，希特勒如果一直是个修理工人而拿破仑如果一生只是一名园丁，二人同样无法发挥他们的野心和军事天才，中山先生如果能长命一些，对中国会有多大的影响？鲁迅如果生在现代，见解还会不会一样？一个天才书法家如果切断了两只手指，结果完全不同；一次意外足以泯灭一个天才，一个初登台的歌星会因鞋跟折断而改变了命运，甚至一记耳光，一个赞美，一次机会的适时适地而扭转乾坤。由于命运如此无常，我们才要把握时机，努力争取，不愿意任由命运摆布，主动把握命运，仿佛这样做纵不可以改变命运，但却可以至少改变自己的心情，快乐一些。或许，李布衣一早就看出赖药儿活不下去的罢，不过，他们还是闯关度险地去找哥舒天，当赖药儿死时，李布衣也哭得像个孩子目睹亲人逝去一样悲伤。"布衣神相"故事里触及的命运与相理，有时也使作者本身的我，感到震栗与迷茫。

稿于一九八二年十月八日。

数十次申请赴台失败，唯一次居然可成，却在桃园中正机场惊动海关，调查人员四出，大为紧张，如临大敌，遭数小时羁留后依然"遣返"香港。当日惊情，今日回想，如同闹剧。

校于一九九七年，能重返台已十年，唯七年来均无意赴台，乱世百态，锢人心智，暴友虚妄，一笑弃剑。

## 图书在版编目（CIP）数据

布衣神相. 2，天威·赖药儿/温瑞安著. -- 北京：作家出版社，2020.8　（2025.8重印）

ISBN 978-7-5063-6881-0

Ⅰ.①布… Ⅱ.①温… Ⅲ.①长篇小说–中国–当代 Ⅳ.①I247.5

中国版本图书馆 CIP 数据核字（2013）第 066419 号

## 布衣神相——天威·赖药儿

作　　者：温瑞安
责任编辑：李宏伟　秦　悦
装帧设计：合和工作室
出版发行：作家出版社有限公司
社　　址：北京农展馆南里 10 号　　邮　编：100125
电话传真：86–10–65067186（发行中心及邮购部）
　　　　　86–10–65004079（总编室）
E–mail: zuojia@zuojia.net.cn
http://www.zuojiachubanshe.com
印　　刷：河北宝昌佳彩印刷有限公司
成品尺寸：142×210
字　　数：354 千
印　　张：12.875
版　　次：2020 年 8 月第 1 版
印　　次：2025 年 8 月第 2 次印刷
ISBN 978–7–5063–6881–0
定　　价：48.00 元